रेत की मछली

[उपन्यास]

रेत की मछली

कान्ता भारती

लोकभारती प्रकाशन

लोकभारती प्रकाशन
पहली मंजिल, दरबारी बिल्डिंग, महात्मा गांधी मार्ग
प्रयागराज-211 001

वेबसाइट : www.lokbhartiprakashan.com
ईमेल : info@lokbhartiprakashan.com

शाखाएँ : 1-बी, नेताजी सुभाष मार्ग, दरियागंज
नई दिल्ली-110 002
अशोक राजपथ, साइंस कॉलेज के सामने
पटना-800 006
1, अनमोल सोराबजी संतुक लेन, धोबी तलाव,
मरीन लाइंस, मुम्बई-400 002

पहला संस्करण : 2000
छठा संस्करण : अगस्त, 2025

मुद्रक : विकास कंप्यूटर एंड प्रिंटर्स
ट्रॉनिका सिटी-201 102

RET KI MACHHALI
Novel by Kanta Bharti

ISBN : 978-81-8031-091-1

मूल्य : ₹695

उस रेत को
जो घर नहीं बनाती

रेत की मछली

दरवाजा किसी ने ठकठकाया। ऑफिस जाने को तैयार हो रही थी, इसलिए किसी का आना खल गया। कपड़े भी तो ठीक से नहीं पहन पाई थी। ऑफिस जाने की व्यस्तता और असमय आगन्तुक के कारण मन क्षुब्ध हो आया था। दरवाजे पर चपरासी था, उसने बताया कि मेमसाहब याद कर रही हैं।

मेमसाहब यानी श्रीमती डेविड, 'युवा महिला संघ' की सेक्रेटरी।

मन में खीज भर रही थी कि ऑफिस जाने के वक्त ही बुलाने की जरूरत क्यों पड़ गई? जैसे-तैसे कपड़े पहने और नीचे आई। मेज के पीछे से चश्मे में छिपी हुई आँखें उठाए बिना उन्होंने कहा, "बैठिए।"

"देखिए मैडम, मुझे ऑफिस जाना है। आप शाम को बात नहीं कर सकतीं?" मैंने धीरज सँभालते हुए कहा।

"बात ये है कि मुझे ज्यादा कुछ तो कहना नहीं है और शाम तक हो जाएगी देर," अपनी आवाज को और मीठा बनाते हुए उन्होंने कहा, "माई डियर चाइल्ड, बुरा मत मानना! इस संघ के भवन में तो केवल क्वारी या विधवा लड़कियाँ ही रह सकती हैं। इसके सिवा दूसरे के लिए हमारे यहाँ रहने की कोई व्यवस्था नहीं है। वैसे तुम चिन्ता मत

करो। महीने-दो महीने जब तक कोई अन्य व्यवस्था नहीं हो जाती, तुम यहीं रहो।"

"लेकिन मैडम, जब मैंने यहाँ प्रवेश लिया था, मैंने इस बात को छुपाया नहीं था और फिर अब तो मुकदमा भी शुरू हो चुका है। पिछले पाँच साल से तो मैं बिलकुल अकेली रह रही हूँ। जब मैं इस भवन में आई, उस वक्त ऐसा कुछ बता देतीं...।"

बात पूरी उन्होंने सुनी नहीं, बीच में बोल उठीं, "अब देखिए, उस वक्त तो हमसे गलती हुई..."

"आपकी उस गलती के बारे में तो मैं कुछ नहीं कहना चाहती। लेकिन मैडम, आपके इस नियम में न्याय नहीं है...तर्क नहीं है...उन तमाम लड़कियों के बारे में आप क्या सोचती हैं जो क्वारी तो नहीं ही हैं पर अपने को मिस लिखती हैं? आप जानती भी हैं उन्हें?"

उनके चेहरे पर तनाव झलक आया, कुर्सी पर सीधे बैठ गईं और थोड़ी देर तक मेरी आँखों में देखती रहीं, फिर बहुत सूखी हुई आवाज में बोलीं, "डियर चाइल्ड, यू आर नॉट कनसर्न्ड।"

मुझे लगा जैसे यहाँ निजी व्यवहार के रास्ते में एक अन्धी गली है। शायद मेरे चेहरे पर गहरा असन्तोष उभर आया था। उस असन्तोष को श्रीमती डेविड ने पहचान लिया, लेकिन उनके चेहरे का भाव बदला नहीं। अपने-आप को नियंत्रित रखते हुए उन्होंने कूटनीति भरे स्वर में फिर वही बात दोहरा दी कि वे मजबूर हैं और यह भी कि इस मामले में नियम बहुत साफ़ है।

"नियम बहुत साफ़ है," मेरा गुस्सा फूट पड़ा, "यानी जो झूठ बोलकर नियम तोड़े वो सही है और जो सच बोलकर वैसा ही करे वो अपराधी है? यह नियम नहीं, ढकोसला है।"

और भी जाने मैं क्या-क्या उस वक्त गुस्से में कह गई। मेरे उन शब्दों की क्या प्रतिक्रिया हुई यह पढ़ने की स्थिति में मैं नहीं थी। उनका कमरा छोड़ते हुए मैंने कहा, "मुझे नहीं चाहिए आपकी कृपा। एक-दो महीने

नहीं, एक-दो दिन भी ठहरना मैं अपमान समझती हूँ। आपने नियमों का ज्ञान कराया, इसकी आभारी हूँ।"

ऑफिस जाने के लिए तैयार हुई थी, लेकिन अन्तस्तल अस्त-व्यस्त हो उठा था। मन इतना ज्यादा उद्विग्न हो गया था कि ऑफिस जाने की इच्छा नहीं हुई। तेजी से अपने कमरे में लौटी और जो चीज हाथ आई उसे उठा-उठाकर बिस्तर पर पटकती चली गई। बिस्तर के ऊपर और आस-पास फर्श पर चीजें बुरी तरह बिखर गईं। सच तो यह है कि क्षोभ की अभिव्यक्ति के सिवा यह भवन छोड़ने की तैयारी भी करनी है यह मैं भूल गई।

उधड़ गए बिस्तर के सिरे से एक नन्हा-सा रुपहला फ्रेम चमक रहा था। फ्रेम के बीच में दिखाई देते काले-सफेद धब्बों के बीच अचानक एक कोमल चेहरा उभर आया। उस कोमल आकृति के उभरते ही जैसे खौलता हुआ क्षोभ धीरे-धीरे बैठने लगा। क्षुब्ध मन आर्द्र हो आया। आँखों की कोर भी गीली हो आई। साहस नहीं हुआ कि रुपहले फ्रेम में मढ़ी हुई एक भोले चेहरे की वह तसवीर हाथ में उठा लूँ। क्षोभ का वह उबाल थम गया था, इसलिए धीरे-धीरे बिखरा हुआ सामान एकत्र करती रही। लेकिन ऐसा लगा कि जैसे-जैसे मैं सामान इकट्ठा करती जाती हूँ, मन की गाँठें बिखरती जाती हैं—जैसे एक कसी हुई रस्सी जिसका एक-एक तार बिखरता जा रहा हो। एक चीज के साथ जुड़ी किसी दूसरी चीज के अलग होते ही सब कुछ बिखरने लगा...सब कुछ टूटने लगा। परित्यक्ता केवल इसी एक शब्द के साथ बिखराव और टूटन की लम्बी शृंखला जुड़ी हुई है। टूटन के इस अछोर क्रम में आज 'युवा महिला संघ' के भवन से यह अलगाव भी स्वीकार करना होगा। दूसरा उपाय नहीं। निरन्तर अपने-आप से लड़ती हुई, अब मैं यहाँ पर यह छोटी-सी लड़ाई छेड़ दूँ यह नहीं होगा।

हाथ एक निश्चित दृढ़ता के साथ काम करने लगे। थोड़ी देर में संघर्ष के जीवन से धड़कते हुए उस कमरे में निष्प्रभ वातावरण उतर

आया। सामान अधिक नहीं था, उसे सावधानी से इकट्ठा करने के बाद मैं नीचे आई। फोन श्रीमती डेविड के ही कमरे में था। एक क्षण ठिठकने के बाद, बिना उनकी ओर देखे मैं फोन की ओर बढ़ गई। उन्होंने भी सम्भवतः मेरी ओर नहीं देखा। कुमुद फोन पर ही मिल गई। मैंने कहा कि उसे तुरन्त यहाँ 'युवा महिला संघ' पहुँचना होगा।

कुमुद को आने में कोई बीस मिनट से ज्यादा वक्त नहीं लगा होगा, लेकिन मुझे ऐसा अनुभव हुआ जैसे एक युग बीत गया हो। अभी वह टैक्सी से उतरी ही थी कि लपककर मैं उसके पास पहुँच गई। मैंने कहा कि वह टैक्सी अभी जाने न दे। कुमुद कुछ पूछे कि इससे पहले मैं झपटती हुई अपने कमरे की तरफ बढ़ गई, सामान नौकर के बजाय खुद उठाकर किसी तरह लड़खड़ाती हुई टैक्सी के पास आई। कुमुद परेशान हो आई। मैंने उससे सिर्फ इतना ही कहा, "घर चलो। वहीं सब कुछ बता दूँगी।"

छोटी-सी कोठरी कहा जा सकता है उसे। एक बड़ी कोठी के सर्वेंट क्वार्टर की मामूली-सी कोठरी। अवसर दूसरा होता तो शायद मन से निकलता कि महलों से झोपड़ी में आ गई, लेकिन कुछ सोच न सकी।

कुमुद की सहानुभूति से वह कोठरी बिना सजावट के ही सज आई थी। लेकिन फिर भी मन बहुत उद्विग्न होकर भटकने लगा। सामान खोलकर रखते हुए बार-बार बरसों पहले का अपना वह घर स्मृति को छू जाता था, जिसे कभी मैंने और शोभन ने बड़े यत्न से गुलाब, पनसुतिया और नील कमल उगा-उगाकर अपने हाथों सजाया था। उसमें कैक्टस पर लताएँ चढ़ा दी थीं। वह सुन्दर-सा घरौंदा था जिसे बड़े प्यार से सजाया था। वह घर सादा था लेकिन सुख से फूलता था। कहाँ होगा... कैसा होगा...उस घर का सुख-सौरभ? डाल से गिरे किसी पत्ते की तरह बरसों मैं भटकी हूँ और आज अगर कुमुद का स्नेह मुझे अटका न लेता तो किस अतल में ठहरना होता यह नहीं जानती।

सहारा और साया...उसने कहा था कि वह जीवन-भर मेरे लिए खड़ा रहेगा, मुझे छाया देगा।

स्मृति के स्पर्श से मैं सिहर उठी, जैसे कोई किसी कटे हुए अंग के तन्तु छूकर हरे कर गया हो। बरसों के भटकाव के बाद कुमुद के स्नेह की इस अंजुरी में ठहरकर मैं जैसे मोहाविष्ट हो आई...डूब-डूब जाने लगी...झूठी वितृष्णाओं से चमकती हुई दूर तक फैली रेत और रेत में उभरते झूठे साये...शायद अनहोनी घट जाए...शायद आज शाम मुझे कोई लिवाने चला आए। शायद ये विवश चरण उसके दरवाजे तक जाकर ठहर जाएँ...शायद...

इलाहाबाद में अतरसुइया की बड़ी सड़क के किनारे का एक नीला मकान। बालकनी में जूही की लतर को गालों से छूती हुई खड़ी होती हूँ तो धूप आँख से टकराने लगती है। लतर की शीतल गन्ध हमारे नीले कमरे में धीरे-धीरे नाचती है। उस नीले कमरे में जहाँ रूठी हुई यक्षप्रिया को उसका प्रियतम मनाता है...यक्षप्रिया घंटों उस बालकनी में खड़ी होकर उन जाने-आने वालों को देखती जिनमें से एक उसका अपना प्यार भी होगा।

बालकनी से मकान के ठीक सामने दिखता है बड़े आँगन वाला लिपा-पुता, लेकिन सूना और उदास घर। खपरैल वाले उस उदास घर की दीवारों के बीच एक उदास औरत रहती है। विधवा औरत। रमण की विधवा भाभी। अक्सर देखा है कि रमण इस बालकनी की तरफ एकटक देखता है। शायद उस वक्त भी देखता है जब मैं शोभन के साथ घूमने जाती हूँ।

पिता और बड़े भाई की अकस्मात मृत्यु के बाद घर का शायद वह एकमात्र सहारा था। बचपन में शोभन के साथ खेला था और कुछ दिनों पढ़ा भी था; लेकिन हाई स्कूल के बाद ही पढ़ाई छोड़कर उसे नौकरी करनी पड़ गई। आकांक्षाओं की राख की ढेरी-सी विधवा युवती भाभी और परिस्थितियों से विपन्न रमण का वह उदास घर पास-पड़ोस

की जिज्ञासा का केन्द्र रहा है। जाने कितनी कल्पनाएँ और कहानियाँ उन दोनों के साथ जुड़ गई थीं। लेकिन रमण के सामने भी उपाय दूसरा नहीं था। विधवा भाभी एक ऐसा सत्य थी कि जिसे वह अपने कन्धे से उतार नहीं सकता था।

भाभी के जीवन से बँधे अपने भविष्य के साथ-ही-साथ रमण शायद यह भी देखता था कि उसके सामने नीले घर में जो जीवन है...जो रस है, वह उसे झंझोड़ता है। कुंठाओं की मार से वह तिलमिला उठा। अन्दर-ही-अन्दर एक विकृत विद्रोह से भर उठा।

कभी-कभी वह दीखता तो उसकी आँखों को देखकर एक अजीब सिहरन महसूस होती। कभी-कभी उलझन होने लगती। मैं यहाँ हूँ या नहीं, वह एकटक लगातार घंटों किसी मूर्ति की तरह खड़ा हुआ बालकनी की तरफ घूरता रहता। उलझन से भरकर मैं बालकनी से अलग हट जाती तो कभी-कभी अजीब आवाजें सुनाई पड़ने लगतीं। ऐसा लगता जैसे प्रेत आत्माएँ कहीं लड़ रही हों। रमण ऊँची आवाज में अपनी भाभी से लड़ता था। कभी-कभी ऐसा लगता जैसे भाग-दौड़ भी हो रही है। पड़ोस के लोग कहते कि वो अपनी भाभी को पीटता भी है। जूही के फूलों और गुलाबों पर उतरती जाती ऋतुओं के साथ दो बरस हवा-से बीत गए। प्रेत आत्माओं की वह आवाज जूही और पनसुतिया के फूलों के साथ जैसे काँटों की तरह अनिवार्य हो गई थी। उस अस्वाभाविक और किसी हद तक मनहूस के प्रति मन सहज हो आया था। शायद एक जगह अन्तस्तल में करुणा भी उभर आई थी। उसकी नियति के प्रति दयार्द्र न होना शायद अमानवीय होता। कैसा संयोग था और शायद वह संयोग ही उसकी इस नियति का कारण भी था कि आज वह युवक एक प्रेतात्मा की तरह बेचैन हो उठा था। शोभन का बचपन का दोस्त था रमण। साथ-साथ खेला था और साथ-साथ पढ़ा था। पिता और बड़े भाई की मृत्यु के बाद उसकी कच्ची उम्र में ही परिवार का बोझ उस पर आ गया था। हाई स्कूल मुश्किल से पास करने के बाद ही वह कॉलेज

के बजाय दफ्तरों के चक्कर लगाने लगा था और फिर एक दिन, टूटा लेकिन सन्तुष्ट वह रमण एक सरकारी दफ्तर से घर और घर से दफ्तर के बीच सीमित हो गया।

कभी-कभी सोचती कि सामने के मकान की उन मनहूस दीवारों के भीतर क्या होगा? नौकरी से लौटा हुआ थका और पराजित रमण और घर की दीवारों में घिरी हुई उसकी विधवा भाभी। क्या वहाँ, उन दीवारों के अन्दर कोई जूही फूलती होगी? क्या उस बँधे पानी में कोई नील कमल उगता होगा? अगर उगता होगा तो शायद सिर्फ एक रात के लिए और सुबह फिर मुरझाकर मर जाने के लिए।

भाभी जवान थी लेकिन बँधी हुई। मर्यादाओं की दीवारें इतनी ऊँची थीं कि उनके इस पार झाँकना भी मुश्किल था। मुमकिन है थका और पराजित रमण उस कुंठित युवती का अंकशायी भी हो। पड़ोस में तरह-तरह की बातें थीं। शायद दबी जबान में ताने भी सुनाई दे जाते थे। लोग यह भी कहते थे कि उसकी भाभी रमण की शादी इसलिए नहीं होने देना चाहती कि उसकी अपनी हसरत पूरी नहीं होगी। उदासी, खिन्नता, अपमान, पराजय से शायद रमण किसी प्रेत की तरह ठंडा भी पड़ गया था। रात के अँधेरे सन्नाटे में सहसा वह चीखना-चिल्लाना शुरू कर देता था। जो भी चीजें हाथ में आती थीं; उठाता, फेंकता और तोड़ता था और भाभी को गालियाँ देता। भाभी के रोने की मनहूस आवाज बालकनी से तैरकर अन्दर आती तो इनकी बाँहों में भी एक विवश कम्पन दौड़ जाता। मैं भी सिहर उठती। सर्दी की खामोश, सहमी अँधियारी रात में घरों की खिड़कियाँ खुल जातीं और गर्म कपड़े लपेटकर लोग बाहर झाँकने लगते। रमण चीखने लगता और चीखते-चीखते उसकी आवाज भर्रा जाती और जैसे क्रोध से फटता हुआ कहता जाता...'यह शोभन... इस शोभन को भी मैं जिन्दा नहीं छोड़ूँगा...छुरा मार दूँगा'...

कभी-कभी उसके स्वर में लाचारी होती थी। वह रोता था और इस बात की कसम खाता था कि वह पढ़ेगा, बड़ा अफ़सर बनेगा और

शोभन की तरह किसी सुन्दर लड़की से शादी करके घर बसाएगा।

कुछ दिनों बाद एक दिन शोभन ने बताया कि रमण ने यूनिवर्सिटी जाना शुरू कर दिया है। लेकिन यह सत्य बहुत सुखद साबित नहीं हुआ। एक दिन मैंने देखा यूनिवर्सिटी जाते वक्त मेरे पीछे-पीछे वह चला आ रहा है। मैं अस्थिर हो उठी, लेकिन फिर मैंने अपने-आप को सँभाल लिया। अगले दिन फिर उसी तरह रिक्शे का पीछा करता हुआ रमण दीखा। मुझे खीज हुई और फिर वह क्रम लगातार चलता रहा। कभी-कभी ऐसा लगता कि वह साइकिल पर पीछे-पीछे आते वक्त कुछ बुदबुदाता है और कभी-कभी गुस्से से तमतमा भी उठता है। उसका आतंक जब सीमा से बाहर हो गया तो एक दिन मैंने चुपचाप अपनी सास से सब कुछ बता दिया। शोभन से भी कहा। हल्की-सी चिन्ता इनके चेहरे पर उभरकर डूब गई। फिर वे बोले..."कोई बात नहीं, तुम्हारा मन पवित्र है तो रमण तुम्हारा कुछ नहीं बिगाड़ सकता। तुम उसकी तरफ ध्यान मत दो।"

ध्यान मैं न देती लेकिन परिस्थिति उतनी सहज नहीं थी। घर लौटने के बाद रात को रमण का वह पागलपन हर दिन बढ़ता जाता था। कभी-कभी विधवा भाभी की छोटी-सी बच्ची तक को पीटता था। उस मासूम बच्ची के चीत्कार से और भाभी के रुदन से वातावरण काँप जाता और हम दोनों की नींद गायब हो जाती।

अगले रोज यूनिवर्सिटी जाते वक्त मेरे मन का आतंक अनचाहे ही और अधिक गहरा हो जाता। कभी-कभी लगता कि यूनिवर्सिटी न जाऊँ तो अच्छा है। कोई नौकरी तो करनी नहीं, मन को समझाने की कोशिश करती। रमण का साहस या तो बढ़ता जाता था या फिर उस पर पागलपन हावी होता जा रहा था। उसकी आँखों में भयानकता झलकती थी। क्लास खत्म होने के बाद अन्दर घूरता रहता और मेरे बाहर निकलने का इन्तजार करता रहता। मेरे बाहर आते ही वह पीछा करना शुरू कर देता। फिर एक दिन मैंने देखा उसने अपनी साइकिल के कैरियर पर एक बड़ा-सा पत्थर रख छोड़ा है। वह पत्थर बराबर वहाँ दिखाई देता

और लगता कि वह किसी अज्ञात से बदला लेना चाहता है।

उस दिन यूनिवर्सिटी पहुँचने से थोड़ा पहले ही अचानक रिक्शे की चेन उतर गई। रिक्शावाला उतरकर चेन चढ़ाने लगा। तभी मेरी नजर पड़ी रमण पर। मैं सन्नाटे में आ गई। साइकिल छोड़कर उसने कैरियर पर रखा पत्थर उठा लिया था, शायद मुझ पर फेंकने जा रहा था। आज शायद अनहोनी घट जाएगी, डर से मेरी आँखें बन्द हो गईं। भयंकर आतंक के कुछ क्षण कैसे बीते, मुझे पता नहीं। जब मैंने आँखें खोलीं तो पाया कि रमण ज्यों-का-त्यों पत्थर उठाए जड़ हुआ खड़ा है।

मैंने काँपते स्वर में शायद उससे कहा था...कि मैंने उसका क्या बिगाड़ा है? रमण रोष से काँपता हुआ गालियाँ बकता रहा और फिर पत्थर एक ओर फेंककर चला गया। तनाव के वे क्षण बीत गए। उसके बजाय अब क्षोभ उभर आया।

यूनिवर्सिटी पहुँचते ही रिक्शे से उतरकर मैं सीधे प्रॉक्टर के कमरे गई, घबराहट से काँपती आवाज में किसी तरह मैंने रमण की घटना बता दी। प्रॉक्टर ने संजीदगी से सुना और मुझे निडर होकर जाने को कहा। मन फिर भी भय से काँप-काँप जाता। समझ में नहीं आ रहा था कि रमण की इस दुश्मनी की वजह क्या है? क्लास में मैं कैसे बैठी, मुझे पता नहीं। शायद शरीर ही क्लास में था मन नहीं। क्लास खतम हो जाने के बाद भी आतंकित मन लिये मैं स्टाफ रूम के सामने जाकर खड़ी हो गई। बहुत साहस करके किसी तरह मैंने चिक उठाकर अन्दर देखा। शोभन शर्मा जी के साथ किसी बहस में व्यस्त थे। शर्मा जी ने ही पहले मुझे देखा, आग्रह से अन्दर बुलाया। बहुत चाहकर भी मैं अपनी घबराहट छिपा नहीं पा रही थी। शर्मा जी भी इस बात को समझ गए। पूछा भी, लेकिन मैं बात टाल गई। शोभन मुझे देखकर शायद अचकचा गए, फिर संकोच छोड़कर पूछा, "क्यों कुन्तल, बात क्या है?"

चाहा कि बात कह दूँ, लेकिन रुक गई। सिर्फ इतना कहा कि कुछ जरूरी काम था इसलिए सोचा कि आपके साथ ही घर चलूँ। परिस्थिति

के बारे में उन्हें कुछ भी पता नहीं था। बोले, "अभी तुरन्त जाना तो मुश्किल होगा। मुझे अभी क्लास लेनी है।"

मन में फिर उभरा कि जो कुछ घटा है वह कह दूँ, क्योंकि उसके बिना ये परिस्थिति की गम्भीरता समझेंगे नहीं। लेकिन संकोच ने फिर मुझे बाँध लिया। लेकिन फिर उपाय क्या है? अकेले वापस जाना होगा, मन भय से काँप-काँप उठता। शोभन के पास आकर भी समाधान मिला नहीं। इनका सहज भाव से यह कहना कि तुम घर जाओ। मैं क्लास लेने के बाद आऊँगा, मुझे कचोट गया। लगा, मुझे तूफान में अकेले छोड़ दिया। पैर के अँगूठे की ओर दृष्टि गड़ाए मैंने लम्बी साँस ली और बहुत बेसहारा महसूस करते हुए बाहर आ गई। मन खीज से भर उठा। शोभन समझते क्यों नहीं, अगर कुछ विशेष कहना न होता तो मैं आती क्यों और वहाँ उन सबके सामने कहती भी क्या?

रिक्शे पर बैठकर घर लौटी तो रास्ते भर भय से चौकन्नी होकर आगे-पीछे देखती रही दूर-दूर तक कि कहीं वह पागल प्रेत दिखाई न दे जाय। मन-ही-मन बार-बार अपने इष्ट का ध्यान भी करती रही थी। घर पहुँची तो जैसे साँस लौटी। सबसे पहले जैसे-तैसे सारा कांड माँ को सुना गई। उन्होंने प्यार किया और फिर सहलाती हुई बोलीं, "ईश्वर रक्षा करेगा, सब ठीक हो जाएगा। शुक्र है उसने तुम पर पत्थर फेंक नहीं दिया। नहीं तो मैं अपनी बहू कहाँ से लाती? थोड़ा खाकर स्वस्थ हो ले, शोभन आएगा तो सब ठीक हो जाएगा।"

मेरा मन घटनाओं से उलझकर खिन्न हो गया था। जबान का स्वाद जैसे बिगड़ गया था। खाने का जी नहीं था, फिर भी किसी तरह नाश्ता किया। तभी दरवाजे पर आवाज हुई। जाने क्यों मैं सहसा घबरा गई। माँ ने मेरे आतंक को समझ लिया। उठते हुए बोलीं, "तुम बैठो, अब से मैं ही दरवाजा खोला-बन्द किया करूँगी।" दरवाजा खुलने की आहट हुई और शोभन की आवाज आई—"माँ तुम! कुन्तल नहीं आई क्या?" कहते हुए वे अन्दर आ गए। उनकी उत्सुकता और चिन्ता, उनके चेहरे

पर उभरी हुई मैंने देखी। मैं आश्वस्त हुई। मुझे देखते ही वे निकट आए और फिर माँ के संकोच से अलग हट गए। हाथ-मुँह धोया और तुरन्त अपने कमरे में चले गए। नाश्ता लेकर जब मैं पहुँची तो लगा आतुरता से प्रतीक्षा कर रहे थे। हाथ से नाश्ते का सामान लेकर जल्दी से एक तरफ रखा और बाँहें पकड़कर खींचते हुए बोले, "क्या बात थी, आज स्टाफ रूम में कैसे आ गईं?"

चेहरे में झाँकते हुए, किसी सीमा तक मुग्ध आँखों से देखते हुए उन्होंने कहा, "विभाग में लोग तुम्हारी बड़ी तारीफ कर रहे थे। बल्कि मैंने जब तुम्हें अकेले भेज दिया तो शर्मा जी बरस ही पड़े। उन्होंने कहा कि वह तो संकोच कर रही होगी। पता नहीं, कौन-सा काम था, तुम्हें सुनना तो चाहिए था। वैसे सच बताऊँ कुन्तो। तुम्हारा स्वर सुनने के लिए ही तो जीता हूँ। बाद में तो मुझे भी लगा कि भूल हुई। तुम्हारे जाने के बाद तो जी भी उखड़ गया था। पता नहीं क्यों कुछ आशंकाएँ भी मन में तैरने लगीं।"

मेरे कन्धों को भींचकर जैसे उन्होंने आशंका का शमन कर लिया फिर कान के पास होंठ लाकर धीरे से बोले, "कहीं चलना था?"

उन क्षणों की मधुरता को सहसा तोड़ने का साहस मुझे भी नहीं हुआ। पहली बार मैं बात टाल गई। बोली, "कुछ भी तो नहीं है। आप पहले नाश्ता कीजिए।"

मन के गहरे में छुपी हुई बात उनसे पढ़ी न जाय ऐसा भी सम्भव नहीं था। यह मुझे भी मालूम था। मैं यह भी जानती थी कि जब तक अन्दर की बात उन्हें बताऊँगी नहीं, तब तक वे बात को टलने नहीं देंगे। इसलिए तुरन्त ही मैं शर्मा जी के बारे में पूछने लग गई। इतना अन्तराल अवश्य हो सका कि वे चाय पी लें, लेकिन फिर तुरन्त ही वे प्रसंग पर लौट आए। मैं बर्तन लेकर उठने को ही थी कि उन्होंने फिर हाथ थाम लिया। तन्मय होकर बोले, "छोड़ो न ये सब कुन्तो। पहले बात बताओ न क्या है?"

सच तो यह है कि अब वह बात बताने का वैसा साहस और मैं बटोर नहीं पा रही थी। रमण की वह घटना इनके भावुक हृदय पर कितना गहरा आघात पहुँचा सकती है इसका अनुमान मुझे था। किन्तु वे अब इस बात को अच्छी तरह समझ गए थे कि मैंने उनसे कुछ छुपाया है और उसे छुपा ही रहने देना चाहती हूँ। ऐसे क्षणों में दूसरे को विवश करना उन्हें आता था। बस अपनी बाँहों में कसकर जकड़ लिया, एक क्षण के लिए लगा कि कहीं उस दबाव से ही बात बाहर न आ जाए, लेकिन सन्तुष्ट हुई कि एक चुम्बन ने होंठों को बन्द कर दिया। लेकिन कितनी देर? अन्तर की बात चुम्बन की मधुरता के चुम्बकीय आकर्षण के साथ-साथ होंठों तक आ गई। बात कहते-कहते मन भारी हो आया। आँखें भीग गईं। रमण की उस हरकत के एक-एक पहलू के बारे में विस्तार से उन्होंने सुना और गम्भीर हो गए। मेरे कन्धों पर से उनकी बाँहों का कसाव ढीला हुआ और वह धीरे से उठकर खड़े हो गए। कुछ देर सोचते रहे और फिर जैसे उलझे और खोए हुए से कमरे में टहलने लगे। इधर से उधर, उधर से इधर। वे उसी तरह टहलते रहे और मैं उद्वेग से घुटती रही। गहरा मौन मेरे अन्तर को सालने लगा। बेचैन होकर मैंने कहा, "आप अचानक चुप क्यों हो गए। मुझे घबराहट हो रही है।"

मेरे स्वर में कायरता भर आई थी, मैंने व्यग्रता के साथ पूछा, "बता दीजिए न, मैंने कुछ गलत किया?"

उनका टहलना रुक गया। बहुत गम्भीर स्वर में बोले, "ऐसी कोई बात नहीं। चिन्ता ये है कि प्रॉक्टर ने उसे पुलिस में दे दिया होगा। मुकदमा चलेगा। जब तक फैसला नहीं होता वो बन्द रहेगा। सारी यूनिवर्सिटी में चर्चा होगी। लोगों को क्या! छोटी-सी बात भी स्कैंडल बनते देर नहीं लगती।"

मैं सन्नाटे में आ गई। गला भर आया। इससे तो अच्छा होता कि वह पत्थर मार देता और मैं मर जाती। मैं सुबकने लगी। वे फिर उसी तरह गम्भीर टहलते रहे। सम्भवतः वे इतने गम्भीर थे कि मेरे रोने की

तरफ उनका ध्यान भी नहीं गया। तभी जैसे एक विस्फोट हुआ। बाहर वही मनहूस शोर उभरा। रमण की भाभी जोर-जोर से रो रही थी और शोभन को बुरा-भला कहती जा रही थी।

यंत्रवत् मेरी हथेलियों ने आँखों और गालों से आँसू पोंछ लिये। व्यस्त होकर मैं उठी और भरसक रमण की भाभी की ओर से ध्यान मोड़ने के लिए अनावश्यक रूप से बिस्तर उलटने-पलटने लगी। ये और अधिक गम्भीर हो उठे थे। रमण की भाभी की एक-एक बात उसके रुदन के साथ वातावरण में गूँज रही थी। आस-पास शायद लोग भीड़ लगाकर सुनने भी लगे होंगे। रो-रोकर कहे जा रही थी—'अब शोभन का कलेजा ठंडा हो गया होगा। मैं बेवा हो गई तो लोग जो चाहे जुल्म ढाएँ। रमण के सिवा कौन है मेरा? क्या बिगाड़ा था रमण ने शोभन का? उसके खून के प्यासे हो गए हैं सब लोग।'

मुझे होश नहीं कि मैंने उसके बाद क्या-क्या सुना। कभी-कभी ऐसा लगता था कि जैसे एक ही बात किसी मशीन से दोहराई जा रही हो। कर्कश रुदन की आवाज मन को कुछ ऐसे कुरेदती थी जैसे बहुत-सी सुइयाँ कोई चुभो रहा हो। कई बार चाहा कि शोभन की ओर देखूँ लेकिन साहस नहीं हुआ। शोभन शायद मुझसे ज्यादा पीड़ित थे।

बहुत रात गए ही वह सारा कांड शान्त हो पाया। लेकिन उस शान्ति के बाद भी वातावरण सहज नहीं हुआ। वातावरण का भारीपन ज्यों का त्यों बना रहा। बल्कि मनहूसियत कुछ बढ़ ही गई। बालकनी में आकर उस मनहूस मकान की तरफ देखने की भी इच्छा नहीं हुई। माँ से मालूम हुआ कि उस घर में चूल्हा नहीं जला। चूल्हा मेरे यहाँ भी जल नहीं सका। माँ एक बार ऊपर आईं और फिर जैसे अपने-आप में खोई नीचे वापस लौट गईं। शोभन पत्थर की तरह जड़ थे और मैं आशंकाओं में डूबी हुई। लगता था, मोहल्ले में कोई मर गया है। शायद वातावरण की सहजता मर गई थी।

रात बहुत बीत चुकी थी। अँधेरे आकाश की पीठिका पर बालकनी

के खुले हिस्से से देखती गुच्छे-गुच्छे फूली छितराई हुई जूही और चमेली की काली लतरों से टकराकर सरकती हुई हवा अन्दर आई, तो मन आशंकित हो उठा। बल्कि आशंका सही शब्द नहीं है। उद्वेग कहा जा सकता है उसे। उद्वेग और आतंक का मिला-जुला रूप। बहुत साहस करके मैं शोभन के निकट आई। वे हिले नहीं, बोले भी नहीं। हल्की रोशनी में चमकती सामने की नीली दीवार के उस पार देखते रहे। मैंने बहुत धीरे-से कहा, "शोभन, अब क्या होगा? यह मनहूसियत कैसे टूटेगी? मेरा जी घुट रहा है।"

नीचे बिलकुल सन्नाटा था, लेकिन मुझे पता था कि माँ जाग रही होंगी। वे सुख से सहज होकर सो सकें ऐसी परिस्थिति नहीं थी और इस सबमें एकमात्र दोषी थी मैं, केवल मैं। शोभन कुछ नहीं बोले, उनकी पीड़ा भी मैं महसूस कर रही थी। तभी कमरे के द्वार पर आहट हुई, मैं चौंकी और शोभन से थोड़ा अलग हट गई। माँ थीं वहाँ।

शोभन ने करवट जरूर बदली, लेकिन बोले कुछ नहीं। माँ भी चुपचाप बैठ गईं। माँ की कातर उदासी और बेचैनी देखकर मैं और अधिक आविष्ट हो गई। थोड़ी देर तक मौन घुटता रहा। फिर वे लम्बी साँस लेकर बोलीं, "मेरा जी घबरा रहा है शोभन, कोई रास्ता है? तुम कुछ उपाय सोचो न बेटा।"

अब लगा कि शोभन इतने लम्बे मौन के अन्तराल में एक जगह अपने मन को ही बाँधने में व्यस्त थे। माँ की बात सुनकर छत की ओर देखते हुए बोले, "अब यह जगह हमारे रहने लायक नहीं रह गई। सोचता हूँ, हम सब कहीं और चलकर रहें। यहाँ से दूर हो लेंगे, तो संकट अपने-आप शान्त हो जाएगा। दूर रहने से बहुत कुछ टल जाता है।"

वे बोलते रहे और मैं सुनती रही, तभी मेरी आँखें माँ की ओर उठीं और मैं काँप गई। उनके शान्त, सरल, गम्भीर चेहरे से ढुलककर आँसू उनकी गोद में टपक रहे थे। दो बरस में पहली बार उस निष्ठावान और संकल्पशील मुख पर मैंने आँसू देखे थे। मेरा खून जम गया। लगा गले

में कुछ घुट रहा है। शोभन भी कुछ न बोल सके। थोड़ी देर बाद माँ के भरे गले से आवाज आई, "यह घर तो मेरा सोहाग है शोभन। उनके बाद अब यह उनकी निशानी है। उनकी इस एकमात्र निशानी से तो मैं मरकर ही छूट सकती हूँ। अन्तिम दिन भी अगर मैं यहाँ न रही तो मुझे लगेगा कि तुम्हारे पिता को दोबारा मुझसे किसी ने छीन लिया। झगड़े कहाँ नहीं होते शोभन। जहाँ इतना जीवन बीता उसे अब छोड़कर कहाँ जाएँगे हम।"

शोभन का चेहरा उतर गया। नीले कमरे का नीला सन्नाटा और गहरा हो गया। माँ के जाने के बाद भी अवसाद हल्का नहीं हुआ। कोई कुछ नहीं बोला, ऐसा लगा जैसे लगातार झुकी आँखों में कड़वाहट भर रही हो। चुपचाप उठी, बिस्तर ठीक किया, पर किसी तरह भी कहने का साहस न हुआ कि ये सो जाएँ।

बाहर रात काफी उतर आई थी। लोग शायद अपने घरों को चले गए थे। उस मनहूस मकान से रोने की आवाज भी अब बन्द हो गई। बालकनी के बाहर मैं कुछ विशेष देख रही थी ऐसा नहीं कहा जा सकता। देखने पर दीखता भी कुछ नहीं। वहाँ कुछ देखने लायक होता तो भी मन ऐसा न था कि कुछ देख पाती। अँधेरा, सन्नाटा, अवसाद और आत्मपीड़न के उन क्षणों में मैं कब तक वहाँ खड़ी रही, नहीं कह सकती।

वहाँ से हटी तो देखा वे उसी तरह अस्त-व्यस्त पलंग पर मूर्च्छित से पड़े थे। सो गए थे या सिर्फ अवसन्न थे यह उनकी बन्द आँखों और साँसों के साथ उठते-गिरते सीने को देखकर नहीं कहा जा सकता था। बहुत धीरे-से, बिना कोई आहट किये पलंग के एक किनारे थोड़ी देर बैठी रहकर मैं भी लेट गई।

अवसाद मेरी शिराओं में एक तनाव की तरह दुबारा छा गया। चाहा कि उनकी ओर घूम जाऊँ लेकिन घूम न सकी। एक क्षण के लिए इस बात की भी प्रतीक्षा की कि उनकी बाँहें मेरी ओर बढ़ेंगी और अनायास मैं उनमें समा जाऊँगी, लेकिन वैसा भी कुछ नहीं हुआ। कुछ भी तो

नहीं हुआ। हमेशा की तरह माथे का चुम्बन भी नहीं लिया गया। गर्म उँगलियों से छेड़ा भी नहीं गया। अवसाद में डूबी कब सो गई यह भी पता न लगा।

सवेरे जागी तो पता चला कि वे कहीं जा चुके थे।

मन दुश्चिन्ताओं से भर उठा। दोपहर तक बेचैनी बहुत अधिक बढ़ गई। मुँह न जाने कैसे-कैसे स्वाद से भर गया। माँ ने नाश्ता और खाना तैयार जरूर किया लेकिन खाया उनसे भी न गया।

दोपहर के बाद कहीं वे आए। आँखें झुकी हुई थीं। चेहरा उतरा हुआ और गम्भीर। चुपचाप अपने कमरे में जाकर लेट गए। माँ ने मुझसे कहा कि मैं शोभन के लिए खाना ले जाऊँ। हो सकता है, मेरे आशंकित मन का संकोच हो कि एक-एक करके खाने की चीजें सजाने में काफी समय लग गया। कमरे में जाने के लिए साहस जुटाना पड़ा। वे ज्यों-के-त्यों लेटे रहे, हिम्मत न हुई कि इनके माथे पर हाथ रखकर देखूँ तबीयत तो ठीक है। बहुत धीरे से बोली, "उठिए, हाथ-मुँह धोकर खाना खाकर आराम कीजिए।"

जाने उनके जी में क्या आया कि वे चुपचाप उठे, हाथ-मुँह धोकर खाने बैठ गए। मुझे भी खाने को अपने साथ बिठा लिया। अनमने मन से थोड़ा-सा खाया। खाते समय चाहकर भी मुझसे कुछ बोला न गया। खाते समय आज तो उनके हाथ में कोई किताब भी नहीं थी, किताब होती तो शायद मन कुछ बदलता।

तनाव एक-दो दिन का नहीं था, मन को इतना समेटा भी न जा सका कि वह तनाव टूट सके। कई दिन बीत गए। उनके मित्र भी आए थे। वह नीला कमरा उन्मुक्त हँसी से गूँजा नहीं। बहुत धीरे-धीरे उन्होंने बातें कीं, शायद कुछ मशविरा भी हुआ। मन में उत्सुकता थी, लेकिन पूछ कुछ भी न सकी। कई दिनों के सलाह-मशविरे के बाद पता चला कि एक समझौता हुआ है। तय यह हुआ है कि मुकदमा वापस ले लिया जाय और रमण माफी माँग ले।

लेकिन यह सब हो कैसे? रमण तो पागल हो चुका था। उससे इस बात की सम्भावना कम थी कि वह सहज रूप से समझौते के लिए तैयार होगा। उसके मन की गाँठें उसके सामने कौन खोलता और वह उन्हें खोलने भी कब देता? उसकी कुंठा आईना देखने को तैयार कैसे होती?

लेकिन अब शोभन भी जिद पर आ गए थे। उन्होंने दृढ़तापूर्वक कह दिया था कि अगर वह माफी नहीं माँगता तो मुकदमा वापस नहीं होगा। अनजाने और अनचाहे ही उस तनाव में मैंने महसूस किया कि मैं माँ के इष्टदेव को याद कर रही हूँ।

पूरा महीना इसी यातना में बीता। शायद रमण की समझ में आ गया था कि मुकदमा वापस न हुआ तो उसकी नौकरी छूट सकती है। एक दिन उसने माफी माँग ली। तब दिन सहसा बदले हुए लगने लगे। बालकनी में जूही के गुच्छे फूल आए हैं मैंने देखा। उसकी कोमल पत्तियों पर धूप की किरणें नाचती हैं—यह भी मैंने देखा। उस दिन से हवा कुछ अच्छी लगने लगी।

शोभन ने बताया कि उन्होंने कहीं कोई मकान रहने के लिए देखा है। माँ फिर उदास हो गईं। स्वर्गीय पति की स्मृति—इस मकान को छोड़ना उनके लिए सबसे बड़ी यातना थी। मकान के एक-एक कण से उनकी चेतना जुड़ी थी। उनकी मर्यादा, उनकी आसक्ति और उनका आश्वासन, सभी कुछ था वह मकान। लेकिन उपाय भी क्या था?

मुझे याद है जब उन्होंने जाने कहाँ खोई हुई आवाज में कहा था कि जब तुम्हारे पिता जी यह मकान बनवा रहे थे, कुछ रुपयों की कमी हो गई थी। उस समय मैंने अपना एक-एक जेवर उन्हें दे दिया था।

अन्ततः शोभन जीते। बेटे का मन और बहू की मर्यादा की रक्षा के लिए माँ ने अपनी भावना की बलि दे दी। हाँ, यह जरूर मैंने देखा कि उसके बाद अक्सर वे सोए-सोए चौंककर उठ बैठती थीं। उन्हें जैसे घबराहट-सी भी होती रहती। कुछ महीनों में ही जैसे वृद्धावस्था उन पर दूनी होकर उतर आई थी। मैंने यह भी देखा कि उन्हें बुखार आने लगा

था। अपने-आप से एक दिन मैंने उन्हें कहते पाया, "कैसे छोड़ूँगी यह सब भगवान्, कैसे छूटेगा यह सब और अब कैसे रहा जाएगा वहाँ? ऐसी पराई जगह जीना भी कैसे होगा?"

मैं सोचती कि उनके जैसे संस्कारों वाली साध्वी यह भी तो सोचती होगी कि अपना घर बेचना अशुभ है और उसे बेचकर किराए के मकान में रहना संस्कारहीनता। एक दिन उन्होंने कहा, "मुझको यहीं छोड़ दो। तुम दोनों ही रह लो वहाँ।"

लेकिन यह भी होता कैसे? स्थिति सहज नहीं हुई थी।

उन्होंने यह भी सोचा होगा कि इस तरह अलग रहकर स्थिति और बिगड़ेगी, सुधरेगी नहीं। लोग यह भी तो सोच सकते हैं कि लड़के ने अपने मन की शादी की और अलग हो गया।

शायद चुपचाप वे कई बार रोई भी थीं, क्योंकि कई बार उनकी ओर देखती तो लगता कि उनकी आँखें लाल और सूजी हुई हैं। मैं पूछती तो एक लम्बी साँस लेकर चुप हो जातीं।

यूनिवर्सिटी के पास ही एक नई बस्ती में कोठी का एक खाली हिस्सा मिल गया था। फिर भी तय यह हुआ कि केवल काम का सामान साथ जाएगा बाकी सब यहीं बन्द रहेगा। मकान बिकने पर ही उसे हटाएँगे। माँ ने तो मुहूर्त भी पूछ लिया था। सामान लदवाते वक्त माँ रो पड़ीं। किसी तरह मजदूरों को बाहर भेजा और आँगन में जाकर बुरी तरह फूट पड़ीं। उनका धैर्य टूट गया था, "मुझे माफ कर देना, मैं जीते-जी यह घर छोड़कर जा रही हूँ।"

मेरा रक्त जम गया। मुझे लगा मैं ही हूँ इस यातना की जड़। वे भी अवसन्न थे। पास-पड़ोस से इकट्ठा हुए लोग इस समय कचोट रहे थे। खल रहे थे। विचित्र मनहूसियत फैल गई थी। जैसे-तैसे माँ को शान्त किया। शोभन भी चाह रहे थे कि अब जल्दी से जल्दी यहाँ से हट जाया जाय। हल्का सामान ताँगे पर लाद लिया गया और हम तीनों भी बैठ गए। शोभन ने हाथ जोड़कर सबको नमस्कार किया। ताँगेवाले

ने घोड़े को आगे बढ़ने के लिए उकसाया। शड़ाप्–उसने एक चाबुक लगाई। मैं सिहर उठी...चौंक गई।

"अन्दर चल,"—कुमुद की आवाज आई—"चल, खाना खा लें।"

मैं दोबारा चौंकी। अचानक ऐसा लगा जैसे अंजुरी में भरी हुई रेत सरककर रीत गई। बीते दिनों की वह परछाईं भी गायब हो गई। यथार्थ की ठोस धरती पर मैं लौट आई। बीते हुए उस तूफानी प्रसंग से वापस आकर कुमुद के इस छोटे से कमरे में आश्वासन महसूस हुआ।

खाना खाते समय कुमुद तरह-तरह की बातें करके मन को अप्रिय प्रसंगों से दूर हटाने का प्रयत्न करती रही। मैंने उसकी आँखों में झाँका तो उसने चेहरा नीचे कर लिया। जी में आया कहूँ—तू अपने अप्रिय प्रसंग से अपने को अलग काट सकी है क्या? लेकिन मुझसे पूछा नहीं जा सका। जाने क्यों मेरी आँखें दोबारा गीली हो आईं।

नींद टूटी तो थोड़ी देर तक मैं समझ ही नहीं पाई कि सुबह हो चुकी है या रात उतरने वाली है। कुछ देर बाद ही मैं सुस्थिर हो पाई। मानसिक क्लान्ति के कारण सम्भवत: सारे दिन मैं सोती रही थी। धूप बिलकुल जा चुकी थी। आकाश पर रोशनी के अन्तिम लक्षण बीतने वाले थे। मैं चौंककर उठ बैठी। पलंग के पास की छोटी मेज पर मेरी वह डायरी पड़ी हुई थी, जिसे पढ़ते-पढ़ते मैं थककर सो गई थी। पर्दा हटा-हटा कर आगे बढ़ते हवा के हाथ उसके पन्ने उलट-पलट जाते थे। जो पन्ना खुला हुआ था उसकी तारीख चमक रही थी।

14 मार्च, 1963। तिथि के नीचे गांधी के शब्द छपे थे—

प्यार किये बिना हम कुछ नहीं कर सकते। प्यार से ही त्याग की भावना आती है। और त्याग ही मानव को सच्चे अर्थों में मानवीय बनाता है। स्वार्थ से उठाता है।

क्या सचमुच उठाता है? क्या सचमुच मानवीय बनाता है?

तभी दरवाजे पर आहट हुई। मैं थोड़ा-सा चौंक गई। यंत्रवत मैंने डायरी बन्द कर ली और उसे छिपाने जा रही थी कि कुमुद अन्दर आ गई। उसने देखा और अचानक जोर से बोली, "ए यू नॉटी! क्या छुपाया जा रहा है?"

डायरी तकिये के नीचे करके मैंने खिसियाहट भरी आवाज में कहा, "कुछ भी तो नहीं। छुपाना क्या था?"

कुमुद ने अपना बैग पलंग पर फेंका और तकिये की ओर झपटी, लेकिन मैंने डायरी उसके हाथ में जाने नहीं दी। काफी देर तक छीना-झपटी के बाद शायद वह ऊब गई। झल्लाकर बोली, "जा हट, मर, छुपा ले, मत दिखा।" फिर स्वस्थ होकर बोली, "देवी जी, कुछ चाय-वाय हुई या नहीं?"

हल्का-सा अपराध का भाव मन में उभरा, मैं देर तक सोई रही, कुमुद ऑफिस से थकी हुई आई होगी। उसे एक कप चाय तैयार दे सकती तो कितना अच्छा होता। अचकचाकर मैं उठ गई। बोली, "अभी तैयार करती हूँ, तुम बैठो।"

"अरे पागल हुई हो! मैं ही बनाती हूँ"—कहकर कुमुद बरामदे के एक कोने में बनी रसोई में खड़ी हो चाय बनाने लगी। इच्छा हुई कि डायरी के अधूरे छोड़े हुए पन्ने फिर खोल लूँ लेकिन वैसा कर नहीं सकी।

प्यार से आदमी मानवीय बनता है, स्वार्थ से ऊपर उठता है। क्या यह सच है? जीवन का बीता हुआ इतिहास एक ऐसे यंत्र की तरह चेतना पर घूमने लगा जिसमें बहुत से निशान बने होते हैं और जिससे किसी वस्तु का आकार आँका जाता है। लेकिन प्रेम के सन्दर्भ में लिखा हुआ वह सत्य जीवन के इतिहास के उस यंत्र में खरा उतरता है क्या? प्यार की इस निष्ठा में जीवन के दूसरे चक्र कितना खेल खेलते हैं, यह कौन जानता है? कब चाहा था मैंने वह सब जो कुछ भी हुआ? क्या वह सब प्यार का ही सत्य था? क्या प्यार के इसी उबलते हुए सरोवर में कमल के बजाय सिवार और काई नहीं उगती। क्या प्रयत्न से सिवार और काई का उगना रोका जा सकता है? मैंने चाहा था कि शोभन वह प्यार बने—ऐसा प्यार बने, जो मुझ तक ही सीमित रह सके।

जिसमें हवा के साथ उड़ती बालू का भटकाव न हो। जिसमें कण-कण मन और तन को सहेजकर प्यार की फुलबगिया में सीमित कर दिया जाय।

लेकिन क्या कुछ नहीं हुआ उस बीच प्यार की उस फुलबगिया में? क्रोध, जिद, खीज और कुंठा के कितने ही काँटे उगे। कितनी ही बार मेरे और शोभन के बीच ऐसा लगा जैसे एक रेगिस्तान उग आया हो। फिर वह रेगिस्तान अनचाहे ही बढ़ता गया। मेरी चाहत और शोभन की बाँहों के बीच का रेगिस्तान एक दिन इतना विस्तृत हो गया कि एक सिरे से दूसरे सिरे तक दृष्टि से उसे बाँधना भी असम्भव हो आया।

सुनसान, भयानक और तिलमिलाती हुई दोपहर थी वह—7 जून, 1960। सजा-सजाया घर, मोहाविष्ट शोभन समेत मीनल को अर्पित कर गोद में नन्ही तोरू के साथ इसी जलते रेगिस्तान की रेत में निकल आई थी मैं।

चक्कर पर चक्कर
और
चक्कर पर चक्कर काटते हुए
अकस्मात चौंक-चौंक कर
तपती रेत में
पीछे मुड़ देखना।
कि कोई मुझे बुलाने आ रहा है।

चमकती हुई रेत के उस छूटे हुए रास्ते के अलावा और कोई भी नहीं। तपती रेत का वह रास्ता है जो पीछा करते हुए मेरे साथ-साथ चला आ रहा है।

डेढ़ बरस लम्बे-लम्बे दिनों को अपने पीछे आते महसूस किया और बार-बार चाहा कि इसी रेत के बीच कहीं एक दलदल मिल जाय जिसमें मैं समा जाऊँ। लेकिन टखनों तक धँसकर भी आगे डूबा न गया।

जीने की इच्छा का कोई एक तार बराबर आगे—और आगे खींचता रहा।

चिलचिलाती हुई दोपहर, गर्मी से ऊबे मुरझाए पेड़ और लू से तपता हुआ एक छोटा-सा स्टेशन। तोरू को कलेजे से चिपकाए हुए सामान का छोटा-सा बंडल सँभाले मैं टिन के सायबान के नीचे बेंच पर इन्तजार करती हूँ कि वहाँ सामने बिछी हुई जलती पटरियों पर एक ट्रेन आएगी।

चेहरे पर बार-बार पसीना आ रहा था। पसीना तपन का ही नहीं, घबराहट का भी था। कैसे आ गई मैं यहाँ तक, बिलकुल अकेले, कहीं कोई परिचित मिल गया तो क्या होगा? क्या सोचेगा वह? घर पर लौटकर माँ और पिता से क्या कहेगा? सोचती कि इस सीमेंट के प्लेटफार्म पर ही रेत का वह विस्तार पैदा हो जाय, जिसमें फँसकर मैं डूब जाऊँ। घबराहट हटाने के लिए मैं इधर-उधर ध्यान बँटाने लगी। देखा—तोरू के चेहरे और नन्हे-नन्हे हाथों पर पसीना झलक आया है। पसीना पोंछा, उसे लू से बचाने के लिए पानी पिलाया और फिर रूमाल टटोलकर देखा कि टिकट सावधानी से बँधा है।

मृगतृष्णा के वे दिन भी कैसे बीते थे। बच्ची बहुत छोटी थी जब मैं उसे लेकर अकेलेपन के रेगिस्तान के इस पार माँ के पास लौट आई थी। सोचा था शायद कभी खोया हुआ प्यार लौटे, शायद कभी दूसरी बार फुलबगिया की रातरानी की गन्ध का झोंका आए। शायद फिर कभी नाँद के पानी में उग आया कमल मेरी आँखों को परस जाय, और दो बाँहों के बीच नया जीवन उगे।

लेकिन मृगतृष्णा बदली नहीं। चाहा हुआ सच नहीं हुआ। दो बरस रेत में भटक-भटक कर आखिर इस प्लेटफार्म पर आ पहुँची। ट्रेन आ रही थी। छोटे प्लेटफार्म पर हलचल शुरू हो गई थी। गिने-चुने कुली ट्रेन के इन्तजार में आकर खड़े हो गए थे। दस-बारह मुसाफिर सामान सहेजने और भागदौड़ करने लगे थे।

मैं क्या सहेजूँ? सब कुछ बिखरने के बाद अब जो जिजीविषा के दो कण मेरे आँचल में बचे थे उन्हें मणि की तरह सहेजकर मैं खड़ी हो गई। एक कुली ने मेरे करीब ठिठककर कहना चाहा कि मुझे उसकी जरूरत है या नहीं, लेकिन फिर कुछ सोचकर दूसरी ओर चला गया।

चमकती हुई धूप में क्षितिज के पास जहाँ दोनों पटरियों ने मिलकर सुई की नोक जैसी बना ली थी, वहाँ एक काला बिन्दु उभरकर डरावने ढंग से बड़ा होता जा रहा था। जैसे-जैसे वह काला बिन्दु बड़ा होता गया, उस छोटे से स्टेशन के टिन के सायबान में कँपकँपी भरती गई। प्लेटफार्म के सिरे तक पहुँचते-पहुँचते ट्रेन का वह विराट आकार इतना भयानक हो उठा कि मन दहल गया। दो क्षण में इंजन दहाड़ता हुआ, धरती कँपाता मेरे पास से गुजर गया। ट्रेन धीरे-धीरे रुकी, एक जगह मुझे हलकी निराशा-सी भी हुई कि वहाँ भीड़ क्यों नहीं है? उस समय भीड़ का न होना मुझे बहुत सहज नहीं लगा।

दो बरस पहले इसी स्टेशन पर एक गाड़ी रुकी थी। ठीक इसी तरह उस दिन भी यह छोटा-सा स्टेशन इसी तरह उजाड़ था। सूने प्लेटफार्म पर बनी बेंचें इसी तरह वीरान पड़ी थीं। वह ट्रेन मुझे जैसे बलात् किसी असहाय की तरह प्लेटफार्म पर धकेलकर दहाड़ती हुई चली गई थी। एक क्षण के लिए मैं समझ नहीं पाई थी कि सामने खड़ी माँ और पिताजी से मैं क्या कहूँ? वे भी शायद मेरी तरह उद्वेलित थे। बम्बई से यहाँ तक के इस लम्बे सफर से कहीं ज्यादा गहरी कुछ बातें थीं जो कही नहीं गईं लेकिन सुनी और समझी गईं। मेरा श्रीहीन और सौभाग्यविहीन होकर लौटा चेहरा स्नेहसिक्त पिता की आँखों में झलक आया था। शब्द पास नहीं थे कि वे बेटी की यातना को व्यक्त कर पाते क्योंकि बेटी की यातना उनका अपना भोग भी थी—शब्द तो किसी के पास भी नहीं थे। मेरे पास भी नहीं। माँ के पास भी नहीं—और तोरू तो थी ही अभी बेजुबान, अश्रुसिक्त।

थोड़े दिन के बाद मुझे एक जगह काम मिल गया था। जहाँ काम मिला था वह दफ्तर कोई पच्चीस मील दूर शहर में था। हर मौसम की मार झेलती हुई पच्चीस मील की वह दूरी हर रोज तय करती थी। हर रोज नापी जाती वह दूरी लम्बे-लम्बे आठ घंटों के काम के बीच ऐसी लगती जैसे मैं सिसिफस हूँ जो पत्थर की चट्टान धकेलता हुआ पहाड़ की चोटी तक ले जाता है और चट्टान फिर नीचे लुढ़क आती है।

सिसिफस के हाथ से छूटी वह चट्टान मेरे सीने पर आकर गिरती थी, मन कचोट जाता था जब तोरू अपनी तोतली भाषा में पूछ बैठती थी, "पापा कब घर आएँगे मम्मी? पापा रात को घर क्यों नहीं आते?"

वे शब्द कहाँ थे मेरे पास जो बता पाते कि पापा घर क्यों नहीं आते और यह कि जिसे घर कहा जाय वह कहाँ है। तोरू के वाक्य मन में घुमड़ते रहते और नींद भाप की तरह उड़ जाती। सारी रात इधर-से-उधर करवटें बदलते बीतती, नींद और शान्ति जैसे खोजे भी नहीं मिल पाती थीं। शान्ति मिलती भी तो कैसे। मन की शान्ति को गमलों में उगाया तो नहीं जा सकता। शान्ति धूप की किरण भी तो नहीं है जो खिड़की खुलते ही अन्दर आ जाय।

दो बरस लगातार अशान्ति के इस जलते रेगिस्तान में नंगे पाँव घिसटती रही। दो लम्बे बरस तन को धीरे-धीरे धुनते गए। चलते-चलते लगता जैसे आँखों में अँधेरा छा रहा है और पेशियों का तनाव टूट जाने वाला है। माँ कहतीं कि मेरा चेहरा पीला हो आया है और मैं सूख गई हूँ। इलाज करना होगा। लेकिन इलाज कैसा? किसका? तन के रोग का इलाज होता है मन के रोग का इलाज...।

यातनाओं की उस धुन्ध में एक दिन मैंने सोचा कि मुझे बम्बई जाना होगा।

16 मार्च, 1932। डायरी में तारीख पड़ी हुई है। पूरे पन्ने पर थके हाथों घसीटकर लिखा गया है।...ऑफिस से तीन दिन की छुट्टी ली

है। बम्बई जाना है। जाना ही होगा। उपाय कोई नहीं है।...तोरू...तोरू, तू क्या समझ सकती है मन का रोग क्या होता है? मन मर जाय तो तन का जीना कैसा होता है? तोरू, तू क्या समझ सकती है कि आगे क्या होगा? मेरा तो बस नहीं, मैं तेरी माँ हूँ, तू समझ सकती है मेरी बात को?

16 मार्च, 1962। डायरी की उस अस्फुट लिखावट पर...उस वीरान प्लेटफार्म से छूटी हुई एक गाड़ी के पहियों के निशान हैं। एक गहरा धक्का लगा था जैसे ही मैंने ट्रेन पर पाँव रखा था। ऐसा लगा था जैसे कि मैं ट्रेन पर चढ़ी नहीं बल्कि किसी गहराई में गिरा दी गई हूँ।

बम्बई जाने वाली उस एक्सप्रेस ट्रेन पर बैठे-बैठे अनगिनत क्षणों के छोरहीन क्रम तक फैले हुए विक्रान्त जीवन की सहस्रों परछाइयाँ मेरे मानस पर ट्रेन से दीखते दृश्यों की तरह उभरती-मिटती रहीं। बहुत तीखी प्यास लग आई थी, लेकिन मन टूटा हुआ था। उठा नहीं जा सका। बालों में धुएँ की गर्द भर गई थी। होंठों पर पपड़ियाँ उभर आई थीं। अन्तस्तल जल रहा था। तोरू सो गई थी। कितनी सहज निस्संग निद्रा थी उस अबोध की। चेहरे की ओर देखकर मेरा मन कचोट गया।

रास्ते भर मैं गाड़ी से एक बार भी नहीं उतरी कि कहीं यह गाड़ी भी उनकी तरह मुझे छोड़कर बढ़ न जाय और मैं पीछे अकेली छूट जाऊँ। नितान्त अकेली। किसी तरह दौड़ लगाते-लगाते अन्त में दुश्चिन्ताओं के लम्बे क्रम को पार कर गाड़ी बम्बई पहुँच गई। एक क्षण के लिए लगा कि मैं नीचे नहीं उतर सकती। उतरने का साहस नहीं है। बेबी को कन्धे से लगाकर सामान सँभाले अभी मैं डब्बे के दरवाजे तक गई थी कि लगा जैसे मेरे पैर किसी ने बाँध लिये हों।

मैंने देखा वही थे। बिलकुल ठीक वही। शोभन। बेचैनी से प्लेटफार्म पर खड़े इधर-उधर नजरें दौड़ाते हुए। तो शोभन आ गए! यह सच है या दिवास्वप्न? वह जिद, कठोरता, निर्ममता, सब कुछ यों घुल जाएगी, ऐसा

सोच नहीं पाई थी। मन आर्द्र होने आया, आँखें गीली हो गईं। मोहाविष्ट थोड़ी देर ज्यों-की-त्यों खड़ी रही और फिर अचानक मैंने अपना हाथ थोड़ा-सा ऊँचा किया मेरे कंठ तक आया—शोभन!

और तभी पैरों के नीचे से किसी ने कोई चीज खिसका ली।

शोभन के चेहरे पर एक खुशी दौड़ी। हाथ उठाकर हलो कहते हुए, बगैर मेरी तरफ ध्यान दिये वे दाईं ओर के एक दूसरे डब्बे की ओर बढ़ गए। उस दूसरे डब्बे से जो उतरा उसे न चाहकर भी मैंने देखा। उनका एक नाटककार मित्र राजहंस पहले दर्जे के डब्बे से कूदकर उनके गले से लिपट गया था।

मुझे लगा, जैसे चारों तरफ जंगल हो जिसमें ऐंठ-ऐंठकर लकड़ियाँ जलती हुई चटख रही हों। भरसक यह चाहते हुए कि उधर उस जलन की तरफ निगाह न जाय मैं बच्ची को सँभालते हुए भीड़ में डूबकर प्लेटफार्म से बाहर आ गई। मन बुरी तरह जल रहा था। अन्तस्तल छलनी हो चुका था। एक-एक स्नायु जैसे टूट चुका था, मुझसे खड़ा नहीं रहा जा रहा था।

जैसे-तैसे टैक्सी बुलाई, टैक्सी पर बैठी और लम्बी साँस लेकर थोड़ी स्थिर हुई थी कि सामने के शीशे से देखा टैक्सी के ठीक आगे एक सुरमई रंग की फिएट जा रही है। गाड़ी के पिछले शीशे पर दो चेहरे दिख रहे थे शायद वे चेहरे कातर थे। मुझे देखते पाकर चेहरे फिर मुड़ गए। लेकिन वह कातर उत्सुकता दबी नहीं रही। उन्हें शायद लग रहा था कि मेरी टैक्सी उनका पीछा कर रही है। हाव-भाव से ऐसा नहीं लग रहा था कि वे निश्चिन्त होंगे। बल्कि जिस तरह पीछे घूम-घूमकर वे टैक्सी की ओर देख रहे थे उससे लगता था कि कहीं वे भयभीत भी हैं। मुझे विश्वास है कि वे निश्चय ही भयभीत हो रहे होंगे; दोनों, शोभन और राजहंस दोनों ही।

सम्भव है कि राजहंस उस समय शोभन की कातरता के प्रतिबिम्ब बन गए हों। वैसे भी किन अर्थों में वे शोभन से भिन्न रहे हैं नहीं कह

सकती। प्रिया पत्नी को पागल घोषित किया था राजहंस जी ने भी। नाटक लिखने के पहले नाटक खेला भी था। सब कुछ छीनकर पत्नी को कहा था कि वह पत्नी नहीं रही। एक-दूसरे के चेहरे में अपने-अपने नाटक की परछाइयाँ पड़ते हुए उन दो भयभीत प्राणियों का पीछा मेरी टैक्सी ने कब तक किया मैं नहीं जानती और फिर सहसा एक जगह से उनकी गाड़ी दूसरे रास्ते पर मुड़ ली। मुझे पता था कि इतनी जल्दी इस जगह से ही उनका रास्ता अलग नहीं होता लेकिन शायद उन्होंने जान-बूझकर अपने ड्राइवर से वहीं मुड़ जाने को कहा था। अच्छा हुआ कि वे ही अलग मुड़ गए।

आह नियति! तोरू को कहीं दो क्षण के लिए भी यह मालूम हो पाता कि उसका वह चिरप्रतीक्षित पिता, चिर कायर होकर रास्ता बदलकर चला गया तो जाने वह क्या सोचती? सम्भव है उसका शैशव इसकी परिभाषा समझ न पाए। लेकिन क्या आजीवन इसकी परिभाषा उसके लिए अनजानी ही रह सकती है? अनजानी ही रखी जा सकेगी? तोरू सो रही थी। उसके खोए भोलेपन को जीवन के मरु की यह रेतीली परिभाषा छू नहीं सकती, यह कितना बड़ा आश्वासन है।

काश, वह अबोध समझ पाती कि आज उसका दर्द भरा महत्त्वाकांक्षी पिता कितना दयनीय हो उठा है। अपने अपराधी अन्तर्मन के कारण अपने आपसे भयभीत...।

टैक्सी अब अपेक्षाकृत वीरान लम्बी सड़क पर दौड़ रही थी। टैक्सी की खुली हुई खिड़की से ताजी हवा का एक झोंका आया। फागुन की इस समुद्री गन्धभरी हवा के इस कोमल झोंके का यों सहला जाना कुछ सुखद लगा। यही महीना है फागुन का...सुगन्धभरा, न गर्मी न सर्दी; जूही, चमेली, रातरानी, टेसू और कामिनी के सौरभ से भरा फागुन...समझ में नहीं आता कि मेरे जीवन का हर मोड़ उसी फागुन से क्यों शुरू होता है? जीवन के हर मोड़ पर यही हवा क्यों मुझको छू जाती है?

सुखद आश्वासन से एक क्षण के बाद स्नायुओं में अनहोनी घटना की आशंका भर गई। मन में उदासी का अँधेरा छा गया। विवश थी, जाती भी कहाँ? न चाहते हुए भी बरसों के परिचित गुरुजन के द्वार पर टैक्सी रुकवा दी। छोटी-सी कोठी की नन्ही-सी वाटिका के फाटक पर श्वेत पटिया पर लिखा हुआ एक नाम देर तक पढ़ती रही—डॉ. शशिकान्त।

तोरू जाग गई थी। शायद उसे भूख भी लग आई थी। यात्रा के कारण थक भी चुकी थी। लेकिन उस नन्ही-सी वाटिका को देखकर वह खुश हो गई। मैं वह छोटा-सा लकड़ी का फाटक खोलने के लिए अपने को बाँध रही थी कि द्वार पर डॉ. शशिकान्त की सौम्य आकृति दिखाई दी। थोड़ी देर अपरिचित को पहचानते-से खड़े रहे और फिर दो कदम आगे आ गए। यात्रा और यातनाओं के कारण मेरी आकृति सम्भवत: बदल चुकी थी। कई बरस पहले उन्होंने देखा था और उसके बाद वे बम्बई आ गए थे। उन्हें अनुमान भी नहीं रहा होगा कि मैं यूँ अनायास कभी उनके यहाँ पहुँचूँगी। मुझे पहचानने में उन्हें कुछ समय लगा और फिर वे अवाक् रह गए। बिना किसी पूर्व सूचना के अबोध बच्ची को साथ लेकर बिलकुल अकेले उनके यहाँ क्यों और कैसे आ गई? जीजी ने पहचाना तो गले लगा लिया। वे भी स्तब्ध थीं। बैठते-न-बैठते मैंने उनसे कह दिया कि मैं शोभन को तोरू सौंपने आई हूँ।

उनके बच्चों की आँखों में पहले तो एक अजनबीपन आया, लेकिन फिर वे आश्वस्त हो गए। नन्ही-मुन्नी तोरू गौरैया की तरह कमरे में फुदकने लगी। बच्चे तोरू के आस-पास व्यस्त हो गए। उन्हें अपने मनोरंजन का साधन मिल गया। मेरे मन में हल्का संकोच भर आया कि आते समय मैं इन बच्चों के लिए कुछ नहीं लाई। मन में अनमनी हो आई। मैंने महसूस किया कि जीजी और शशिकान्त जी भी अनमने हो उठे हैं। मेरे मन में भी संकोच आया कि शायद मुझे इस तरह आना नहीं चाहिए था लेकिन अब वापसी भी सम्भव नहीं थी। जो कुछ भी हो, अब स्थिति का सामना करना ही होगा। थोड़ी देर बाद ही गहन गम्भीर वातावरण

को सहजता की तरफ लौटाते हुए शशिकान्त जी बोले, "कुन्तल बहन, अब आप नहा-धो लीजिए, खाना खाकर आराम कीजिए। सफर से थक गई होंगी, फिर निश्चिन्त होकर बात करेंगे, जो भी समस्या है धीरज से निपटाई जाएगी। ईश्वर सब ठीक ही करेगा।"

उनके शब्दों में मुझे आश्वासन महसूस हुआ। किसी सीमा तक मन का तनाव भी सहज हो गया। जीजी ने बाथरूम तक पहुँचा दिया और खुद नौकर को खाना तैयार करने को कहने चली गईं।

जब सब कुछ पराया हो जाता है तब थोड़ा-सा भी अपनापन मन को भिगो जाता है। बरसों के बाद किसी स्नेहसिक्त हरे-भरे परिवार की ममता ने अपनेपन की एक किरण मुझे दी थी। वह एक किरण जलते हुए अन्तस्तल पर शीतलता के छींटे डाल गई। बहुत धीरे-धीरे थके लेकिन शान्त मन से शीतल जल की धारा में नहाकर जब मैं बाहर आई तो मन पहले से ज्यादा सुस्थिर हो चुका था।

हम सबने मिलकर खाना खाया। बरसों बाद पहली बार उस स्नेह-भरे खाने में एक तृप्ति थी। हाँ, मन की उदासी बीच-बीच में घिर-घिर आती थी। शशिकान्त जी से उदासी के वे क्षण छिपे नहीं थे। अन्ततः एक बार उन्होंने टोका भी था—"एक बात कहूँ कुन्तल, तुम उम्र में बहुत छोटी हो। दुख या सुख दोनों से ही सटकर बैठना अच्छा नहीं होता। सुख से ज्यादा लिपटकर बैठने से सुख के अपरिचय का आनन्द नहीं रहता, वह उकता देता है और दु:ख से ज्यादा लिपटने पर वह अन्तस्तल को खाता है।"

मेरी आँखें भीग आईं, लेकिन सत्य के उस सहारे ने आँसुओं को थाम लिया। तोरू खा-पीकर फिर बच्चों में मस्त हो गई थी। मन में करुणा हो आई कि यहाँ वह नियति से कितनी निस्संग है। उसे क्या पता कि अपनी माँ से अलग होकर वह किस नियति को सौंपी जा रही है? दिल्ली से चलते समय उसने पूछा था, "माँ, हम छुकछुक पर चढ़कर कहाँ जा रहे हैं?"

"तुम पापा के लिए पूछती थी न बेटा, हम दोनों पापा के पास जा रहे हैं।"—मैंने उससे कहा था। रास्ते भर वह यही दोहराती आई थी—"पापा के पास जा रहे हैं।"

साँझ ढल रही थी। सूरज दिन भर तपने के बाद समुद्र के उस पार क्षितिज में उतर गया था। तोरू ट्रेन के सफर से थकी थी। बच्चों से कहानी सुनते-सुनते सो गई थी। जीजी मेरी गाथा में डूबी थीं कि द्वार पर आकर शशिकान्त जी बोले, "सुनो, मैं जरा शंकर भाई के यहाँ होकर आता हूँ।"

शंकर भाई को शशिकान्त जी ने उस शाम मेरी सारी कथा बताई थी। यह बाद में मालूम हुआ। उन्हें शशिकान्त जी ने यह भी बताया था कि कुन्तल शोभन को अपनी बेबी लौटाने आई है। जीजी ने मुझे बताया था कि शंकर भाई खुद भी यह सब सुनकर चिन्ता में डूब गए थे।

इसके आगे की गाथा से मेरा परिचय सीधा नहीं है। मुझे जीजी के पास छोड़कर शशिकान्त जी बहुत रात गए तक बाहर ही रहे। जाने कहाँ-कहाँ भटके। आशंकाओं और दुश्चिन्ताओं के अँधेरे में करवट लेती मैं उन क्षणों में क्या बीता, नहीं जान पाई थी। बहुत बाद में एक-एक अंश जोड़कर उन कुछ घंटों की नितान्त नाटकीय गाथा पूरी हुई थी।

शशिकान्त जी का स्वभाव गम्भीर था। उन्होंने कम ही बताया, लेकिन शंकर भाई ने उत्तेजना के उत्साह में एक-एक बात सुना दी थी।

शशिकान्त जी से सब कुछ सुनकर शंकर भाई भी स्तब्ध हो गए थे, फिर उन्होंने ही सुझाया था कि अच्छा हो, जो कुछ बात होती है वह शोभन से अभी इसी समय हो जाय। रात को ही टैक्सी लेकर वे दोनों वहाँ से कोई पन्द्रह मील दूर शोभन के घर पहुँच गए थे। शोभन शशिकान्त जी और शंकर भाई को देखकर किसी सीमा तक आतंकित हो उठे थे। शोभन अपने एक मित्र के साथ बैठे उत्तेजित स्वरों में कुछ कह रहे थे। मीनल सामने खड़ी थी। मीनल का अन्तिम वाक्य शशिकान्त जी ने जो सुना उससे यह अनुमान लगाना कठिन नहीं था कि उत्तेजित वातावरण में बातचीत का केन्द्र कुन्तल ही थी।

शोभन संकोचवश आगे नहीं बोल सके लेकिन मीनल अपने वश में नहीं थी। शंकर भाई और शशिकान्त जी की उपस्थिति के बावजूद उसने कह डाला कि कुन्तल फिर कोई नया विस्फोट करने आई है। वह पागल है और कुछ भी कर सकती है।

शोभन की खामोशी से ही मीनल में थोड़ा अन्तर आया। अपने क्षोभ का उबाल उतारकर वह चुप हो गई। उसका चेहरा किसी बिल्ली की तरह वहशी हो आया था। थोड़ी देर की खामोशी के बाद शशिकान्त जी ने कहा था कि अगर शोभन अपने-आप को संयत रख सके तो वे कुछ कहना चाहेंगे। शोभन ने विनम्र होकर उनकी बात सुनी थी। शशिकान्त जी ने बहुत धीरे-धीरे कह डाला था कि मैं किस तरह अकेली बम्बई पहुँची थी बेबी को सौंपने।

बात बहुत संयत ढंग से कही गई थी लेकिन शोभन और मीनल एक साथ उत्तेजित हो उठे थे। जंगली बिल्ली की तरह अपना दुबला पंजा झटकते हुए मीनल चीखी, "मैं यह सब सह नहीं सकती। मुझसे यह सब न हो सकेगा। उसका दिमाग सही नहीं है। मेरी अपनी तबीयत ठीक नहीं रहती। माँ जी दो साल से अलग खाट से लगी हुई हैं। उसकी बच्ची को यहाँ सँभालेगा कौन? मेरे बस की बात नहीं है।"

शोभन के मित्र संकुचित हो उठे। शायद प्रतिवाद उनके कंठ तक आया लेकिन वे उसे पी गए। फिर बहुत दबे स्वर में उन्होंने कहा, "हाँ, छोटी बच्ची की समस्या तो होगी और फिर आपकी तबीयत तो काफी खराब रही है।"

शशिकान्त जी ने थोड़ी तीखी आँखों से उनकी ओर देखा तो वे संकुचित होकर चुप हो गए। थोड़ी देर सभी चुप रहे। फिर शशिकान्त जी अपने गम्भीर स्वर में बोले, "शोभन, तुम मुझसे छोटे हो, मेरे विद्यार्थी भी रह चुके हो। लेकिन जो कुछ भी कहूँगा वह उस नाते नहीं। तुम विद्वान और समर्थ हो, रचनाकार हो, समाज के एक जिम्मेदार सदस्य हो। इस नाते ही जो बात कहूँगा उसको सम्मान दोगे, ऐसी अपेक्षा करता हूँ।

यह सच है कि कुन्तल और तुम्हारे बीच अब सद्भावना शेष नहीं है, लेकिन वह बच्ची तो इससे परे है न।"

शोभन अचानक कुछ बोलने को हुए लेकिन शशिकान्त जी ने उन्हें रोक दिया, "मुझे बात पूरी कर लेने दो शोभन, फिर तुम जी खोलकर अपनी बात कह लेना। तुम प्रबुद्ध हो, निर्णय तो तुम्हें ही लेना होगा। तुम्हारे और कुन्तल के बीच सद्भावना का जो सूत्र टूटा है, सच कहो, क्या उसमें तोरू का हाथ हो सकता है? उसे क्यों दंड देते हो? दोष मान लिया...कुन्तल का ही मान लिया। बच्ची ने क्या किया है? तुम्हारी बच्ची तुम्हें छोड़ और किसका आश्रय लेगी।"

शोभन बहुत गम्भीर हो आए और देर तक कुछ सोचते रहे थे। शंकर भाई और शशिकान्त जी एक सीमा तक आश्वस्त हो गए थे कि शायद बात शोभन पर असर कर गई है। लेकिन शोभन ने एक लम्बी साँस लेकर अपना चेहरा ऊपर उठाया और बोले, "शशिकान्त जी, आपकी बात का मैं विरोध नहीं करता, लेकिन आप कुन्तल को नहीं जानते। कल को वह हंगामा खड़ा करेगी तो आपका भी वश नहीं चलेगा। अगर उसने यह शोर मचाया कि बेबी को हमने जबरदस्ती छीन लिया है तो हम सबके लिए संकट हो जाएगा। मुझे क्षमा कीजिए शशिकान्त जी। मैं मजबूर हूँ।"

शशिकान्त जी का चेहरा खिंच गया था। शंकर भाई उत्तेजित हो उठे थे। शोभन की ओर झुककर उन्होंने तीखे स्वर में कहा, "शोभन जी, आपका हठ निर्मम ही नहीं अमानवीय भी है। कुन्तल जी इतनी ज्यादा बीमार हैं, खुद चलकर न जाने कैसे बम्बई पहुँची हैं। पता नहीं कितने दिन जिएँगी। और आप हैं कि अपनी बच्ची को सहारा नहीं देना चाहते। आप उसे अनाथ गन्दी गलियों में भटकने को छोड़ देना चाहते हैं। कोई बात नहीं, आप साहित्यकार हैं, साहित्यकार समाज के ही एक सदस्य हैं। आपका दायित्व हम सब साहित्यकार मिलकर निभाएँगे।"

शोभन स्तब्ध होकर बैठ गए। कमरे में मनहूसियत की घुटन भर गई। ऐसा लगने लगा कि शोभन की साँस घुट रही है। मीनल चुपचाप

उठकर अन्दर चली गई और शोभन पत्थर की मूर्ति की तरह जमकर बैठे रहे। शशिकान्त जी ने स्थिति को पहचाना। हाथ बढ़ाकर शोभन के कन्धे पर रख दिया और सान्त्वना देते हुए से बोले, "शोभन, तुम क्या जिम्मेदारी से भागोगे? सोचो शोभन?"

कमरे में फिर खामोशी छा गई। थोड़ी देर बाद शोभन ने जैसे अपने साहस को समेटा और कहा, "ठीक है शशिकान्त जी, आप मेरे बड़े हैं और मुझे यह आदेश दे सकते हैं। मैं इनकार भी नहीं करूँगा। लेकिन एक बात मेरी भी माननी होगी। बच्ची मैं अदालत के जरिए ही लूँगा। स्टाम्प पेपर पर लिखकर समझौता होगा। बाकी सब कैसे होगा आप सोच लीजिए। मुझे भी सोचने के लिए कुछ समय तो आपको देना ही होगा। वकील से सलाह करूँगा, फिर जैसा आप ठीक समझेंगे वैसा ही हो जाएगा।"

शशिकान्त जी ने स्नेह से उनके कन्धे दबाए और आभार प्रकट किया। शंकर भाई थोड़े क्षुब्ध जरूर थे लेकिन वे भी शान्त हो गए थे। थोड़ी-सी औपचारिक बातचीत के बाद शशिकान्त जी उठ खड़े हुए। दरवाजे तक आते-आते उन्होंने कहा, "बुरा मत मानना शोभन कि इतनी रात गए तकलीफ दी। तुम्हारे यहाँ आया तो इतने अप्रिय प्रसंग के सिलसिले में।"

शोभन भी सहज हो चले थे। हाथ जोड़कर उन्होंने कहा, "लज्जित न करें आप। इतनी रात गए इतनी दूर से आप आए। मैं तो आतिथ्य भी न कर सका।"

चलते-चलते तय हुआ था...

18 मार्च, 1962। डायरी में यह तारीख पड़ी हुई है। 17 मार्च की उस निर्णायक रात्रि के बाद केवल कुछ घंटों के अन्तर से ही दस बजे के करीब वकील के तय हो जाने के बारे में फोन आया शशिकान्त जी के पास। वकील तय हुआ है। माँ और बेटी के बीच दीवार खड़ी करने के

लिए वकील खड़ा किया गया है। यह सोचकर मन जाने कैसा-कैसा हो गया था। अन्दर कहीं कुछ कचोटने लगा था। कैसा होता है वह क्षण जब माँ अपनी एकमात्र बच्ची से अलग होती है। इसके बारे में सोचना शायद सहज है, भोगना बहुत मुश्किल।

तोरू बहुत खुश थी। नई जगह पाकर वह किलक-किलक उठती थी। बार-बार हाथ छुड़ाकर भाग जाती थी। उसका इस तरह खुश होना मन को और अधिक बींध रहा था। मन पत्थर से भी अधिक भारी हो रहा था। क्या उसके बिना जिया जा सकेगा? क्या उसके बिना मन को बाँध सकूँगी? वह क्षण कैसा होगा? जब तोरू को अन्तिम बार सीने से चिपकाकर हमेशा के लिए अलग करना पड़ेगा। मन में हुआ कि धकेलकर मैं उस निर्मम क्षण को दूर फेंक दूँ, लेकिन वह निर्मम क्षण अब मेरे वश में नहीं था। उसे दूर फेंक सकना मेरे हाथों में नहीं था। जैसे विवशता की एक लम्बी रस्सी बराबर फन्दे की तरह गले में कसती जा रही थी। फोन आ चुका था। उस क्षण के आने में भी ज्यादा देर नहीं थी। शशिकान्त जी ने कहा था कि शायद दो-तीन बजे तक वे सब—शोभन, शोभन के मित्र वकील और सम्भवत: मीनल आ जाएँगे। घंटा भर लगेगा या शायद कुछ समय ज्यादा लग जाय। उसके बाद तो फिर बिना तोरू के ही लौटना होगा।

ऐसी दुविधा के क्षण शायद बहुत छोटे होते हैं, तभी न चाहते हुए भी घंटे-पर-घंटे बीतते चले गए। जैसे बहुत ढाल वाली धरती पर अनायास ही सारे प्रयत्नों के बाद भी कोई गाड़ी लुढ़कती ही चली जाती है, उसी तरह क्षण-पर-क्षण बीतते ही चले गए और अन्तत: लगभग ढाई बजे शशिकान्त जी ने कहा कि वे लोग आ गए हैं और बाहर गाड़ी में हैं।

शशिकान्त जी ने यह कहा तो यातना की रेखाएँ उनके चेहरे पर भी उभर आई थीं। मुझे पता था कि इस तरह तोरू के माँ से अलग होने में अपना भी योगदान समझकर वे पीड़ित थे। सोचने का अब समय नहीं था, जो अन्तिम क्षण मेरे भय का कारण था, वह आ गया था।

17 मार्च, 1962 से 18 मार्च, 1962। कुल एक-डेढ़ घंटे के अन्दर मातृत्व के इतिहास की सबसे भयानक घटना किसी तूफान की तरह आई और चली गई थी। डायरी के इन पृष्ठों को देखकर विश्वास नहीं होता कि जीवन की इतनी कठिन परीक्षा कौन-सा हृदय दे सकता होगा?

किसी यंत्र की तरह जल्दी-जल्दी नहला-धुलाकर तोरू को नये कपड़े पहनाए थे। उसकी प्रसन्नता की सीमा नहीं थी। छोटी-सी वह बच्ची यह जरूर समझ गई थी कि उसे कहीं जाना है। लेकिन कहाँ और किन परिस्थितियों में जाना होगा यह उसकी नन्ही समझ से बाहर था। उसकी खुशियों का क्रम टूट न जाय इसलिए बलात् मुस्कराना भी पड़ा था।

अजीब खामोशी और उदासी पूरे वातावरण में छाई हुई थी। हम सब सहमे और कुंठित थे। किसी में इतना साहस नहीं था कि एक-दूसरे से कुछ बोले। शायद शब्द ही नहीं थे किसी के पास। शशिकान्त जी ने शोभन को बाहर जाकर कह दिया था कि वे एक निश्चित जगह पहुँचें, बाकी सब वहीं आ जाएँगे। जाने के लिए टैक्सी आई तो अन्तर्मन रो उठा। शंकर भाई साथ थे। शशिकान्त जी, उनकी पत्नी और मैं तोरू के साथ टैक्सी की पिछली सीट पर। तोरू जापानी गुड़िया की तरह सामने की सीट के तकिये के सहारे खड़ी होकर किलकारियाँ भर रही थी। अचानक उसके एक वाक्य ने मेरे डूबते मन को फिर धक्का दिया। तोतली भाषा में उसने पूछा, "मम्मी, हम छब कहाँ जा रहे हैं?"

शशिकान्त जी उसके बाल सहलाते हुए बोले, "तोरू, तुम पापा के पास जाना चाहती थीं न!"

तोरू और ज्यादा खुशी से उछलने लगी, लगातार दोहराने लगी, "हम पापा के पाछ जाते हैं। हम पापा के पाछ जाते हैं।"

मुझे लगा मैं कान बन्द कर लूँ, पर यातना से जमी हुई बैठी रही। जहाँ मिलना तय हुआ था वह एक रेस्त्रां का छोटा खूबसूरत कमरा था। हल्की-हल्की रंगीन रोशनी में बहुत धीरे-धीरे संगीत गूँज रहा था। मेजों पर लोग परिवेश से बिलकुल निस्संग बैठे हुए धीरे-धीरे बातें कर रहे

थे। शोभन अभी आए नहीं थे। एक कोने में पहले ही रिजर्व की हुई दो मेजों की तरफ शशिकान्त जी हम लोगों को लेकर बढ़ गए। शोभन कोई दस मिनट बाद पहुँचे। बहुत रूखे और औपचारिक नमस्कार के बाद बैठ गए। उनके साथ वाला अपरिचित आदमी उनका वकील था। बैठने के बाद एक खामोशी छा गई।

तभी तोरू की आवाज आई—"माँ, मेरे पापा कौन हैं। कहाँ हैं?" ऐसा लगा जैसे शोभन की शिराओं में एक कम्पन हुआ हो। वे कुछ अस्थिर से हो उठे। बोलना चाहकर भी कुछ बोल नहीं पाए। मैं जड़ हुई पत्थर-सी बैठी रही। शशिकान्त जी ने परिस्थिति को सँभाला, धीरे से बोले, "ठहर जा बेटे, अभी आते हैं तेरे पापा।"

जाने क्यों मेरी आँखें भर आईं और मैंने देखा दो पल रुककर शोभन अपनी कुर्सी से उठे और तोरू को उन्होंने बाँहों में भर लिया। तोरू इस अनायास प्यार से सहम गई। उनकी बाँहों से छूटने के लिए छटपटाने लगी। तभी शोभन ने कहा, "मैं हूँ तेरा पापा बेटे।"

स्वर से लगा कि वे थोड़े आर्द्र हो आए थे। तोरू ने उन्हें पापा के रूप में पहचाना तो पहले वह संकुचित हो मेरी ओर देखने लगी फिर थोड़ी देर में सहज हो गई। मीठी आवाज में बोली, "पापा? तुम हो मेरे पापा?"

अब वे स्वयं भी अस्थिर हो उठे थे। उनसे सहज नहीं हुआ गया। शंकर भाई और शशिकान्त जी ने उन्हें संकट से उबारा। वकील की ओर झुककर बोले, "आपने कागज तैयार कर लिया है?"

"हाँ। कागज तो तैयार है, आप देख लीजिए।" कहकर वकील ने कागज शशिकान्त जी की ओर बढ़ा दिया। मोटे स्टाम्प पेपर पर बने टाइप किये हुए अक्षरों में क्या लिखा है यह उस समय चाहकर भी मैं देख न सकी। कागज अभी पढ़ा जा रहा था कि शोभन के नाटककार मित्र राजहंस भी आ पहुँचे। मेरा मन और अधिक कुंठा से भर उठा। शशिकान्त जी ने वह कागज उन्हें भी पढ़ाया। मैं जानती हूँ वह कागज वे पहले से ही पढ़ चुके होंगे। लेकिन फिर भी उन्होंने पढ़ने का

नाटक किया। अन्त में वह कागज शशिकान्त जी ने मेरे सामने रख दिया। शब्दों पर मैंने निगाह जमाई, लेकिन पढ़ा कुछ भी न जा सका। आँखें तरल हो आई थीं, शब्द तैर रहे थे और शब्दों के अर्थ जाने कहाँ डूब रहे थे। वैसे भी अब इन शब्दों का अर्थ मिल भी जाता तो फायदा क्या था? जब जीवन का ही अर्थ खो चुका तो इन शब्दों का अर्थ खोजना व्यर्थ। कागज ज्यों-का-त्यों बिना पढ़े मैंने शंकर भाई को लौटा दिया।

उस दिन रेस्त्रां के उस रहस्यमय वातावरण में एक छोटे से जीवन की अन्तिम निशानी, तोरू, शोभन को सौंपकर मैं कैसे घर आई थी यह नहीं पता। कागजों पर दस्तखत हुए थे। शंकर भाई, शशिकान्त जी, श्रीमती शशिकान्त, राजहंस, शोभन के वकील, मेरे और शोभन के सम्मिलित हस्ताक्षरों से युक्त वह कागज आज भी मेरे पास सुरक्षित है। कानून की नीरस शर्तें किस तरह एक जीवित इकाई को अपने-आप में लपेट लेती हैं यह मुझको अब मालूम हो सका। कागज में सिर्फ इतना था कि इतने दिन के विवाहित जीवन में जो तोरू एकमात्र सम्बन्ध बची थी, उसे मैं उन्हें सौंपती हूँ। इस बात का हक मुझको नहीं होगा कि मैं उसे कभी भी अपनी बेटी मानूँ या अपने पास रखूँ। साल में एक बार उसे देखने की अनुमति होगी। लेकिन बिना यह बताए हुए कि मैं उसकी माँ हूँ। मिलने का स्थान और समय शोभन की अनुमति से तय होगा।

थोड़े से भारी-भारी क्षणों में सब कुछ समाप्त हो गया, सब कुछ टूट गया। मैं समझ रही थी कि शोभन तोरू को क्यों इतना ज्यादा प्यार कर रहे हैं। उन्हें पता था कि माँ से उसे अलग करके रख पाना दुष्कर होगा। बच्चे को लेकर सबसे पहले वे स्वयं ही रेस्त्रां के बाहर आए। कार की ओर ले जाकर बोले, "बेबी, गाड़ी पर बैठोगी?"

तोरू खिल गई। —"तुम्हारी गाड़ी है पापा?"

"हाँ बेटे, मेरी भी। तेरी भी। बैठोगी न गाड़ी पर?"—कहते-कहते उन्होंने कार का दरवाजा खोल दिया। तोरू पक्षी की तरह फुदककर

अन्दर चली गई और अन्दर से आवाज देती हुई बोली, "तुम भी आओ न पापा, मम्मी, तुम भी आओ न।"

एक गहरे सन्नाटे के बाद आशंकित तोरू ने फिर पूछा, "मम्मी रोती क्यों हैं, पापा?"

किसी ने कुछ जवाब नहीं दिया। जवाब दिया भी क्या जा सकता था। एक पलायन की भावना शोभन में भर गई थी। जैसे-तैसे वह कार में बैठे और ड्राइवर से बोले कि घर चलो। आगे बढ़ चली गाड़ी से आती तोरू के रोने की आवाज मेरे कानों से कलेजे तक उतर गई। मैं फूट-फूट कर रो पड़ी।

कुमुद चली गई और अपने कहे हुए की एक अनुगूँज छोड़ गई। धड़ाप से बन्द हुए दरवाजे की तरह उसका वाक्य कमरे के सन्नाटे में मेरे माथे से टकराता है। कठोर निश्चय वाली लेकिन अन्दर से पिघलती कुमुद के इस छोटे एकान्त कमरे में बैठे-बैठे ऐसा लगता है जैसे बहुत लम्बे सफर के लिए निकली हुई बीच में गाड़ी बदलने के लिए रात को किसी छोटे स्टेशन पर उतार दी गई हूँ और वह गाड़ी दूर अँधेरे में खो गई है। यहाँ एक यात्रा समाप्त हो गई है और जैसे दूसरी अगली यात्रा की अँधेरी आधीरात अभी बाकी है।

अनिश्चय के छोटे से स्टेशन पर उतार दी गई मैं सिवा स्मृतियों के बटोरने और उन्हें बार-बार उलटकर देखने के अलावा क्या कर सकती हूँ।

"यथार्थ के धरातल पर पाँव रखो मेरी दोस्त," कुमुद कह गई है। लेकिन धरातल है कहाँ? कहाँ रखा जाए पाँव? जलती हुई स्मृतियों की राख के अलावा है क्या यहाँ? और कुछ समेटकर रखने की चाह भी नहीं है अब तो। बहुत घुमावदार जीवन के लम्बे बहाव का क्या यही उपसंहार है? फिर तो बड़ा निरीह होता है जीवनगाथा का उपसंहार। स्मृतियों की राख की एक छोटी-सी ढेरी और बस!

कुछ जलती हुई दोपहरियों की तपन और उसाँसों से शुरू हुई थी यह कहानी। लू, गर्द, धूप और जलते हुए शहर के बीच नई सड़क के

एक मकान के ऊपरी कमरे में काँपते हाथों मैंने लिखा था एक खत,

मेरे शोभन!

आज फिर वैसी ही दोपहर है और लू चल रही है। आप आते होंगे। इस दोपहर की जलन में भी वे क्षण कितनी शान्ति देते हैं, लेकिन वे एक टीस भी छोड़ जाते हैं। मेरा हाल जानने आप इस धूप में भी आते हैं तो आपके स्वास्थ्य का क्या होगा? यह सोचकर काँप जाती हूँ...ने कहा है कि वे हम दोनों के लिए रास्ता खोज देंगी। ईश्वर के लिए तब तक अपने-आप को ऐसे न जलाइए।

आपकी ही

कुन्तल!

तब का वह पत्र विचित्र लगता है। विशेष कोई बात नहीं लिखी थी फिर भी उस पत्र में जाने कितना कुछ भरा हुआ था। उस पत्र में संवेदनाएँ थीं, आशंकाएँ थीं। सामाजिक सूत्र ने नहीं, बल्कि अनुभूतियों के सूत्र ने हमें बाँध रखा था।

1954 की वसन्त पंचमी का दिन था। वे चुपचाप शॉल में अपने-आप को लपेटे धूप में एक आरामकुर्सी पर बैठे थे। सामने दूसरी कुर्सी पर श्रीमती आनन्द। श्रीमती आनन्द के बच्चे को साथ लिये मैं अचानक वहाँ आकर ठिठक गई। मैंने देखा कि उन्होंने बार-बार झुकती हुई आँखें उठाकर मुझे देखा। स्नेह-स्निग्ध आवाज में बोले, "बैठिए।"

एक क्षण के लिए मैं कुछ निश्चय न कर पाई। श्रीमती आनन्द ने कहा, "अरे शोभन, मैं तो भूल गई। लो, मैं परिचय करा दूँ। ये हैं कुन्तल। और कुन्तल, ये हैं शोभन।"

मेरी आँखें जाने क्यों झुक गई थीं। संकोच से कम्पित मेरे हाथ जुड़ गए। शोभन ने प्रति-नमस्कार किया था। जितनी देर बैठी ऐसा लगा जैसे

आसपास कोई गन्ध-सी उठ रही है। जैसे कहीं पानी बरस गया हो और भीगी हुई मिट्टी से सुगन्ध आ रही हो। सुनहली धूप छेड़-छेड़ जा रही थी। अधिक देर वहाँ बैठी रह न पाई। जैसे-तैसे उठकर आ गई थी। दूसरे कमरे में काँपते हुए मन ने पुलक के साथ सुना था। श्रीमती आनन्द पूछ रही थीं, "शोभन, तुम अब क्या सोचते हो? तुमने देख लिया न कुन्तल को। तुम्हारी माँ कल मिली थीं और कह रही थीं कि शोभन अब घर बसा ले तो जीवन सुखी हो जाय। अब तुम निर्णय करो शोभन।"

फिर उनका स्वर सुन पड़ा, "मैंने आपसे कई बार कहा है कि मुझे आप जैसी कर्मठ, स्वाभिमानी लड़की चाहिए...।"

श्रीमती आनन्द बात काटते हुई बोलीं, "दुनिया में कहीं दो लोग एक जैसे हो सकते हैं?"

इसके बाद उन्होंने मेरे बारे में जाने कितने अच्छे-अच्छे सम्बोधन किये थे। उन्होंने शोभन से यह भी कहा था कि अगर वे राजी हो जाएँ तो फिर श्रीमती आनन्द मेरे पिता जी से भी बात करेंगी। बात शायद आगे और बढ़ती कि तभी आनन्द साहब अपने कुछ साहित्यकार मित्रों के साथ आ गए थे। बातों का सिलसिला टूट गया था। लेकिन मेरी कल्पनाओं का सिलसिला जुड़ गया था। बाद में मैंने ध्यान दिया उस दिन शोभन भी उस साहित्य-मंडली से जल्दी ही मुक्त हो गए थे।

बी. ए. की पढ़ाई खतम हो चुकी थी। ऊब को दूर करने के लिए आनन्द साहब की पत्रिका के इस कार्यालय में काम करने लग गई थी। लेकिन उस दिन इस काम में भी मन न लगा। मन उखड़-उखड़ जाता। मन तो अगले दिन भी नहीं लगा। सुनहली धूप में चादर लपेटकर बैठी आकृति द्वारा मन्द स्वर में बोले जाते स्वर कानों के पास तितलियों की तरह उड़ने लगते। सवेरे से लेकर दोपहर तक मैं क्या कुछ कर पाई यह मैं स्वयं नहीं जानती। एक छोटी-सी पांडुलिपि का संशोधन करना था। पहले पृष्ठ के पहले पैराग्राफ से आगे बढ़ते ही लगता कि पढ़ा हुआ मैं भूल गई हूँ। पढ़े हुए को फिर दोहराना पड़ जाता। खिड़की की ओर

से धूप का एक शरारती टुकड़ा धीरे-धीरे मेरी मेज की ओर सरकता आ रहा था। तीन बज गए थे लेकिन काम अभी शुरू भी नहीं हो पाया था। सहसा अन्तर के तारों को जैसे किसी ने अनायास छेड़ दिया। मैं सहम गई। दरवाजे पर शोभन खड़े थे। घबराहट में मैं उठ पड़ी। किसी तरह मेरे कंठ से शब्द निकले—"बहन जी उधर हैं।"

वे भी शायद अचकचा गए। हल्के से आँखें उठाकर उन्होंने देखा और जल्दी-जल्दी श्रीमती आनन्द की तरफ चले गए। सामने रखी हुई पांडुलिपि और भी धुँधली हो गई। कुछ खो जाने की जैसी कचोट मन में उभर आई। उनका ऐसे जाना रुचा नहीं, लेकिन रोकती भी तो कैसे?

तभी जैसे एक आश्वासन की तरह श्रीमती आनन्द का छोटा बच्चा आया और बोला, "मम्मी आपको बुला रही हैं दीदी।"

जल्दी-जल्दी मेज के कागज समेटे और अन्दर आई। हाथ में पकड़ी हुई चाय की प्याली नीचे मेज पर रखते शोभन ने भरपूर आँखों से मुझे देखा। थोड़ा-सा अपने-आप को चुराकर मैंने भी उनकी इस चोरी को पहचाना। बातचीत जारी थी लेकिन बोले जाते हुए शब्दों से अधिक जो अनकहा था वह अन्तर में सहेजा जा रहा था। आनन्द साहब कमरे में आए, मैंने जल्दी से उठकर उन्हें कुर्सी दी और उसके बाद अन्तर में सहेजी हुई उन संवेदनाओं को लेकर वहाँ से हट गई। बाहर लॉन में ढलती सुनहरी धूप में फ्लॉक्स के नन्हे-नन्हे फूल रेशमी हवा में थिरक रहे थे। चाहकर भी वहाँ अटके बिना मैं ऑफिस के कमरे में आ गई। फिर बार-बार आँखों से ओझल होते हुए शब्दों वाली पांडुलिपि लेकर बैठी। बैठे-बैठे कहाँ खो गई मैं नहीं जानती। चेतना जब लौटी तब मैंने देखा श्रीमती आनन्द मेरे पास खड़ी हैं।

"कुन्तल।"—उन्होंने कहा और फिर अटक गईं। थोड़ी देर जैसे सोचकर बोलीं, "कुन्तल। तुमने तो कुछ भी नहीं बताया। तुम भी तो अपनी रुचि बताओ। शोभन साहित्यकार है। प्रतिभाशाली है, समर्थ है, योग्य है। तुम अपना मन खोलो तो आगे बात चले।"

मन की मधुरता के बावजूद जैसे यातना की एक घुटन घिर आई थी कहीं, अपने मन की मजबूरियाँ भी चमकने लगीं। सच तो यह है कि उन मीठे क्षणों के बावजूद निश्चय के किसी छोर पर पहुँचना मेरे लिए आसान न था। सम्भवत: मन के इस अनिश्चय के कारण मुझे एक बार ऐसा भी लगा कि उन सबका मुझमें इतनी रुचि लेना ज्यादती है लेकिन 'नहीं' करने लायक मन:स्थिति नहीं थी। वे कहती जा रही थीं कि शोभन का भविष्य उज्ज्वल है, तुम सुखी हो सकोगी। घर पर केवल उसकी विधवा माँ है और वह इकलौता बेटा है। स्वभाव बच्चों का-सा सरल है।

मन में स्वप्न थे, आकांक्षाएँ थीं। कुछ नहीं था तो निश्चय। हो सकता है संकोच ने ही निश्चय को दबा रखा हो।

सूरज डूबने को हो रहा था। शाम गहरा आई थी। संस्कार पाँवों को घर की ओर खींच रहे थे। लेकिन अन्तर्मन मुझे ढूँढ़े नहीं मिल रहा था।

यह थी शुरुआत एक ऐसे पौधे की जो यत्न से उगता है, लेकिन यत्न से आरक्षित भी किया जा सके ऐसा नहीं हो पाता। हर रोज विश्वविद्यालय से क्लास लेकर लौटकर वे ऑफिस आते। एक क्षण जैसे भटककर मेरी मेज की ओर आ निकलते और फिर श्रीमती आनन्द की ओर जा निकलते। वहाँ से उनका बुलावा चाय के लिए आता, फिर वही चाय, वही दृष्टिपात, वही संकोच, वही मौन सम्भाषण!

आदमी की सामाजिकता का एक पहलू शायद यह भी है कि वह पारिवारिक संलग्नता या 'कमिटमेंट' से या तो बिलकुल दूर भागता है और या फिर उसे ओढ़ता ही चला जाता है। और यह बात अधिक सच होती है नारी के सन्दर्भ में। श्रीमती आनन्द की स्थिति लगभग यही रही होगी। हो सकता है कि अपने लेखक पति द्वारा सामाजिकता को बात-बात पर काटकर ही जीते चलने के कारण वे यह निर्णय ले बैठी हों कि मेरे सामाजिक बन्धन को सफल बनाकर वे उसकी क्षतिपूर्ति कर लेंगी। मैंने ध्यान दिया कि पिछले कुछ दिनों से श्रीमती आनन्द अतिथि-सत्कार

के अपने नियमित कार्यक्रम की भी उपेक्षा कर रही थीं। बड़े प्रयत्न के बाद उन्हें मेरी 'हाँ' मिल गई।

बड़े उत्साह से उन्होंने उस दिन आनन्द साहब को मेरी स्वीकृति के बारे में सूचना दी थी। दरवाजे पर लटकते पर्दे की हल्की फाँक से चुपचाप, संकुचित आँखों से मैंने देखा था। आनन्द साहब ने सुना तो उनके चेहरे पर एक क्षण के लिए अपरिचित प्रतिक्रिया की परछाईं तैरी थी, फिर तुरन्त ही खिलकर उन्होंने श्रीमती आनन्द को बधाई दी थी। वे बड़े विस्तार से कहती रहीं कि शादी में वे किसे-किसे बुलाएँगी और क्या-क्या करेंगी।

तभी आनन्द साहब ने उन्हें याद दिलाया था कि कुन्तल के अपने माँ-बाप की मर्जी भी तो जाननी होगी।

"कुन्तल के माँ-बाप की मर्जी?"—श्रीमती आनन्द थोड़ी-सी चिन्तित हो उठी थीं।

आखिर वह काम भी निपटाने के लिए वे स्वयं आई थीं मेरे घर। माँ से पूछा था, "कुन्तल के पापा कब आ रहे हैं?"

"अभी तो आने में कई रोज हैं,"—माँ ने कहा था। इस पर श्रीमती आनन्द ने उनका पता लेकर लिखा। फिर बहुत आत्मीयता के साथ माँ से कहा कि अगर उन्हें एतराज न हो तो वे कुन्तल की शादी के बारे में कुछ बात करना चाहेंगी।

कुन्तल की शादी के बारे में...मैं वहाँ से उठकर जल्दी-जल्दी सीढ़ियाँ चढ़ती हुई ऊपर अपने कमरे में आ गई थी। मुझे मालूम हुआ कि उस दिन भी उन्होंने माँ से शोभन के बारे में वही सब कुछ कहा था। माँ ने उन्हें कह दिया था कि ऐसे लड़के से शादी हो इसे तो वे स्वयं भी चाहेंगी लेकिन फिर भी पक्की बात तो तभी की जा सकेगी जब कुन्तल के पिता जी आ जाएँ और शोभन को देख लें। श्रीमती आनन्द अन्दर ही अन्दर थोड़ी-सी असन्तुष्ट हो गईं, उनका उत्साह कुछ टूट गया। वे आगे जब तक बात करती रहीं उनका मन कुछ बुझा-बुझा-सा रहा। वे चलने लगीं

तो मैं भी नीचे आ गई। द्वार तक उन्हें छोड़ने गई। हाथ जोड़कर उन्हें नमस्कार किया तो लगा कि वे बहुत कुछ अनकहा लेकर जा रही हैं।

वे दिन विचित्र होते हैं। देखते-देखते अन्तर्मन का न जाने कितना कुछ अनायास बदल जाता है। मैंने पाया कि मैं सहसा बदल गई। ऊपर से नीचे तक हर पाँव की चाप से जैसे कुछ शब्द निकलने लगते। बचपन का चुलबुलापन और शरारतें जाने कब गायब हो गए थे। एक अविराम चुप मेरे ऊपर छा गया था। चलते समय लगता कि कहीं कुछ हिल जाएगा और टूट जाएगा। मेरे चारों ओर पारदर्शी शीशे के तारों के पर्दे खड़े हो गए थे। उनमें जाने कितने स्वर थे। हर साँस से वे संवेदनशील हो उठते थे। ऐसा लगता कि कंठ से कोई स्वर निकलते ही वह उन तारों में गुंजरित होगा और जाने कहाँ पहुँच जाएगा। एकान्त, निर्बाध एकान्त, मेरा अपना बन गया था। कुछ भी शब्दों में न बोला जाकर भी मेरे और एकान्त के बीच उन दिनों जाने कितने गोपन संवाद हुए थे।

श्रीमती आनन्द ने मेरे यहाँ से लौटकर पिता जी के लिए एक पत्र लिखा था। पत्र उन्होंने मुझे सुनाया भी था। उन गोपन संवादों में ही एक यह संवाद और जुड़ गया था कि इस पत्र का उत्तर मेरी चाहत का उत्तर बन जाय।

एक हफ्ते के अन्दर पापा का उत्तर आ गया था। कुन्तल के लिए इतना कुछ किया गया इसके लिए उन्होंने आभार प्रकट किया था और उन्होंने लिखा था कि वे स्वयं शोभन को देखकर उत्तर देंगे।

पिताजी आए। अपने साथ कितना कुछ सामान लाए थे। जीजी का ब्याह होने वाला था। उनके ब्याह की तैयारियाँ की जा रही थीं। आने के साथ पापा इन तैयारियों में डूब गए। क्या कुछ नहीं करना होता है! मेरा मन रह-रहकर आतुर हो उठता था। एक दिन, दो दिन, चार दिन... आखिर एक दिन मैंने साहस करके पूछा, "पापा, श्रीमती आनन्द अपने खत के बारे में पूछ रही थीं!"

पापा ने सिर्फ एक गम्भीर 'हूँ' की और अतिथियों की सूची बनाने

में व्यस्त हो गए। आशंका और आतुरता के लम्बे-लम्बे क्षण कैसे बीते मैं नहीं जानती। दोबारा फिर मैंने वही बात छेड़ी और कहा कि वे बहुत अधिक चिन्ता में हैं मेरे बारे में। वे अन्तिम रूप से लड़के वालों से बात करना चाहती हैं।

ये शब्द कितनी यातना के विस्फोट के बाद निकले होंगे नहीं कह सकती। तभी माँ की आवाज सुन पड़ी। मन आहत हो उठा। मैं सहम गई। अपने-आप पर पछतावा भी हुआ क्योंकि माँ नये जमाने को दोष देती हुई कह रही थीं कि ऐसी जल्दबाजी भी अच्छी नहीं लगती। लड़का यह नहीं तो कोई और मिल जाएगा। मैं चुपचाप ऊपर चली आई थी।

लेकिन पिता जी दूसरे दिन आनन्द साहब के यहाँ गए। आनन्द साहब ने शोभन के बारे में सब कुछ बताया था। पापा सन्तोष के साथ सुनते रहे थे और तभी बात आई थी शोभन की जाति की। और इसी बात पर क्षण भर में सब कुछ बदल गया था। पापा ने अपनी जाति से बाहर मेरी शादी करने से बिलकुल इनकार कर दिया था। आनन्द साहब और उनकी पत्नी हतप्रभ हो गए। वे आहत हो उठे। शायद उन्हें कल्पना नहीं थी कि यह स्थिति भी पैदा हो सकती है। बहुत भारी मन से श्रीमती आनन्द ने कहा था कि पत्र में उन्होंने सभी कुछ साफ-साफ लिख दिया था। क्योंकि शोभन से भी 'हाँ' करा ली गई थी इसलिए उनकी स्थिति बड़ी नाजुक हो गई थी। उन्होंने ये भी कहा कि अब तक कभी जाति का सवाल उठा ही नहीं वरना वे इतनी गम्भीर स्थिति में फँस न जाते। पिताजी क्षुब्ध थे बल्कि उनकी बातों से लगा था कि वे विजातीय से शादी की चर्चा छिड़ने के कारण अपमानित भी महसूस कर रहे हैं। उसी क्षोभ के साथ वह उठकर भी चले आए थे।

वह रात मेरे लिए बहुत बड़े तनाव की रात थी। रात भर नींद नहीं आई। मन जाने कितने गहरे डूबता रहा। सुबह शरीर की नस-नस में तनाव था। पोर-पोर टूट रहा था। मन न होने पर भी उठी, नहाया-धोया। किसी तरह नाश्ता करके ऑफिस जाने को नीचे उतरी। तभी पीछे से

आवाज सुनाई दी। बहुत गम्भीर आवाज में पिता जी मुझे बुला रहे थे। मैं ठिठककर खड़ी हो गई। उसी तरह सधी और खुश्क आवाज में वे बोले, "कुन्तल, आज से तुम वहाँ नहीं जाओगी। मैं नहीं चाहता कि हमारी पारिवारिक शान्ति कोई आदर्शों के नाम पर भंग करे।"

मैं जड़ होकर सुनती रही। एक-एक शब्द में तेजाब भरा हुआ लगा। मुझे लगा कि मेरे रोएँ-रोएँ को कोई चीर रहा है। रोना नहीं आया बल्कि टूटन का एक बादल घिरता चला गया। उन्हीं पैरों वापस लौटी और ऊपर अपने कमरे में आ गई। आशंकाएँ और उत्तेजनाएँ मन में घिरती-घुमड़ती रहीं फिर विवश हो मैं रो पड़ी। उस एकान्त में मैं कब तक रोई, नहीं जानती। माँ मेरी चारपाई के पास खड़ी थीं। मुझे रोते हुए निश्चय ही उन्होंने देखा था लेकिन उन्होंने कहा कुछ नहीं। चारपाई पर उन्होंने कुछ लिफाफे रख दिये और बोलीं, "लिस्ट से देखकर इन पर पते लिख देना।"

वे चली गईं और मैं बैठी रही। बैठे-बैठे निश्चय की एक धुँधली-सी छाया उभरी। उसी तरह उठकर नीचे आई। बिना किसी ओर देखे, आँगन में रुककर मैंने कहा, "काम पर जाना नहीं है लेकिन हिसाब-किताब सँभलवाना होगा इसलिए आज जाना ही पड़ेगा।"

माँ ने सुना, पिताजी ने भी सुना लेकिन उत्तर किसी ने नहीं दिया। मैं धीरे-धीरे बाहर आ गई।

आज वह ऑफिस पहले वाला ऑफिस नहीं था। आज वह मेरा ऑफिस नहीं था। वहाँ की वह धूप, वहाँ की हवा और वहाँ के वातावरण में घुली हुई स्मृतियाँ, वहाँ का कुछ भी तो मेरा नहीं था। विवशता मेरे कंठ में घुटती रही और आँखों में आँसू छलक आए। धीरे-धीरे ऑफिस का सामान ठीक किया। ड्राअर से निजी वस्तुएँ बाहर निकालीं, मन फिर कचोट गया! कागजों के ढेर के बीच मखमल की जिल्द पर एक रुपहला अक्षर चमक रहा था 'के'। 'के' यानी कुन्तल।

कुन्तल को, शोभन की ओर से एक भेंट। मखमल से मढ़ी शोभन

की पहली किताब। 14 मार्च को संवेदनाओं की बहुत छोटी-सी कथा को उपसंहार देने के लिए ही क्या यह नीली भेंट दी गई थी। उस दिन होली थी। लाल-पीले और जाने कितने रंगों के अबीर लेकर आए उस पर्व को पहली बार एक स्नेह-स्पर्श प्राप्त हुआ था। उसी दिन परिणय के प्रतीक के रूप में यह नीली भेंट शोभन ने दी थी।

डूबता सूरज आसमान से धरती तक केसरिया रंग बिखेर रहा था। हँसी और रंग में डूबे हुए थे शोभन। खुद मैं साहस नहीं कर पाई थी इसलिए रंग देकर बेबी को भेजा था कि वह शोभन को रँग दे। रंग से चौंककर शिकायत और कृतज्ञता मिली भावना से मेरी ओर देखा था। थोड़ी देर बाद जाने कब चुपचाप वे आए। हथेलियों में रंग लगा था। विवश मैं प्रतिरोध नहीं कर पाई। दोनों हथेलियों का वह रंग मेरे गालों को और अधिक लाल कर गया।

उस दिन का वह रंग कई रोज तक रहा और उसके बाद उतरकर भी उतर नहीं पाया। किसी चीज को रँगना कितना आसान होता है। लेकिन रंग चढ़ जाय तो क्या आसानी से उतरता है? लज्जा के उस आरक्त रंग के साथ क्या ये मखमली संवेदनाएँ समेटकर रखी जा सकती हैं? रखकर होगा भी क्या? लेकिन स्नेह का प्रसाद क्या किसी कृतघ्न ने ही नहीं फेंका होगा? क्या मुझसे कृतघ्न बना जा सकेगा? उस भेंट को यत्न के साथ मैंने कागज में लपेट लिया। मेज की ड्राअर सावधानी से बन्द की और धीरे-धीरे अन्दर आ गई। श्रीमती आनन्द पलंग पर लेटी थीं। ऐसा लगा एक ही दिन में वे बीमार हो गई हों। उनके मन को और सम्मान को चोट पहुँची थी इसमें सन्देह नहीं।

मैं धीरे से उनके पास बैठ गई। उन्होंने मेरी ओर देखा। मैंने भी उनकी ओर देखा। मैं भी कुछ न बोल सकी, वे भी मौन ही रहीं। तभी मैंने देखा, आनन्द साहब शोभन के साथ अन्दर आए। शोभन आशंकित तो नहीं लगे लेकिन थोड़ा-सा चकित अवश्य थे कि इस तरह बुलाए जाने का कारण क्या हो सकता है? हमेशा की तरह हाथ जोड़कर उन्होंने

नमस्कार किया। लेकिन आज मुझे लगा कि प्रति-नमस्कार के लिए उठते मेरे हाथ जैसे बेजान हो गए हैं। किसी तरह उठकर मैंने दो कुर्सियाँ उनकी ओर खींच दीं। बैठने के बाद शोभन ने महसूस किया कि वहाँ कुछ असाधारण है। कम-से-कम वातावरण सहज तो नहीं ही है। उनके चेहरे पर एक विवश प्रश्नचिह्न उभर आया।

बहुत सावधानी के साथ आनन्द साहब ने बात शुरू की। एक-एक वाक्य सहेजकर बोलते हुए उन्होंने पिछले दिन जो कुछ बीता था उसका वर्णन किया। बात समाप्त होने के बाद वहाँ सन्नाटा छा गया। साहस करके हल्की-सी निगाह उठाकर मैंने देखा तो लगा कि शोभन यातना की किन्हीं गहराइयों से ऊपर आने की कोशिश कर रहे हैं। थोड़ी देर बाद उनका वह प्रश्नचिह्न मेरी ओर उन्मुख हुआ। आनन्द साहब बोले, "कुन्तल, ऐसे चुप रहने से काम नहीं चलेगा। तुम्हें भी तो कुछ निर्णय लेना होगा।"

"मैं? मैं क्या निर्णय लूँ? मुझे तो आज के बाद घर के बाहर निकलने की इजाजत नहीं है," मैंने भर्राए हुए गले से कहा और रो पड़ी। श्रीमती आनन्द ने उठकर मुझे उठाया और बाहर ले चलीं मुँह धुलाने। आनन्द साहब बोले, "हिम्मत रखने से काम चलेगा कुन्तल। ऐसे रोने-धोने से क्या होगा?"

शान्त होकर मैं बैठी तो बात शुरू हुई कि आगे किया क्या जाए। श्रीमती आनन्द ने कहा, "मन में स्पष्ट होकर बताओ। ऐसी परिस्थिति में माँ-बाप ने जो कहा है उससे बँधकर चलोगी या स्वतंत्र होकर कुछ निर्णय लोगी। अगर स्वतंत्र होकर कुछ निर्णय लेना है तो निश्चय ही साहस खोकर काम नहीं चलेगा।"

थोड़ी देर के मौन के बाद फिर उन्होंने कहा, "शायद तुम इसे अनधिकार चेष्टा मानो लेकिन अन्यथा न मानो तो मैं एक बात कहूँ। तुम गाय नहीं हो, पढ़ी-लिखी लड़की हो। तुम्हारी इच्छा के बिना तुम्हें कहीं कोई बाँध दे यह सम्भव नहीं होना चाहिए।"

"लेकिन मुझे घर में कैद कर देंगे तो मैं कर भी क्या सकूँगी?"—मैंने कहा।

वातावरण और गम्भीर हो उठा। गम्भीरता के उसी वातावरण में एक साहसिक योजना बनी थी। उसे मैं षड्यंत्र नहीं कह सकती। उसे मैं दुरभिसन्धि भी नहीं कह सकती। हाँ, आज लगता है कि उस योजना में दुरभिसन्धि ही थी, भाग्य की दुरभिसन्धि। उस योजना की सम्पूर्ण परिकथा अपनी पूरी नाटकीयता के साथ सावधानीपूर्वक लिखी गई थी। नाटक की पृष्ठभूमि थी उस दिन से पन्द्रह दिन बाद की वह घड़ी, जब मेरी बहन की बारात आने वाली थी। उस नाटिका का अगला कदम यह था कि विवाह के उसी शोर के बीच मैं कमरे से बाहर आ जाऊँगी। चुपचाप। बारात की हलचल में शायद ही किसी को मेरे बाहर आने का पता चले। घर के बाहर अस्त-व्यस्त भीड़ से थोड़ा-सा अलग मिलेंगे आनन्द साहब और उनकी पत्नी। वहाँ से तुरन्त मैं शोभन के एक और मित्र के घर पहुँचूँगी। वहाँ मंडप पहले से ही तैयार होगा। कुछ कपड़े, सिन्दूर और अँगूठी की भेंट के साथ पंडित विवाह सम्पन्न करा देगा।

योजना प्रभावशाली थी इसमें सन्देह नहीं। उसके एक-एक पहलू पर बारीकी से ध्यान दिया गया। अन्ततः शोभन ने एक सवाल किया सीधे मुझसे—"कुन्तल जी, आपने पूरी तरह सब कुछ सोच लिया? साहस आवश्यक होगा, कहीं ऐसा न हो कि आपका साहस बीच में ही टूट जाय। वैसी स्थिति में हमारा भविष्य जो हो, आपको भी बहुत बड़ी कठिनाइयों का सामना करना पड़ेगा।"

योजना का एक-एक चरण किसी चलचित्र की तरह मेरे मानसपटल पर आ रहा था। हर चरण के साथ आशंकाओं के बादल घिरते आ रहे थे। उस दिन का कल्पनाचित्र एक क्षण के लिए मेरी आँखों के सामने तैर गया कि कैसे इस घटना के घटते ही शहर भर में एक तूफान खड़ा हो जाएगा। योजना पूरी हो चुकी थी। योजना के पात्र भी निश्चित हो

चुके थे। सहसा आनन्द साहब ने अपनी पत्नी से कहा कि अब थोड़ी देर इन दोनों को अकेले में एक-दूसरे का मन आँक लेने दो। वे दोनों बाहर चले गए।

हम आशंकाओं से लड़ते हुए वहीं बैठे रहे। बहुत लम्बी खामोशी के बाद शोभन ने जैसे साहस बटोरकर मुझसे पूछा, "कुन्तल जी, मैंने जो कहा था कोई शंका हो तो अभी से कह दें ताकि हम सब मिलकर उसका कोई हल खोज सकें। संकोच या सन्देह से काम नहीं चलेगा।"

एक बात जो बहुत देर से मेरे मन में घूम रही थी, मेरी जबान पर आ गई। मैंने काँपती आवाज में कहा, "मैं तो अपना सब कुछ छोड़कर आ जाऊँगी लेकिन आपके घर वालों ने यदि मुझे स्वीकार न किया तो क्या होगा? एक बार आकर फिर वापस लौटना तो सम्भव न होगा?"

शोभन ने सुना और गम्भीर होकर बोले, "देखो कुन्तल, अगर तुम सब कुछ छोड़कर आ जाओ और मैं उस समय तुम्हारा साथ न दे सकूँ तो मुझसे अधिक कायर और नीच कौन होगा? विश्वास करो कुन्तल, मैं आजीवन तुम्हारे साथ खड़ा रहूँगा।"

'मैं आजीवन तुम्हारे साथ खड़ा रहूँगा!'—गिनती के ये कुछ शब्द जीवन की एक नई परिभाषा होते हैं, एक नया आश्वासन होते हैं—यह उस दिन मैंने जाना था।

नाटक की परिकथा के इस उपसंहार के साथ शाम गहरा गई। तन-मन इतने भारी हो आए थे कि कहीं उठकर जाने की इच्छा नहीं थी फिर भी वापस लौटना ही था। अभी आशंकाओं को किनारे रखकर आशाभरी दो अँजुरियाँ जोड़कर उठ पड़ी।

घर तक का वह रास्ता न जाने कितना लम्बा और अँधेरा महसूस हुआ। रह-रहकर लगता जैसे कोई अनहोनी पीछा कर रही हो। 'मैं तुम्हारे साथ खड़ा रहूँगा आजीवन'—शब्द गूँजते और मैं संयत होकर आगे चल पड़ती। उस लम्बे रास्ते के साथ-साथ मेरी यातना भी बढ़ती जा रही थी। मानसिक तनाव ने थोड़ी देर में ही मेरे रक्त में ज्वार फैला दिया था।

रात बिलकुल ही नींद नहीं आई। रह-रहकर प्यास लगती और ठंडा पसीना छूट जाता। सुबह मुझे तेज बुखार था। सारा घर तैयारियों में व्यस्त और बुखार और आशंकाओं से तपती हुई मैं अकेले बिना कुछ खाए कमरे में सारे दिन पड़ी रहती थी।

बुखार उतर गया लेकिन मन स्वस्थ नहीं हुआ। खाना आता और मैं अनछुआ ही लौटा देती। एक दिन सुना, पिता जी क्षुब्ध होकर कह रहे थे—"मर जाने दो उसको। अगर वह समझती है कि उसके भूखे रहने से हम झुक जाएँगे तो यह नहीं होगा।"

उस अवांछित भूख हड़ताल का छठा दिन भी बीत गया। भूख, मानसिक तनाव, आशंकाओं और स्वजनों के विरोध से मन टूट-टूट रहा था। मन की उस टूटन से कहीं निष्कृति नहीं थी। स्वजनों की जिद ने मेरे निश्चय को और अधिक कठोर कर दिया था। लगता था, जैसे मृत्यु के पहले मुक्ति नहीं है। टूटन और घुटन के उन क्षणों में मुक्ति का वह विकल्प बार-बार आँखों के सामने नाचने लगा। मन कहता कि या तो कोई प्राणघातक चीज हृदय में गहरे उतर जाए या फिर ऊँचे से गिरकर अपने-आप को चूर कर लूँ। किसी तरह घिसटकर बिस्तर से उठी और बारजे तक पहुँच गई। बारजे से नीचे सड़क पर मुझसे बिलकुल असंपृक्त संसार का प्रवाह बहता जा रहा था।

बस यही है वह क्षण मुक्ति का। यातनाओं सहित अपने-आप को अव्यक्त में समाहित कर देने का क्षण। बस निश्चय करना होता है... अन्तिम निश्चय। इस बारजे से नीचे ही है मुक्ति। लेकिन तभी समूचा दृश्य सहसा तरल होने लगा, तरल होकर धूमिल हो गया। निश्चेतना के पर्दे आँखों पर उतर आए। आत्महत्या की प्रार्थिनी शरीर की टूटन से विवश मूर्च्छित होकर बारजे से लटक गई। कितनी देर वह मूर्च्छा रही

मैं नहीं कह सकती। सहसा जैसे अमृत स्पर्श आँखों पर महसूस हुआ। बारजे से नीचे बहते हुए उस जन-प्रवाह में वह अमृत बिन्दु एक परछाईं की तरह दिखाई दिया। एक क्षण के लिए लगा कि वह मेरा स्वप्न है। लेकिन वह बन्द आँखों का स्वप्न नहीं था।

'मैं सदैव तुम्हारे साथ खड़ा रहूँगा'—शब्द गूँजे और मैंने देखा कि वहाँ नीचे सड़क के उस पार थे शोभन—मेरे आश्वासन की एक मूर्ति।

मन में यह सोच नहीं पाई कि यह सत्य है या दिवास्वप्न। लेकिन यह भ्रम नहीं था, सत्य था। सत्य के अलावा और किसमें इतनी शक्ति हो सकती है कि मन की टूटन को इस तरह सहेज-सहला सके। आश्वासन का ऐसा सत्य अगर अनायास आ जाए तो संवेदनाओं को इतना हल्का कर देता है कि व्यक्ति सहज ही मूर्च्छित हो जाय। लेकिन यातना के भार से मूर्च्छित व्यक्ति इस हल्केपन से जी जाता है। मैं उस क्षण में जी गई, उसी एक क्षण ने मेरी जीवनीशक्ति को नया आश्वासन दे दिया। निराहार के द्वारा जीवन की बाजी लगाई थी तो किसलिए; शायद उसी एक आकृति के लिए। तब फिर उस आकृति से अलग जीवन का उपसंहार कैसे किया जा सकता है?

चेतना लौट आने के बावजूद मैं मंत्रबिद्ध वहाँ खड़ी रह गई। तभी पीछे से छोटी बहन ने मुझे टोका। वह अपने ही उत्साह में थी। उत्साह के उस शिखर से नीचे आए बिना ही उसने कहा, "धूप में वहाँ क्या देखा जा रहा है दीदी। मालूम है, इस तरह बुखार आ जाएगा। तुमने भी अपनी अजीब हालत बना रखी है।"

मन कठोर हो आया। मुझे लगा कि उसके उत्साह ने मुझे आहत और किसी सीमा तक आतंकित किया। क्षोभ की एक लहर ऊपर से नीचे तक दौड़ गई। चाहा कि उसे कोई कड़वी बात कहूँ लेकिन मन को रोक गई। सिर्फ इतना ही कहा, "बहुत बोलना अच्छा नहीं लगता, अपना काम देखो।"

वह अचकचाकर चुप हो गई और धीरे-धीरे वापस लौट गई। कुछ क्षणों का वह व्यवधान भी मुझे खल गया। लौटकर देखा नीचे वहाँ वह आकृति नहीं थी। बहुत भारी मन लिये हुए मैं लौट आई और पलंग पर लेट गई। जाने कितनी देर तक मैं सोई हूँगी, नींद खुली तो देखा कमरे में माँ और पिताजी दोनों ही मौजूद हैं। अपने मन के निश्चय के बावजूद उनका उस समय वहाँ होना मुझे आतंकित कर गया।

सीधे आँख उठाकर देखने की हिम्मत नहीं हुई, लेकिन आँखों की कोर से जो कुछ देखा उससे लगा पिताजी स्वयं भी कुछ कहने के लिए शब्द खोज रहे हैं। अपने-आप को बहुत संयत करके उन्होंने गिने-चुने शब्दों में फिर वही बात दोहरा दी, जो अब तक कहते आए थे। हाँ, उन शब्दों में दंश पहले से कम था। उन्होंने कहा कि इतनी प्रतीक्षा के बाद हँसी-खुशी का दिन आया है, घर में पहली शादी है, गाना-बजाना और खुशियाँ होनी चाहिए; जबकि तुमने अपने-आप को ही नहीं और सबको भी सता रखा है। जरा दीदी की ओर भी ध्यान दो। वह आखिर क्या सोचेगी? यही न कि तुम्हें उसके विवाह की खुशी नहीं है।

माँ के स्वर में और अधिक कोमलता थी। उन्होंने जैसे पिताजी की बात का ही उपसंहार करते हुए कहा, "कुन्तल, उठो और नहा-धो लो। कपड़े बदलो और नीचे चलो।"

सम्भव है कि उन्होंने उत्तर की अपेक्षा की हो। लेकिन उत्तर हो क्या सकता था। यह तो समझौता भी नहीं था। केवल आत्मसमर्पण के लिए ही तो यह उपवास नहीं किया था न। थोड़े से अन्तराल के बाद माँ ने धीमे स्वर में बताया कि रिश्तेदार आ चुके हैं, वो सब क्या सोचेंगे? रस्में होती हैं। ऐसे समय तुम्हारा यों यहाँ पड़े रहना लोगों को कैसा लगेगा?

इसके बाद बहुत सावधानी के साथ उन्होंने यह भी बताया कि उनकी इच्छा है कि इस शादी से निबट जाने के बाद मुझे लेकर दिल्ली चली जाएँगी और इस तरह दूरी और समय का अन्तराल घावों को

भर देगा। सम्भव है कि इस तरह घाव भर जाते हों लेकिन कटा हुआ कुछ जुड़ तो नहीं सकता। कैसे यह सम्भव होगा कि मैं अपने अस्तित्व का आधा हिस्सा काटकर जी लूँ? और कुछ भी हो वह जीवन तो नहीं ही होगा।

थोड़ी देर तक गहरा सन्नाटा छाया रहा। सन्नाटा विस्फोटक भी था। जैसे आँधी आने से पहले घुटन बढ़ रही हो। एक क्षण के लिए ऐसा लगा जैसे मेरे अन्दर से कोई बाहर आ गया है और मेरे अनुशासन से छूटकर बोलने लगा है। शब्द तो मेरे ही थे। उस क्षण उन पर क्या प्रतिक्रिया हुई होगी यह तत्काल नहीं जान पाई थी। बहुत दृढ़ स्वर में मैंने उन्हें कह दिया था कि अगर मेरे और शोभन के बीच दीवार खड़ी की गई तो बहुत बड़ी दुर्घटना हो जाएगी। सम्भव है दीदी जिस समय मंडप में हो, मैं इस घर से दूर जा चुकी होऊँ।

वे शब्द नहीं बाण थे। यह अब मुझे लगता है। उन बाणों से विद्ध होकर व्यथित मन से पिताजी ने अस्फुट स्वर में केवल इतना ही कहा था, "बस करो...अब बस करो, इसी दिन के लिए तुझे जन्म दिया था न।"

इतना कहकर वे माँ के साथ उठे और बाहर जाने लगे। तभी जैसे उन्हें कुछ याद आ गया। बिना मेरी ओर देखे बोले, "एक बात सुन लो कुन्तल! तुम्हें तो इस समय कुछ सूझ नहीं रहा है। रोमांटिक हो कि वह कवि और लेखक है लेकिन इसीलिए कहता हूँ कि वह जो आज तुम पर अपने प्राण देता है कल उसकी संवेदना किसी और के साथ भी हो सकती है।"

"ठीक है पिताजी, अगर वह दिन भी आ गया तो आपके घर लौटकर नहीं आऊँगी, चाहे कहीं भी चली जाऊँ।"

वे दो क्षण हतप्रभ खड़े रहे; फिर धीरे-धीरे नीचे उतर गए थे। उनके जाने के ढंग से लगा था कि जैसे उनके मन के अन्दर कहीं कुछ टूट गया हो।

सारे घर में वैसी ही भयानक उदासी छाई हुई थी। थोड़ी देर बाद मैंने सुना मेरे होने वाले जीजाजी को बुलाया गया था। समस्या उनके सामने भी रखी गई थी। पिताजी उनसे बार-बार पूछ रहे थे, "आप ही बताइए इसे कैसे समझाया जाय। अब किया क्या जाय?"

जीजाजी इस समय कर भी क्या सकते थे। हाँ, उन्होंने इतना अवश्य कहा कि आपको पहले से बताना चाहिए था। बता देते तो हो सकता है कि मैं उसे समझा लेता।

लेकिन थोड़ी देर के बाद उन्होंने जो कुछ कहा, वह सुनकर मेरे थके-हारे टूटे हुए मन में भी एक पुलक भर गई। उन्होंने कहा, "पिताजी, यों मुझसे पूछिए, लड़का बुरा नहीं है बल्कि ऐसे लड़के कम ही मिलेंगे। मैं जानता हूँ उसे। अच्छा लेखक है। कई किताबें छप चुकी हैं। और फिर यह भी सोचिए, जैसा कुन्तल ने कहा है, अगर कहीं वैसा ही कर बैठी तो क्या...? वैसे आप बड़े हैं, जैसा चाहें वैसा करें।"

बहुत देर तक सन्नाटा छाया रहा था और उसके बाद जैसे एक विस्फोट की तरह पिताजी ने ऊँची आवाज में कहा था, "ठीक है, वही जीती मैं हार गया। बुला लो उस धूर्त को। मैं बात कर लेता हूँ।"

भावनाओं के अतिरिक्त बाकी सब ज्यों-का-त्यों ही था। कई दिनों के उपवास के बाद अभी तक एक दाना मुँह तक नहीं गया था। लेकिन फिर भी ऐसा लगा जैसे सब कुछ हरियाली से भर गया है। हवा में सुगन्ध आ गई है। खोए हुए प्राण मुझे मिल गए थे।

शोभन आए, उनके साथ उनकी माँ भी। जीजाजी ने जल्दी से उन्हें बैठाया। हाँ, माँ और पिताजी का असन्तोष पिघल नहीं सका। उन्होंने सम्भवत: उन्हें नमस्कार तक नहीं किया था।

मेरे आश्वासन के क्षण अभी सीमित ही थे। बहुत तेजी के साथ क्षोभ से काँपते हुए पिताजी ऊपर आए। सहसा बोले, "क्या देखा था तुमने उस लड़के में। अभी भी ना कर दे बेटी, अभी सम्भव है। क्यों हम सबकी इज्जत धूल में मिलाने पर लगी हुई है?"

मैं उठ खड़ी हुई। मेरा खोया हुआ साहस लौट रहा था। मैंने कहा, "पिताजी, वह जैसे भी हैं, मेरे हैं।"

इतना कहने के बाद सहसा जैसे वहाँ भूचाल आ गया। वे क्रोध से फट पड़े। सहसा जैसे उन पर क्रोध का पागलपन सवार हो गया। आस-पास जो कुछ भी दीखा उठा-उठाकर मुझ पर पटक दिया। जब कुछ भी हाथ न आया तो दोनों हाथों से मेरा गला दबाने लगे, "अगर यही बात है तो यह शादी होने के बजाय मैं तेरे प्राण ले लूँगा।"

माँ ने किसी तरह मुझे उनसे छुड़ाया। ऊपर के इस शोर से घबराकर जीजाजी आ गए। जैसे-तैसे खींचकर वे पिताजी को नीचे ले गए। माँ मुझे उठाकर उन्हीं मैले-कुचैले कपड़ों में नीचे ले चलीं।

शोभन उठकर खड़े हो गए। उनकी माँ ने आगे बढ़कर मुझे बाँहों में ले लिया। आँखों में आए हुए दर्द के आँसू मैंने रोक लिये। शोभन की माँ का स्नेह उमड़ रहा था। वातावरण के दुखद होने के बावजूद उनका उत्साह उनके चेहरे पर उतर आया था। मुझे अपने पास बिठाकर उन्होंने रूमाल से जल्दी-जल्दी एक डिबिया खोली। डिब्बी में एक अँगूठी थी। रंगीन मीनेदार। यत्नपूर्वक काँपते हाथों अँगूठी को उँगली में पहनाकर उन्होंने मेरा हाथ अपने करीब खींचकर चूम लिया। लाज से भर मैं सिमट गई। चाहा कि उस क्षण शोभन को नमन कर लूँ, लेकिन केवल सिर नीचे झुककर रह गया।

वहीं तत्काल, बिना किसी औपचारिकता के रूखे स्वर में पिताजी ने सब कुछ तय कर दिया—"पन्द्रह अप्रैल को कुन्तल की दीदी की बारात आएगी, सोलह को सवेरे बिदा हो जाएगी। सत्रह को शोभन दस-पन्द्रह आदमियों की बारात लेकर आ जाय तो यह झंझट भी खतम हो जाएगा। हमारा मन तो बुझ गया है, जबरदस्ती है; कर देंगे।"

शोभन ने उनके पाँव छूने को हाथ बढ़ाए ही थे कि पिताजी पीछे हट गए; बोले, "बस हो गया। इसकी कोई जरूरत नहीं।"

हल्के से आँख चुराकर देखा, शोभन बहुत गम्भीर थे, चुप। मन

आहत था। बालों में उँगलियाँ डालकर जिस तरह वे उन्हें सहेज रहे थे उससे लगा कि वह बहुत अस्थिर हैं। चलते समय शोभन की माँ ने फिर मुझे बाँहों में भर लिया और माथा चूम लिया।

कार्ड छपकर आए, कार्ड क्या उदासी का एक पैकेट थे। ज्यों-के-त्यों कागज में लिपटे, धागे में बँधे रसीद सहित मेज पर पड़े थे। चाहकर भी पैकेट मुझसे खोला न गया। पैकेट के साथ छपे हुए कार्डों का एक नमूना था। मैला-सा, हाथ में उठाकर मैं देर तक देखती रही। तभी मुझे लगा कि बैठक में कुछ अप्रिय हो रहा है। शोभन के यहाँ से कोई सन्देश आया था। शोभन की माँ ने कहलाया था कि बहू के लिए कपड़े-गहने खरीदने होंगे, वे उसकी पसन्द के हों इसलिए थोड़ी देर को कुन्तल को साथ भेज दिया जाय तो अच्छा होगा। पिताजी सुनते रहे फिर विरक्त होकर बोले, "मेरा कुछ भी नहीं है। मेरा उस पर कोई जोर नहीं है। जहाँ चाहे चली जाय।"

और मैं गई भी।

बहुत दिनों के बाद निकटता के वे अमूल्य क्षण मुझे मिले थे। साहित्यकार क्या जीवन से हटकर रहता है? और अलग रहता है तो कितनी दूर? ऐसा लगता है कि बाहर आकर उस दिन मेरे मन में यह कुतूहल भी पैदा हो गया था। जिसे लोग दुनिया से अलग-थलग रहना कहते हैं, वह एक प्रकार से साहित्यकार का दुनियादारी से अजनबीपन भी कहा जा सकता है। आम आदमी और कृतिकार में अन्तर यह भी होता है कि जहाँ आम आदमी खरीदी जाने वाली चीज को उसकी कीमत से आँकता है, वहाँ कृतिकार उसे सुरुचि से तौलता है। साधारण कपड़े ही तो थे जो खरीदने थे। लेकिन उस खरीदारी में शोभन की अभिरुचि उन्हें मूल्य देती रही। कई दुकानें देखने के बाद कपड़े खरीदे गए थे। संकोच की दूरी धीरे-धीरे एक सरस आत्मीयता बन गई थी। बीच-बीच में ऐसा भी लगा था कि अगर रुचि की चीज जल्दी न मिले तो अच्छा है। क्योंकि इस तरह स्नेह-संकोच के वे क्षण अधिक-से-अधिक लम्बे

किये जा सकते थे। लेकिन उन आतुर क्षणों पर विराम आया ही। अन्तिम दुकान से बाहर आते ही सामने दीखे आनन्द साहब और उनकी पत्नी। मुझे भी सहसा उनका मिल जाना अच्छा लगा। औपचारिकता के बाद उनके स्वर में उलाहना उभर आया। दर्द से भरकर वे बोलीं, "मुझे तो तुम्हारे पिता ने बुलाया भी नहीं है। ठीक है, ऐसा मेरा अधिकार भी क्या है। हाँ! कुछ अरमान मेरे भी थे। चाहती थी कि उन क्षणों का आनन्द मैं भी बटाऊँ।"

उलाहने ने स्नेह-संकोच के मधुर खेल को इस तरह आलोड़ित कर दिया जैसे स्थिर पानी में कुछ गिर गया हो। उनके जाने के बाद मैंने देखा कि शोभन भी इन क्षणों का इस तरह उपसंहार नहीं होने देना चाहते। बड़े संकोच के साथ उन्होंने कहा कि थोड़ी देर घूम लेने में कुछ हर्ज नहीं होगा। उन क्षणों को और कितना लम्बा किया जा सकता था।

घर लौटी तो फिर वही अजनबीपन, उदासी और उपेक्षा। सब के मन खिंचे हुए थे, रिश्तों में अजीब तनाव भरा था। भीड़, शोर और मंगलमय वातावरण के बावजूद सब कुछ पराया-सा लगता था, चारों ओर लोग भरे हुए थे। पड़ोस की उत्साही लड़कियाँ बीच-बीच में गीत भी छेड़ देती थीं। बाहर कनात लगाकर बन रहे पकवानों की गन्ध और धुएँ के ऊपर छाई गहमागहमी उदासीनता की इन परतों को तोड़ नहीं पा रही थी। रात उतर आई थी। गैस बत्तियाँ जलाई जाने लगी थीं और बिजली के बल्बों वाली पट्टियों पर लिखे 'स्वागतम' को दरवाजे पर लगाए जाने के लिए शोर मच रहा था। फूलों और पत्तियों से सजाए गए द्वार से कुछ टहनियाँ किसी बच्चे ने तोड़ ली थीं और कुछ दूसरे बच्चे उसे लेकर शोर मचा रहे थे। उस सारे शोर के जंगल पर लड़कियों का गीत पंख फैलाकर उड़ने लगा,

चन्दन दे ओले ओले
क्यों खड़ी नी बेटी

केहो जया वर खोजिए
तारयाँ विच्चों चाँद सा बर खोजिए।

सीढ़ियों पर पाँव ठिठक गए। शोर को और अधिक शोर बनाते हुए भी वह गीत मेरे लिए शोर नहीं था। यह मेरा अपना मन था। चन्दन की ओट ही नहीं, समूचे संसार की ओट लेने को जी चाहा। कहाँ खोज लूँ अपना एकान्त जहाँ केवल मैं रहूँ और मेरा तारों के बीच वह चाँद। मन भर आया।

ऊपर आई तो कमरा अँधेरा पड़ा था, लेकिन छत पर बहुत कोमल उजाला फैला हुआ था। उजाला आकाश से धीरे-धीरे उतर पड़ा था। नीले, भूरे आकाश पर चाँद लटका हुआ था। ऐसा लग रहा था जैसे वह कुछ बोलना चाहता है। और बोलने के लिए अभी चुपचाप नीचे उतरेगा और नीचे उतरकर मेरे कन्धे पर आ बैठेगा। सन्देश लाने वाले किसी धवल कपोत की तरह। हवा के हल्के थपेड़ों के साथ नीचे का गीत सुनाई दे रहा था,

तारयाँ विच्चों चाँद सा वर खोजिए।

एकान्त में उभरते अनेक चित्रों में एक चित्र उभर आया आनन्द दम्पती का, मुझे ऐसा लगा कि उनकी उपेक्षा मेरी अपनी कामनाओं की उपेक्षा है। तारों के बीच चाँद की खोज का अध्याय लिखा तो उन्होंने ही था, उसके उपसंहार पर उनके बजाय केवल शून्य रख दिया गया। मैं सोच-सोच कर थक गई। चाँद को छूता हुआ बादलों का एक नन्हा-सा टुकड़ा तैरता चला जा रहा था। मेरी आँखों में नींद भर आई थी। अँधेरे कमरे में आई और बिना बत्ती जलाए चुपचाप पलंग पर लेट गई।

मन-ही-मन एक निर्णय और किया कि कल जैसे भी हो आनन्द साहब के यहाँ जाना होगा और इस अवहेलना के लिए निजी तौर पर क्षमा माँगनी होगी।

अगले दिन आनन्द साहब के यहाँ पहुँची तो ऐसा लगा जैसे मैं वहाँ अजनबी हूँ। किसी तरह अन्दर गई। स्टडी में आनन्द साहब मेज पर झुके हुए लैम्प जलाए कुछ लिख रहे थे। मेरी आहट से उन्होंने सिर उठाया और खिल गए। कलम नीचे रखकर एकदम बोले, "अरे कुन्तल, कैसी हो भई! इधर आने की इजाजत कैसे मिल गई!"

मैंने आभार सहित उन्हें झुककर नमस्कार किया और सामने कुर्सी खींचकर बैठ गई। मेरा मन अब भी आहत और उदास था। मेज पर सिर झुकाए हुए मैंने बताया, "अपनी एक सहेली के यहाँ जाने का बहाना करके आई हूँ। पापा ने आपको निमंत्रण नहीं भेजा, इसका मुझे गहरा दुःख है। आपसे क्षमा माँगने आई हूँ।"

सहेली के यहाँ जाने का बहाना करके आने की बात एक क्षण बाद ही कुछ अस्वाभाविक-सी लगी। झुके हुए लैम्प की रोशनी उनके चेहरे के निचले आधे हिस्से पर पड़ रही थी। ऐसा लगा जैसे वे कुछ अस्थिर हो उठे हैं।

मैं कहती रही, "मुझे तो बहुत बुरा लगेगा कि ऐसे समय में आप न हों।" मेरी आँखें गीली हो आईं। मैंने रूमाल आँखों पर रखा तो अपने बालों पर एक स्पर्श महसूस किया। हाथ आनन्द साहब का था। वे बोले, "पागल हुई हो कुन्तल। हमारा उसमें क्या है। तुम्हें और शोभन को मैं निकट ला सका, यही मेरे मन का आश्वासन है। तुम सुखी रहो। हम सम्मिलित हों या न हों, अन्तर क्या पड़ेगा?" कहकर वे कुर्सी से उठे और मेरी ओर आ गए। पहला आँसू शायद कठिनाई से निकलता है, किन्तु उसके बाद अन्तिम आँसू कठिनाई से रुकता भी है। मैं रोती जा रही थी। उन्होंने आतुर होकर मेरा सिर अपनी बाँहों में दबा लिया। स्नेह पाकर मन अब खुलकर रो लेना चाहता था। आनन्द साहब बोले, "पगली, तेरा मनचाहा तो हो गया, अब रोने का क्या काम? सच कहता हूँ तुम्हें रोते देखकर मेरा मन टूटता है।"

मेरे कन्धे दबाकर उन्होंने मुझे कुर्सी के तकिये से टिका दिया और

जल्दी से उठकर पानी का गिलास ले आए। पानी मुझसे पिया नहीं गया। रुलाई फिर फूट पड़ी। मुझे अपने कन्धे की ओर खींचकर सहलाते-सहलाते उन्होंने मेरे माथे को हल्के से चूम लिया।

हल्की-सी एक विरक्ति मन में उभरी लेकिन दर्द के बहाव में बह गई। उसी तरह सहलाते हुए उन्होंने अचानक मुझे जोर से भींच लिया। मेरी मुँदी आँखें कुछ देख नहीं पाती थीं कि सहसा उन्होंने चेहरा अपनी ओर खींचकर मेरे होंठों पर अपने होंठ जमा दिये।

नम्र संवेदनाएँ अचानक चौंक पड़ीं। अज्ञात भय की चिनगारियाँ क्षण मात्र में मेरे रोम-रोम को छू गईं। स्नेह का आश्वासन पलक मारते ही किसी मिट्टी के खोखले खिलौने की तरह टूटा और उसके अन्दर से एक घिनौना कीड़ा बाहर आ गया। कमरे की हवा में जैसे ज्वालामुखी के विस्फोट के बाद की तपन और दुर्गन्ध भर गई। वह घिनौना कीड़ा किसी दुर्दान्त पशु की तरह ही आतंकित करता हुआ मुझे निगलने की कोशिश करने लगा। आतंक से भरकर मैं तिलमिला उठी और उससे छूटने की कोशिश में छटपटाने लगी। पशु उन्मत्त हो चुका था। उसके पंजे सहसा घिनौने और कठोर हो आए थे। मुझे लगा, जैसे उन पंजों के नाखून मेरी गर्दन और छातियों के पास धँस जाएँगे। मेरी साँस घुट रही थी; उसका पशुबल जाग उठा था और उसने मुझे कुर्सी से खींच लिया था। मेरे छटपटाते हुए हाथ-पैर बचाता हुआ वह मुझे सोफे की तरफ खींचने लगा। विवश और आतंकित कंठ से चीख के बजाय एक कराह भर निकल पाई। उस कमरे में चारों ओर जुगुप्सा और घिनौनापन जोर-जोर से नाचने लगा था।

कातर और असहाय होकर मैंने एक बार चारों ओर देखा। इसी बीच उसके होंठ फिर मेरी ओर झुके। अपनी बाँह छुड़ाकर मैंने उसके चेहरे को पीछे धकेलना चाहा। लेकिन पशु ने अपने कठोर पंजों से मेरा हाथ पकड़ लिया। असहायता की चरम सीमा पर पहुँचकर किसी डरी हुई गाय की तरह मैंने उसके पंजों को दाँतों से काटा। पीड़ा से

कराहकर वह चौंक गया और बन्धन कुछ ढीले हुए। इसी एक क्षण का लाभ उठाकर मैंने झटके से अपने-आप को मुक्त किया, जैसे किसी मछुए की अँगुलियाँ ढीली हुई हों और मछली तड़प कर बाहर आ गई हो, इस तरह मैं उसके बन्धन से छूट गई। किसी तरह झपटकर मैं दरवाजे तक आई। पशु ने दोबारा आक्रमण करना चाहा लेकिन अब मुझमें प्रतिरोध उभर आया था। मैंने उसे झटका और फिर बिना किसी ओर देखे झपटती हुई मकान के बाहर आ गई। आवेश से मेरा रक्त खौल रहा था। मुझे सामने कुछ भी नजर नहीं आ रहा था। मैं एक क्षण के लिए भी ठहरना नहीं चाहती थी। तभी उधर से एक खाली रिक्शा गुजरा।

मैंने कैसे उसे रोका और कैसे उस पर बैठकर घर तक आई, यह मैं नहीं जानती। जैसे सैकड़ों आँधियाँ मुझे धकेलती हुई गुजर रही थीं और मेरे अंग-अंग पर जहरीले साँप चिपटे हुए थे। एकान्त पाकर भी मन शान्त नहीं हुआ। ऐसा अनुभव हुआ जैसे चारों ओर डरावना जंगल और अँधेरा छा गया हो। जंगल और अँधेरा, दोनों ही अछोर थे। और ऐसा लगता था जैसे उस अछोर जंगल और अँधेरे से डरावने पशु मेरी ओर घूर रहे हैं। वह नींद थी या मूर्च्छा मैं नहीं कह सकती, जो कुछ घटा था वह डरावने स्वप्न की तरह चारों ओर नाच रहा था।

कभी-कभी ऐसा होता है कि सचमुच दुर्घटना की बजाय दुर्घटना का भय अधिक कष्ट देता है। मेरी स्थिति कुछ ऐसी ही थी। किसी ने मेरे क्वारेपन को फाँसी देनी चाही थी। यह संयोग ही था कि अन्तिम क्षण में मैं बच गई थी। किन्तु वह बचना अधिक झिंझोड़ने वाला था। शोभन से अन्तिम सम्पर्क करने का दिन निकट आ रहा था। सोच नहीं पा रही थी कि कैसे इस सत्य का भी समर्पण कर सकूँगी। क्या सब कुछ उनसे छुपाकर रखना होगा और क्या यह सब छुपाया जा सकेगा। ज्वालामुखी की तरह क्या यह सब फूट नहीं पड़ेगा। मूर्च्छा में मानसपटल पर चित्र उभरने लगे।

दीदी की शादी के बाद मुरझा गई बन्दनवार बदली जा रही है। घर की चहलपहल दुबारा गर्म हो चुकी है। पिछले कमरे में लड़कियों का गीत गूँज रहा है,

चन्दन दे ओले-ओले क्यों खड़ी नी बेटी।

चन्दन की आड़ में नहीं बल्कि आशंकाओं के जंगल में खोई खड़ी है दुलहन। मेहँदी लगी हुई हथेलियों में जलन पैदा हो जाती है। लड़कियों का शोर उभरता है, "लो बारात आ गई। दूल्हा देखो। दूल्हा देखो।"

चन्दन की आड़ में खड़ी दुलहन को धकेलती हुई लड़कियाँ बारजे तक ले जाती हैं। ले देख कुन्तल। कितने बड़े-बड़े लोग तेरी बारात में आए हैं। दूल्हा कितना अच्छा लग रहा है।

दूल्हा? कहाँ है? दुलहन की आँखों के सामने जंगल का अछोर अन्धकार उभर आता है। जंगल का वह डरावना भय एक क्षण में बदलता है और आकाश तक उठते हुए संगीत का रूप ले लेता है। संगीत में उत्साह भी है और उन्माद भी। बाजे-गाजे, रोशनी और कोलाहल के बीच सुनहले आभूषणों से सजी एक घोड़ी धीरे-धीरे द्वार की ओर बढ़ती है। कोलाहल में मंगल मंत्रों का एक स्वर भी मिल जाता है। बारजे से चावल और फूल की पत्तियाँ बरसती हैं और द्वार पर कलश के माथे पर रखा दियरा काँपता है, लजाता है। मेहँदी रचित दो हाथों में लटका हुआ एक रुपहला हार चमक रहा है। शोभन की भावाकुल आँखें उठती हैं और सिर धीरे से झुक जाता है, हार का स्वागत करने के लिए।

दूल्हा जीम रहा है। शहनाई की धुन वातावरण को गुँजा रही है और लड़कियाँ गीत गा रही हैं।

दृश्यांतर होता है। अगरु, चन्दन, कपूर और हवन सामग्री की सुगन्ध से भरा नीला धुआँ हवन की सुनहली लपटों के ऊपर बल खा रहा है। वेदमंत्र गूँज रहे हैं और लाल कपड़ों में सजी हुई एक आशा अपने प्रिय

के साथ बँधी हुई सात फेरे पूरे कर रही है। रीतियाँ निभाई जा रही हैं और बाहर शहनाई का स्वर और ऊँचा हो गया है।

फिर एक दृश्यान्तर। पास-पड़ोस के मकानों के बारजों पर लोग जुट आए हैं। एक हृदयविदारक रुदन शहनाई के स्वरों से लिपट रहा है। आँसुओं में पिताजी की कठोर कटुता घुल गई है। शोभन की भी आँखें भीग आई हैं। विदाई के लिए कार तक पहुँचते-पहुँचते ऐसा लगता है, जैसे करुणा का सागर अपने बाँध तोड़ देगा।

एक दृश्यान्तर और! नीले कमरे की सजी हुई खिड़कियों पर नीले पर्दे खींचे हुए हैं। बारजे से छनकर आई हवा में रातरानी की गन्ध घुली हुई है। पलंग पर जहाँ-तहाँ कुछ फूल बिखरे हैं। सलज्ज, सिमटी हुई कुन्तल के माथे पर शोभन के होंठ झुकते हैं। संकोच की हरिणी चौंक-चौंक उठती है। किन्तु उसी एकान्त नीले कमरे में आशंका का एक प्राणी आस-पास मँडराता है। भयभीत कुन्तल सहसा फूटकर रो पड़ती है। शोभन चिन्तित हो उठते हैं। वह सोच नहीं पाते कि कैसे आश्वासन दें। सम्भव है उन्होंने सोचा हो कि यह यातना भरे दिनों का उपसंहार है। वे स्नेहसिक्त बाँहों में कुन्तल को समेटते हैं, "घर की याद आ रही है, कुन्तल? नई जगह में जी घबरा रहा है? मैं तो हूँ कुन्तल। याद करो, कितने संकटों के बाद यह घड़ी आई है?"

उनके शब्द ठंडे, कोमल फूलों की तरह मेरे मन को सहला रहे हैं। लेकिन वह कोमल शीतल स्पर्श मेरे अन्तस् के ज्वालामखी को दबा नहीं पा रहा है। अन्तस् का ज्वालामुखी उबल रहा है। घुट रहा है। सहा नहीं जा सकेगा यह विस्फोट।

अन्तत: उस विस्फोट को सन्धि मिल गई। आँसुओं की राह ही फूटकर वन्य पशु की कथा बाहर आ गई। जो कुछ भी उस दिन आनन्द साहब के उस कमरे में आनन्द साहब के वन्य पशु द्वारा हुआ था वह सब एक-एक कर मैं शोभन को बताती हूँ। गाँठ-पर-गाँठ खुलती जाती

है और आँसुओं की जगह खौलता हुआ अपमान बाहर आता जाता है। उस यातनाकथा के समाप्त होते ही आँसू फिर उमड़ आते हैं, जैसे दर्द के ज्वालामुखी पर मेह बरसकर धीरे-धीरे समाप्त हो जाते हैं और सिहरकर मैं देखती हूँ शोभन वहाँ नहीं हैं। मैं अस्फुट स्वर में उन्हें पुकारती हूँ..."शोभन।"

ओस के नन्हे-नन्हे मोती घास पर गुँथे हुए हैं जैसे रजतचूर्ण बिखेर दिया गया हो। कितना अच्छा लगता है नंगे पाँव इन मोतियों पर चलना। लेकिन शीतल मोतियों पर पाँव पड़ते हैं और फिर सहसा ऐसे लगता है जैसे वह नन्ही-नन्ही घास एक अछोर जंगल में बदल गई हो। और मैं उसमें खो गई हूँ। एकाकीपन के भय से मैं काँपी जाती हूँ और ऐसा लगता है जैसे वह वन्य पशु मेरे पीछे आ रहा है।

"शोभन!"—मैं आतंकित होकर इन्हें आवाज देती हूँ।

"क्या बात है कुन्तल?"—शोभन ने आतुर होके पूछा। मेरी चेतना सहसा लौट आई थी। एक क्षण की उस मूर्च्छा के कारण ठंडा पसीना चेहरे पर उभर आया था। शोभन ने बहुत प्यार से पसीना पोंछा और कहा, "पगली! आतंक से तो लड़ा जाता है, न कि उसे बसाए रहा जाता है। आओ, उठो। देखो, धूप निकल आई है। कल जो पौधे तुमने फुलबगिया में लगाए थे, वे रात भर की ओस से हरे हो आए हैं।"

स्नेह-स्पर्श ने आतंक के बादल काट दिये। न जाने कितनी तरह के पौधे शोभन ने सहेज रखे थे। वह नन्ही-सी फुलबगिया रंगों का एक उपवन थी। बेला, चमेली, सोनजूही, पनसुतिया और जाने कितने पौधे।

सहसा शोभन चौंके और संकुचित हो उठे। धीरे से बोले, "अरे, बहुत गड़बड़ हो गया। कोई आ न जाए, मुझे तो ध्यान ही न रहा।"

एक क्षण के लिए मैं समझ न पाई कि बात क्या है। और फिर जैसे ही बात समझ में आई, एक लज्जा भरी पुलक मेरे रोम-रोम में दौड़ गई। शोभन की सफेद कमीज पर बाईं ओर सीने पर सिन्दूर का एक दाग था। रक्ताभ होकर शोभन मुस्कराए। और बोले, "रहने भी दो, मैं नहीं बदलता कमीज। कोई देख भी लेगा तो क्या होगा!"

मेरे रोम-रोम में पुलक भर गई थी और चेहरे पर जैसे गुलाल पुत गया था।

एक नन्ही गौरैया चमेली की लतर से एक पतली शाखा को तोड़ने का प्रयत्न कर रही थी। शोभन ने चाहा कि उसे उड़ा दें लेकिन मैंने उन्हें रोक दिया, "उसे ले जाने दो शोभन। वह भी तो अपना नन्हा-सा घर बनाएगी।"

छोटे से औजार से शोभन फुलबगिया के पौधों की मिट्टी नरम करने लगे। मैं गुलदस्ते के लिए कुछ फूल और टहनियाँ चुन लेना चाहती थी। तभी मेरी उँगली में कुछ चुभ गया। सुगन्धित फूलों के बीच वहाँ एक गन्दी झाड़ी-सी उग आई थी। उस झाड़ी में फूलों की बजाय काँटे ज्यादा थे।

"शोभन, तुमने लगाया है यह पौधा? कितने जोर से काँटे चुभ गए इसके। देखो आकर इधर," मैंने उन्हें पुकारा। वे उत्सुक होकर उधर आए और उस झाड़ी को देखकर बोले, "नहीं, ये तो अपने-आप उग आई है।"

"तो इसे उखाड़ फेंको शोभन। देखो इसका काँटा कितनी जोर से मेरी उँगली में चुभ गया है।"

शोभन ने मेरी उँगली अपनी उँगलियों में ले ली। उँगली के सिरे पर रक्त की हल्की-सी बूँद चमक रही थी। शोभन ने उँगली को चूम लिया।

"इस जंगली लतर को उखाड़कर फेंक दो शोभन। उसने उगते ही हाथ बींधकर रख दिया!"

शोभन ने मिट्टी नरम करने वाला औजार उस जंगली पौधे की ओर बढ़ाया फिर सहसा रुक गए।

मैंने पूछा, "क्यों, तुम रुक क्यों गए शोभन?"

"कुछ नहीं कुन्तल, यह पौधा अवांछित तो है पर मैं सोचता हूँ..."

"क्या सोचते हो शोभन, पहले इसे उखाड़ दो।"

शोभन ने उस पौधे को निर्ममता से उखाड़कर दूर फेंक दिया।

मैंने उन्हें टोककर पूछा, "तुम उसे उखाड़ने में संकोच क्यों कर रहे थे?"

"बात यह है कुन्तल। एक क्षण के लिए मैंने सोचा, वह भी प्रकृति की एक देन है। घर के अन्दर अपरिचित गौरैया आ बैठती है तो हम उसे मार तो नहीं देते?"

मानवीय तर्क से मैं निरुत्तर हो गई, किन्तु भावनाएँ कह रही थीं कि यह सब कुछ अप्रिय था, बल्कि मुझे लग रहा था कि उस जंगली पौधे का वहाँ उगना और उसके काँटे चुभ जाना एक मनहूस घटना थी।

शोभन ने कई लतरें बारजे से डोरी लटकाकर बाँध दीं। लतरें उन डोरियों के सहारे बारजे तक चढ़ जाएँगी और उनके लाल-सफेद फूल, नीले कमरे में झाँक-झाँक कर सुगन्ध की मुट्ठियाँ बाँध-बाँध कर फेंकेंगे। पूरे दो घंटे उस फुलबगिया में बीते। पौधों के पीले पत्ते साफ करके मिट्टी मुलायम की गई और हम दोनों ने मिलकर पौधों को सींचा।

शोभन को अब तैयार होना था, विश्वविद्यालय जाने के लिए। उत्साह के साथ चुनकर उनके कपड़े निकाले। सावधानी से उनके बटन वगैरह देखे और उनके नहाने का गर्म पानी रख दिया। मेरे हाथ से तौलिया लेकर वे बाथरूम की ओर मुड़े, फिर रुक गए। शरारत भरे स्वर में बोले, "कुन्तल, जरा इधर आना।"

जैसे ही मैं उनके निकट गई उन्होंने तौलिए का फन्दा मेरे ऊपर डालकर अपनी ओर खींच लिया।

मैंने सहमकर कहा, "छोड़िए न! कोई देख लेगा।"

सहसा द्वार पर आवाज आई, "शोभन दा! शोभन दा!"

शोभन ने चौंककर तौलिया अलग कर लिया और दो कदम पीछे हट गए।

वह मीनल थी। अन्दर आते-आते सहसा लजाकर बाहर चली गई। शोभन ने अचकचाकर उसे पुकारा। मीनल अन्दर आई। उसके हाथ में कुछ किताबें थीं। उसने हिचकते हुए कहा, "नहीं भैया, मैं यों ही आ गई, कोई काम नहीं था।"

"वाह! यह भी कोई बात होती है। तुम अपनी भाभी से बात करो। मैं नहाए लेता हूँ।"

"लेकिन मैंने सोचा आप चले न गए हों।"

"अभी से कैसे चला जाता। आज तो क्लास देर से होती है। खैर, तू बैठ। फिर साथ-साथ चलेंगे।"

शोभन बाथरूम गए ही थे कि माँ जी आ गईं, मैंने लजाकर आँचल सिर पर खींच लिया। माँ ने ध्यान से मेरे माथे की ओर देखा और मुस्कराईं। उनकी आँखों में स्नेह का सागर उमड़ आया। वे बोलीं, "बहू, तू कपड़ा तो बदल ले। मीनल भी क्या सोचेगी कि माँ अपनी बहू का ध्यान नहीं रखतीं।"

मैं कपड़े बदलने ऊपर चली आई। तन-मन में मान भरा हुआ था। पशु का आतंक धुल चुका था और सुख-सन्तोष का सरोवर भर गया था।

कामिनी के फूलों की सुगन्ध नीले कमरे में अभी भरी हुई थी। पलंग के पास की नन्ही मेज पर मखमली जिल्द वाली किताब आधी खुली हुई उलटी रखी थी। पलंग के पास आई तो एक क्षण के लिए कामिनी की गन्ध में खो गई। पलंग पर बिछी हुई आसमानी चादर मन के आलोड़न

की तरह लहरों से भरी हुई थी। सहज प्रतिक्रियावश हाथ आगे बढ़े कि उन लहरों को समतल कर दिया जाय, पर रुक गए। चादर पर कामिनी के फूल जहाँ-तहाँ बिखरे थे। उनकी उज्ज्वलता धुँधली पड़ गई थी और पंखुरियों की कोरों पर पीला कत्थई रंग चढ़ गया था। फूल बटोरकर अंजुली में भर लिये। अन्तस् में रेशमी गुदगुदी-सी भर गई। फूल एक लघुकथा के ऐसे अक्षर थे जिनका उपयोग हो चुका था। उन्हें कामनाओं के जिस आवेग ने मसला था उसकी कथा उन फूलों में अभी उनकी गन्ध की तरह शेष थी। फूल फेंके नहीं गए, उन्हें सावधानी से नन्ही-सी मेज पर रख दिया जहाँ वह मखमल से मढ़ी किताब आधी खुली पड़ी हुई थी, "माथे पर उसने होंठों की गुलाबी आग का स्पर्श किया। वह गुलाबी स्पर्श नसों को गुदगुदा गया। मैं क्षण भर को अपने-आप को भूल गई। मेरे रेशमी परिधान को गुदगुदाते हुए स्पर्श। वक्ष में समाती हुई अलभ्य गरमाई और उसका जादू...मुझ पर छा गया। अंग-अंग में सुबह की शबनम भरने लगी। उनके माथे पर उतर आए बालों में उलझी हुई उँगलियाँ," खुले पृष्ठ के ये शब्द मैंने अपने आँचल में समेट लिये।

सहसा मुझे याद आया कि मुझे कपड़े बदलने हैं। भावुकता के लोक से यथार्थ की ओर लौटकर मैंने जल्दी-जल्दी अपने कपड़ों को उलट-पलटकर देखा। नीले रंग की ही एक साड़ी निकालकर पहने हुए कपड़े बदलने लगी। साड़ी उतारकर पलंग पर किसी वृक्ष से छूटी हुई लता की तरह रखने के बाद मैंने सहमकर लज्जावश आसपास देखा। वहाँ कोई नहीं था। बालकनी के दरवाजे के बाहर फैली जूही की लता का एक नन्हा अंकुर जैसे शरारत से अन्दर की ओर झाँक रहा था। मेरे ठीक सामने उरसी हुई चादर वाले पलंग के उस पार नन्ही-सी ड्रेसिंग टेबल का दर्पण मुझे घूर रहा था। संकोच की एक लहर मेरी शिराओं में दौड़ गई। अन्दर की ओर के दरवाजे पर लगा हुआ पर्दा चुपचाप स्थिर प्रहरी जैसा निस्संग लग रहा था। दूसरी साड़ी की तह मैंने सावधानी से खोली और उसका आँचल कन्धे पर ले लिया।

एक बार मन में आया कि दर्पण के सामने से हट जाऊँ। दर्पण पराया न होकर भी जैसे मेरे एकान्त का साक्षी था। कन्धे पर पड़े आँचल के नीचे जो कुछ अनावृत हुआ उसकी स्निग्ध धवलता में नन्हे-नन्हे दो नील स्मृति चिह्न किसी शरारत की तरह मुझे गुदगुदा गए। बाएँ कन्धे के नीचे बने हुए दो नील-चिह्न, दो पल के लिए मैं आसक्त आँखों देखती रह गई।

तभी मैं चौंककर लगभग चीख पड़ी। साड़ी का वह झीना आवरण कन्धे पर से खिंचता हुआ दूर चला गया। दो बाँहों ने मुझे घेर लिया। किसी गौरैया की तरह मैं तड़पी लेकिन बाँहों से छूट नहीं पाई। वे बाँहें शोभन की थीं। उन्होंने मुझे खींचकर चूम लिया। मेरा चेहरा आरक्त हो आया। लालच-भरी स्निग्ध आँखों से उन्होंने मुझे देखा। मैं संकोच से काँप भर ही सकी थी कि उन्होंने उरोजों की सन्धि के बीच एक चुम्बन अंकित कर दिया। बाएँ हाथ से मुझे सँभाले हुए उन्होंने दाहिने हाथ की तर्जनी से उन नील चिह्नों को बड़े प्यार से छुआ और होंठों-ही-होंठों बोले,

विहाय सा हारमहार्य निश्चया,
विलोल यष्टि प्रविलुप्त चन्दनं।
बबंध बालारुण बभ्रु वल्कलं,
पयोधरोत्सेध विशीर्ण संहतिः।

"कालिदास की पार्वती ने कठोर वल्कल से चिह्न बना लिया था। तुमने यह चिह्न कैसे बनाया कुन्तल।"—शोभन ने कहा और मेरी ओर झुक आए। मेरे होंठों में कम्पन हुआ लेकिन लज्जा भरे शब्द कंठ से बाहर नहीं आए। शोभन ने मन्द स्वर में फिर कहा, "ठहरो, नील-चिह्न केवल एक ओर ही अच्छे नहीं लगेंगे, इन्हें दूसरी ओर भी उभर आने दो।"

उनका चेहरा मेरे कन्धे के करीब आया। उनके होंठों का स्पर्श

हुआ और फिर सहसा एक चीत्कार मेरे होंठों से बरबस ही फूट गया। शोभन ने दूसरे कन्धे के नीचे भी वैसे ही चिह्न अंकित कर दिये थे। मैं खड़ी नहीं रह पाई, उनकी बाँहों में लता की तरह झूल गई। मुझे लगभग उठाकर उन्होंने सलवट भरे उस पलंग पर डाल दिया। कामनाओं के उस जंगल में पक्षियों का एक जोड़ा भटक गया। निकटता के अतिरिक्त दूसरा विकल्प नहीं था। विवश ही दो शरीर आवेग के उस सरोवर में डूब-डूब गए।

हल्की-सी हवा का एक झोंका बाहर बालकनी की ओर जैसे एक थपकी दे गया। चौंककर शोभन अलग हुए। उन्होंने इधर-उधर देखा। वहाँ कोई नहीं था। मेरी ओर देखकर वो फिर मुस्कराए।

जब मैं नीचे आई, लाज के वे रक्ताभ बादल चेहरे पर घिरे हुए थे। प्रयत्न के बाद भी मैं सहज नहीं हो पाई। मीनल नीचे फुलबगिया में थी। उसके पास तक जाने के पहले एक बार फिर अपनी लाज को समेटना पड़ा। निकट पहुँची तो पाया कि मीनल बेले और गुलाब की झाड़ियों के बीच उगे उस काँटेदार जंगली पौधे को घूर रही थी।

"अरे यह ऐसे ही उग आया मीनल। जाने कितनी बार मैंने इसे उखाड़कर फेंका लेकिन ये फिर वहीं उग आता है," मैंने कहा।

मीनल हँसने लगी और मुझे ऐसा लगा कि उसे इस बात की तनिक भी परवाह नहीं हुई। शोभन तैयार होकर बाहर आ गए। उन्होंने आवाज दी, "आओ मीनल, चलें। बहुत देर प्रतीक्षा करनी पड़ी न।"

शोभन मेरी ओर हल्के से मुस्कराकर चले गए। मीनल भी चली गई। मैं बेले और गुलाब के बीच उगे उस जंगली पौधे को घूरती खड़ी रह गई।

हवा और धूप से बेखबर उलझी हुई उन झाड़ियों के बीच उगा वह काँटेदार जंगली पौधा मेरे दिमाग से उतरता नहीं। कमरे में बेला, चमेली और जूही के फूलों की गन्ध भरती तो साथ ही उँगली में जहाँ उस जंगली पौधे का काँटा चुभा था, वहीं एक टीस पैदा होती। बेला और गुलाब की उलझी हुई शाखाओं के बीच वह गलत पौधा बार-बार उग

आता था। कितनी बार मैंने उसे उखाड़कर फेंका था। मुझे ऐसा लगता जैसे वह पौधा धूर्त और जिद्दी हो गया था। शोभन से शिकायत करती तो वह मुस्करा उठते थे और मन में कभी-कभी आशंका उठती कि उस पौधे के उगने के जिम्मेदार शोभन हैं।

शोभन शाम को बहुत देर से लौटे तो थके हुए भी थे। पता चला कि सारे दिन व्यस्त रहे थे। उनका सिर भी कुछ भारी था। खाना खाने के बाद लेटे तो मैंने देखा कि उनकी मुस्कराहट में क्लान्ति है।

कितनी मेहनत करते हैं। मैंने मन में सोचा और धीरे-धीरे उनका सिर सहलाने लगी। अचानक उन्होंने कहा—"मीनल के भाई की शादी है लखनऊ में। उसने निमंत्रण दिया है। दोनों को बुलाया है। मैं सोचता हूँ तुम हो आओ।"

"और तुम?"

"कुन्तल, मैं बहुत व्यस्त हूँ। एक पत्रिका का विशेषांक सम्पादित करना है, उसे छोड़ नहीं सकता। वहाँ जाऊँगा तो कई दिन बर्बाद हो जाएँगे। तुम चली जाओ, ऐसी क्या बात है?"

"नहीं, यह नहीं हो सकता शोभन, मैं अकेले नहीं जा सकती।"

किन्तु दूसरे दिन मीनल स्वयं आ धमकी। मैंने जब उससे कहा कि शोभन नहीं जाएँगे, इसलिए मैं भी नहीं जा सकती, तब वह उदास हो आई। भागती हुई शोभन के पास पहुँची। अन्ततः शोभन और मीनल दोनों जीते। मीनल के निमंत्रण पर केवल मुझे ही जाना होगा, शोभन ने निर्णय किया।

शोभन का निर्णय था, उसे टाला नहीं जा सकता था। या यह कहूँ कि टालने का साहस न बटोर सकी। बेमन दो-चार कपड़े एक छोटी-सी अटैची में रखे। तैयारी में मन नहीं लगा। कभी घर और इनको अकेले छोड़ा नहीं था, मन थोड़ा छोटा होने लगा। हारकर दोबारा शोभन के पास गई, "मैं तुम्हारे भी कपड़े रख रही हूँ। एक दो-दिन के लिए चलना क्या मुश्किल है?"

"थोड़ा चेंज हो जाएगा। तुम हो आओ। बात मानो," उन्होंने दृढ़ होकर कहा। इस दृढ़ता का अर्थ ठीक-ठीक समझ में नहीं आया। मन उदास हो गया। भारी मन से मैंने कहा, "फिर रहने दो शोभन, मैं भी नहीं जाती।"

उनका निर्णय नहीं टला। मेरा टल गया। रात को लखनऊ जाने वाली गाड़ी पर बैठाने के बाद प्लेटफार्म की भीड़ में दूर होते जाते शोभन के हिलते हुए रूमाल को मैंने देखा तो जाने कैसा-कैसा लगने लगा। लगा उड़कर उस रूमाल को छू लूँ। लेकिन ट्रेन हिलते हुए रूमाल वाले उस जाने-पहचाने प्लेटफार्म से बाहर, लाल-पीली-हरी बत्तियों से भरे अँधेरे में निकल आई। बहुत देर तक शहर की दूर होती जाती बत्तियाँ और वे लाल-पीली-हरी रोशनी के धब्बे धूमिल पड़ते देखती रही। एक बार ऐसा भी लगा जैसे अँधेरे के दूर होते हुए ज्योति-बिन्दुओं में कोई अर्थ, कोई संकेत भी है। लेकिन वह संकेत पढ़ा नहीं जा सका। शहर से बाहर अनजाने अँधेरे में भागती हुई ट्रेन की एकरस गति में जाने कैसा उदास संगीत था। खिड़की से हटकर मैं फिर डब्बे के अन्दर सीमित जीवन में डूब गई।

मीनल ने मुझे देखा, तो भावावेश से लिपट गई। फिर उसने पूछा, "शोभन दा नहीं आए?"

मैंने जो उत्तर दिया—वह सम्भवत: उसने सुना नहीं। शादी से भरे-पूरे परिवार की भीड़ में उस समय मैंने उतने ध्यान से मीनल का चेहरा नहीं देखा था, किन्तु अब सोच सकती हूँ कि औपचारिकता की उस परत के नीचे मीनल के चेहरे पर अवश्य ही कुछ विशेष रेखाएँ उभरी होंगी।

एक नौकर को सामान उठा लेने का आदेश देते हुए मीनल बोली, "मैं तो कल से इन्तजार कर रही थी तुम्हारा। चलो देर से सही, आ तो गईं। शोभन दा भी आ जाते..."

वह सारा दिन व्यस्तता में बीता। विवाह की रस्में निभाई जाती

रहीं और गाने-बजाने से लेकर हँसने-खाने तक सारा दिन कैसे बीत गया, पता ही न चला। मीनल ने बिलकुल एकान्त कमरे में मेरे सोने का प्रबन्ध किया था। एकान्त में आते ही बीतने वाले क्षणों की अवधि लम्बी हो गई। बार-बार उनकी बाँहों का कसाव याद आ जाता। नीले कमरे में झाँकती हुई रातरानी की टहनी आँखों के सामने तैर जाती। कब सोई यह पता नहीं।

दूसरे दिन अभी नहाकर मैंने कपड़े बदले ही थे कि मीनल पुलक से भरी हुई अन्दर आई, "कुन्तल, बोलो मेरे हाथ में क्या है?"

जाने कितने अनुमान लगाए लेकिन सब गलत। सच तो यह है कि यदि एक भी अनुमान मैं ठीक लगा सकी होती तो यह कथा किसी और ही रूप में लिखी गई होती। बहुत खिजाने के बाद मीनल ने मुझे जो दिया उसका अनुमान सचमुच मैं नहीं लगा सकती थी। और यही कारण है कि उसे पाकर मुझे गहरा सुखद आश्चर्य हुआ था। वह शोभन का पत्र था। सम्भवतः उसी रात लिखा गया था, जिस रात मैंने प्लेटफार्म पर लगातार दूर होता हुआ उनका रूमाल देखा था। मुझे लगा जैसे वह रूमाल ही उड़ता हुआ हाथों में आ गिरा हो।

मीनल को उसी क्षण किसी ने नीचे बुलाया। मुझे बहुत अच्छा लगा कि एक सहज एकान्त अनायास मिल गया।

वह पत्र अभी ठीक उन्हीं तहों में कागजों के बीच मिला था। ऊपर की परतों का रंग हल्का-हल्का-सा उतर चुका था। कोने थोड़े से घिस गए थे लेकिन पत्र के अक्षर ज्यों-के-त्यों ठीक वैसे ही, जैसे उस क्षण दीखे थे, बने रहे—

कुन्तो,

ट्रेन जब चली और खिड़की से बाहर नीचे लटका हुआ तुम्हारा हाथ विदा की मुद्रा में किसी बिंधे हुए पक्षी के पंख की तरह फड़फड़ाने लगा तो अकस्मात मेरा मन बिलखने-सा

लगा। मैं जानता हूँ कि इस बार मैं जरा-सा तुम्हें मना करता तो तुम लखनऊ जाना रोक सकती थीं। लेकिन मैं जानता था कि इधर मैं जिस मन:स्थिति में था उसमें मैं तुम्हें बार-बार दुखी करता और मीनल, केवल मीनल इस समय तुम्हें सम्हालने में समर्थ है। मेरा सारा मोह बार-बार कहता था कि मैं तुम्हें रोक लूँ पर पिछले एक महीने मीनल के जो पत्र कलकत्ते से आए, उनके कारण तुम बेहद थककर चूर हो चुकी थीं और मेरा यह अन्तरमन्थन भी तुम्हें झेलना पड़ता तो तुम निश्चित ही बीमार पड़ जातीं।

लेकिन तुम सामने थीं न, तो मेरी विह्वलता भी मानो मचली हुई थी। ज्यों ही ट्रेन चली और मैं अकेला रह गया कि मुझे लगा कि जैसे कुछ भी तो नहीं हुआ मुझे। ट्रेन चली गई प्लेटफार्म खाली रह गया और मैं डाल से डाल में अटककर गिरते हुए पीले पत्ते की तरह ठहर-ठहरकर गेट की ओर बढ़ने लगा। गाड़ी निकाली, कॉफी हाउस आया। एक प्याला कॉफी पी। इतने में मानिक मिले। मानिक ने कहा कि जबलपुर से चन्दन बिबिया के पति आए हैं। बिबिया को कुछ ऑपरेशन होने वाला है। खतरनाक-सा। मैं बहुत चिन्तित हुआ। तुरन्त गाड़ी भगाता हुआ अस्पताल पहुँचा। कहीं कुछ न था। बिबिया प्रसन्न थीं और मुझे देखकर खिल उठी थीं। चुपचाप अकेली पड़ी थीं। बड़ी भाभी उनका सिर दाब रही थीं। बगल में पालने में बच्चा पड़ा था। बच्चे की कलाई में एक चूड़ी पड़ी थी, जिस पर उसके पिता का नाम लिखा था। बिबिया मुझे देखते ही बोलीं, "कहो कुन्तल के गुलाब, तुम्हारी पटरानी कहाँ हैं?" हमने जब बताया कि महाराज हर्षवर्धन की महारानी को महाराज हर्षवर्धन की प्यारी बहन राज्यश्री भगा ले गईं तो बिबिया और भी प्रसन्न हुईं। जब मैंने बताया कि उनकी

मीनल के लिए एक लड़का जबलपुर में देखा गया है और वो सबको पसन्द आया है, तब बिबिया और भी पुलकित हुईं। बोलीं, "हमसे मिलने कुन्तल कभी जबलपुर नहीं आई, पर अब अपनी प्राणप्रिया सखी से मिलने जबलपुर आएगी। कुन्तल पर तो उसकी प्राणप्रिया सखी का अधिकार है, वह उसके पास ठहरेगी। पर मेरा अत्यन्त लोभी तथा झूठा भाई मुझे छोड़कर कहाँ ठहरेगा।"

अस्पताल में शाम हो गई थी। मैं लौटा तो सिविल लाइंस में परेश भैया, उनकी पत्नी और चुन्नी बीबी मिल गए। सभी बहुत जिद करते रहे साथ चलने को, पर मैं नहीं आया। बहुत इच्छा थी अस्पताल से सीधा घर जाऊँ और सन्तोला से मिलूँ, पर नहीं गया।

और बस खयाल आते ही पता नहीं क्यों मन:स्थिति जो हल्की हुई थी फिर बेहद भारी हो गई। इस स्थिति में देव बाबू से भेंट हुई। चाँद निकल आया था और मैं अजब से मूड में था। बेहद अकेलापन मुझे लग रहा था और मुझे बेहद याद आ रही थी मीनल। और बेहद याद आ रही थी—कुन्तल! तमाम इधर-उधर की बातें करने के बाद देव बाबू को इस बात का पता नहीं कैसे आभास लग गया कि मैं अन्दर से बहुत सुस्त हूँ। उसने तुरन्त पूछा, "कुन्तल अपनी सखी के साथ चली गई है क्या?" मैंने बताया हाँ, तो देव बाबू रात साढ़े ग्यारह बजे तक मेरे साथ टहलता रहा और बहुत-सी बातें होती रहीं। अपने सुस्त और उदास होने के कितने झूठमूठ के कारण मैंने उसे बताए होंगे।

लौटकर आया तो इतना थक चुका था कि कह नहीं सकता। 'अन्ना केरेनिना' के पच्चीस-तीस पृष्ठ पढ़े और सो गया। रात को बेहद ठंड थी। पर गहरी नींद आई। सुबह पाँच

बजे ही नींद खुल गई। उठा, मुँह-हाथ धोया। सोचा, डायरी लिखूँ पर नहीं लिखी। सात बजते-बजते मोटर स्टार्ट की और चल दिया। कहाँ? मुझे नहीं मालूम था। बस, गाड़ी चलती जा रही थी और मैं दरवाजे से टिका शिथिल बैठा था। गाड़ी कानपुर रोड पर चली। खुसरोबाग रोड पर चली, चौक की ओर मुड़ी, खुल्दाबाद के दोनों फाटक पार किये और डफरिन अस्पताल के गेट में मुड़ गई। पर इस समय मरीजों से मिलने का समय तो है नहीं? मैं करूँगा क्या? और बिबिया के पास सुशीला इधर क्यों आई? अभी तो कल शाम को मिलकर गया हूँ। इस समय मिल ही नहीं सकता। मिलूँगा भी तो बात क्या करूँगा? पर अस्पताल के अन्दर बेवक्त गाड़ी लाकर लौटा ले जाने से भी तो कोई लाभ नहीं। मैं बिबिया के बेड की ओर बढ़ा तो देखा, बिबिया चादर ओढ़े पड़ी थीं। देखते ही मधुर मुस्काईं। बोलीं, "पास आओ," पास जाने पर बहुत धीमी आवाज में बोलीं, "कहो शोभन, कुन्तल चली गई तो अब सुबह उठकर चाय पीने चले आए हो? तुमने सन्तोला समझ रखा है, मुझसे चवन्नी वसूल कर लोगे चाय के लिए? मैं तुम्हारे लिए एक पैसा नहीं खर्च करूँगी, समझे! लालची और झूठे भाई जान!" मैं चुपचाप हँसता रहा। फिर बिबिया बोलीं, "सुबह पाँच बजे से तुम्हारी बातें हो रही हैं।" "किससे?" हमने पूछा। "सन्तोला से।" वह रात को बिबिया के पास रही थी और...और सवेरे से उठकर दोनों बतिया रही थीं। मैं कुछ कहूँ कि पीछे के दालान से मुँह-हाथ धोकर आँखें पोंछते हुए सन्तोला कमरे में मुझे देखकर हँसी। सिर्फ इतना कहा, "उस दिन शाम को तुम्हें आना नहीं था तो कह क्यों गए थे? सारी शाम सब लोग तुम्हारा इन्तजार करते रहे।" मैंने कुछ जवाब नहीं दिया। दस मिनट हो गए थे। मैं कमरे के बाहर चला आया। सन्तोला

से कहा...“चलो बाहर बातें करेंगे।” बाहर आए। अब इसके बाद की बातें तुम्हें लिख रहा हूँ। ये वे बातें हैं जो एक पात्र ने मन में कहीं, पर दूसरे ने अच्छी तरह सुन लीं।

दालान की सीढ़ियों से उतरते हुए शोभन और सन्तोला।

सन्तोला ने कहा—कहो शोभन, कुन्तल गई तो अब फुर्सत मिलने लगी—जानती हूँ कि उसमें डूब गए हो।

शोभन—नहीं सन्तोला, मैं बहुत अभिशप्त हूँ। डूब पाता कहीं किसी में पूरी तरह तो बहुत चैन मिलता। बहुत कुछ उसमें डूब चुका है। पर कुछ नहीं डूबा, तो नहीं डूबा।

नहीं सन्तो, इस बार जान-बूझकर मैं कम आया।

सन्तोला—अच्छा किया। ज्यादा आकर भी क्या होता। फुरसत भी तो नहीं मिलती बात करने की। और अब बात भी क्या करनी है कुछ...?

शोभन—हाँ, एक बात और करनी है। सुनो सन्तोला!

बहुत कुछ, जो मुझमें मर चुका था उसे लगता है फिर से जिलाने के लिए यम के सामने एक यमी आ खड़ी हुई। मैं मरना नहीं चाहता सन्तोला, फिर से जीना चाहता हूँ। लेकिन फिर से जिलाकर कोई मरने को छोड़ दे, यह भी मैं नहीं चाहता। नहीं मैं मरना नहीं चाहता, नहीं चाहता। पर क्या इस बार सचमुच अमृत मिल सकेगा? क्या जो होंठों से लगा, वह अमृत है?

सन्तोला जैसे मेरे मन का भाव समझ जाती है। बहुत ममता से डूबी हुई आवाज में पूछती है।

सन्तोला—क्या बात करनी है शोभन? बोलो अच्छा। आज बातें करेंगे।

मैं भी तो चाहती हूँ तुम जियो। मैं तो अब कुछ नहीं कर

सकती, पर चाहती हूँ कोई सम्पूर्णत: जिला दे। कुन्तल ने जितना किया क्या उसके लिए मैं उसकी आभारी नहीं हूँ। पर जो दूसरा अंश अब भी धीरे-धीरे मर रहा है उसे कोई जिला दे, तो मेरी अन्तरात्मा पर थोड़ा और बोझ है उससे भी मुझे मुक्ति मिलेगी क्या? सुनो, अगर कहीं भी अमृत है तो उसे पीने में क्यों हिचकते हो? पर सुनूँ भी तो, यह अमृत देने वाला कौन है? इस एक यमी का असली नाम बताओ।

शोभन—अरे तुम नहीं जानतीं? उनका नाम है बेनो। बेनोजी। वही जो सोन मछली रेड फाइटर, मेरे मन से तुम्हें धीरे-धीरे पी गई थी तुम दुग्ध-धवल हो न। उजले दूध की तरह। पगली ऊपर से ना-ना कहती थी। मैंने दूध का कटोरा सामने रख दिया। कहा पीना होगा तुम्हें—मैं कुन्तल नहीं हूँ कि तुम्हारी जिद मान लूँ।

शोभन—मगर सन्तोला, फिर इतना कष्ट क्यों हुआ मुझे? बेहद-बेहद, और सबसे अजीब यह कि एक बार भी तुम्हारा सहारा मैंने नहीं चाहा; न कुन्तल का, न बेनो का।

सन्तोला—तुम थोड़े जिद्दी हो। थोड़े घमंडी। सो अपने सम्पूर्ण अहम् को जब किसी को भी अर्पित करते हो, तब पहले यह याद आता है कि एक पागल, मजबूर और कमजोर सन्तोला को अर्पित किया था। कोई फल नहीं निकला। नहीं, अब मन चाहे जितना कहे किसी को अपना व्यक्तित्व अर्पित होने को आकुल आतुर। फिर तुम्हें याद आता है मेरा पराजित व्यक्तित्व जिसे तुमने पूजा था और तुम खीज, कटुता, विषाद, खिन्नता और अन्त में आँसुओं में फूट पड़ते हो। पर अब बस करो। एक बार और विश्वास करो। दे डालो न अपने को। मैं कह रही हूँ। जानती हूँ इसके बाद भी तुम्हारे जीवन से नहीं मिट सकती। कुन्तल अपने को देना जानती है। मैं नहीं

जानती थी। पर बहुत कुछ जो मुझे आता था वह बेनो को आता है। धीरे-धीरे उसे सपनों की उन गलियों को मोड़ देना भी आ जाएगा। जहाँ पहुँचकर तुम सचमुच कलासृजन के स्तर पर पहुँच तुरत जाते हो। एक बात और है। सुनो—बेनो में मुझसे ज्यादा साहस है, ठहराव है और...और बहुत कुछ है जो मुझमें नहीं था।

यह सब न किसी ने होंठों से कहा, न किसी ने कानों से सुना। छोटे-छोटे वाक्य प्रकट में बोलकर बाकी ये सारी बातें मन में होती रहीं। इतने में शन्नो आई और उसने बताया कि जबलपुर से जीजा आए हैं। मैं तुरन्त गाड़ी लेकर घर गया। सन्तोला गाड़ी पर जाने को राजी नहीं होती थी—"तुम्हारा कुछ भरोसा नहीं, किस मोड़ पर किधर घूम जाओ और भटकते रहो। तुम रद्दी किस्म के ड्राइवर हो।" खैर, मैंने उन्हें गाड़ी में ठूँसा और बीच चौक में से होकर उन्हें घर पहुँचाया और रास्ते में कोई बात नहीं की। वे पीछे की सीट पर बैठी थीं और मुझे बार-बार यह लगता था आगे की सीट पर मेरे बार-बार संकेत करने पर भी कि पीछे सन्तो के पास बैठो, बेनो जी, गोल्ड फिश रेड फाइटर, आराम से सामने की सीट पर बैठ गई है और अपने रूखे-रूखे केश झुला रही है। और बड़े गुमान से कह रही है, मैं तो सबकी दुलारी हूँ। तुमसे डरती थोड़ी ही हूँ शोभन। ज्यादा मुझे डाँटोगे, फटकारोगे तो कर दूँगी तुम्हारी शिकायत कुन्तल जी से।

मैं चुपचाप, बेनो जी के इस व्यवहार से कुछ-कुछ हारकर, कुछ खीजकर, कुछ मन-ही-मन प्रसन्न होता हुआ चुपचाप गाड़ी चला रहा हूँ। अतरसुइया पार कर ली। अब चौड़ी सड़क आ गई है। मैंने गाड़ी रोकी कि भैया मिले। भैया से बातें होती

रहीं। घर पहुँचा तो जीजा मिले। बेहद प्रसन्न। भाभी ने कॉफी बनाई थी। कॉफी और जलेबी का नाश्ता हुआ। मैं लौटा तो मन शान्त था। कॉफी हाउस गया। घर आया। तुम्हें खत लिखने बैठा। ढाई बजे हैं।

कुन्तो, मेरी अभिन्न मित्र, मेरी साथिन, मैं चाहता था कि कुछ दिन अकेले रहकर अपने सारे जीवन का पुनर्मूल्यांकन करूँगा। अपने में बिलकुल डूबकर। लेकिन लगता है, अब मैं अपने से भी बातें करूँगा तो वह बिना तुम्हारे माध्यम के नहीं कर पाऊँगा। तुमसे बातें करता हूँ तभी अपने को समझ पाता हूँ।

अच्छा एक काम करो। जिसके लिए मैं बेहद उत्सुक हूँ। कामकाज, उत्सव-समारोह से जरा-सा अवकाश मिलने पर थोड़ी देर के लिए बेनो से मिलने की कोशिश करो, और उससे ये सन्देश कह दो,

"सुनो बेनो, मेरे मन की द्विविधा अब समाप्त है। अब मैं फिर पहले जैसा हूँ। गम्भीर अथाह समुद्र की भाँति। और उस अथाह समुद्र में एक गोल्ड फिश रेड फाइटर कल्लोल कर रही है और समुद्र अपनी विशाल लहरों जैसी बाँहों में समेटे हुए सारी विपत्तियों से उसे अभयदान दे रहा है। एक अजीब तूफान ने, जो समुद्र को झकझोरने की कोशिश की, उससे समुद्र हारा नहीं। अन्त में विजयी साबित हुआ। हाँ, तूफान के कारण समुद्र में जो विक्षोभ हुआ उससे समुद्र के अन्तराल में कब से डोलती हुई कई चीजें सतह पर आ गईं। उनमें से कुछ काई और सिवार हैं। कुछ रत्न, मुक्ता और अमृत। काई और सिवार अपने-आप गल जाएँगे, बहुत कुछ गल गए। मुक्ता, रत्न और अमृत सभी को अर्पित हैं तुम्हारे माध्यम से।"

अच्छा सुनो, वहाँ खूब प्रसन्न रहना। सबको खूब प्रसन्न रखना। मीनल को मेरा आशीर्वाद कहना। तुम्हारे साथ पिताजी क्या मीनल को भेज रहे हैं? कब? मेरा खयाल है, तुमने शायद खत लिखकर छोड़ दिया हो।

सदा-सदा के लिए आबद्ध
शोभन

कैसी तन्मयता थी इन शब्दों में। 'सदा-सदा के लिए आबद्ध।' बहुत कम ऐसे क्षण आते हैं जब इस बात का अनुभव हो कि शब्दों में भी प्राणों का स्पन्दन होता है। पत्र पढ़ते-पढ़ते ऐसा अनुभव हुआ, जैसे शब्द नन्हे-नन्हे पक्षी हों जो कलरव करते हुए मेरे आस-पास सिमट आए हों। कितनी ही देर तक मैंने शब्दों की उस एकान्त निकटता का आस्वादन किया। तभी आहट हुई और लगा कोई आ रहा है। कल्पनाओं का वह परिवेश अनायास टूटा और मैं यथार्थ के धरातल पर आ गई। मुझे खीज हुई कि एकान्त भंग करने वाला वह कौन है। वह मीनल थी। मीनल को देखकर मैं फिर सहज हो गई। मीनल ने सहज कौतूहलवश आते ही पूछा, "शोभन दा का खत था न? बहुत कॉनफिडेंशियल न हो तो एक-आध पंक्ति मुझे भी पढ़ा दो।"

"उस समय तूने मुझे छेड़ा था अब मैं तुझे छेड़ूँगी। तेरे बारे में तो विशेष रूप से कुछ लिखा गया है। लेकिन देखने नहीं दूँगी।"

मीनल आरक्त होकर उदास हो गई। निश्चय ही मैं उसकी संवेदना को छेड़ना नहीं चाहती थी। तुरन्त ही मैंने उसे बाँहों में खींच लिया और आग्रह से पत्र उसके हाथों में दे दिया। मैंने ध्यान से देखा कि पत्र पढ़ने के बाद वह उदासी की दुनिया से लौटी नहीं, बल्कि जाने किन गहराइयों में डूब गई थी। उदासी की गहराइयों में डूब-डूब जाने वाली मीनल के वे क्षण उस समय मैं पहचान नहीं पाई थी। आज वह सब समझ में आता है। आज यह भी समझ में आता है कि शब्दों में झलकने वाला

प्राणस्पन्दन भी चाबी-भरे खिलौने की उस गति की तरह होता है, जिसके समाप्त हो जाने पर वही खिलौना क्षण भर में निष्प्राण हो रहता है।

दो दिन शब्दों में बसी उस पुलक से एकान्त आलाप करते बीत गए। एकान्त का हर क्षण साक्षी था कि मैं अपने अन्तर्मन में वहाँ अकेली नहीं थी। शोभन वहाँ थे।

लेकिन अगला दिन वैसा ही नहीं रहा। हँसी-खुशी भरे घर का वातावरण अनायास ही कड़वा हो उठा। मैंने सुना। नीचे से तीखी आवाज आ रही थी मीनल के भाई साहब की। सदा सहज और सागर की तरह शान्त रहने वाले मीनल के भाई जैसे बरसों से ठंडे पड़े किसी ज्वालामुखी की तरह आग बरसा रहे थे। मैं चौंक गई। क्षण भर को विश्वास न हुआ कि जो सुन रही हूँ वह सच है। लेकिन वह सच था। क्षोभ के कारण शायद वे परिस्थिति तक भूल गए थे। उनके चीखने के साथ-साथ मीनल के रोने की आवाज भी सुनाई दे रही थी। मैं उठकर जीने तक आई पर नीचे उतरने की हिम्मत नहीं हुई।

उनके शब्द बरछों से भी अधिक तीखे थे। क्रोध के कारण वे संयम भूल गए थे। वे कह रहे थे, "अपनी ही बहन का सुहाग लूट रही थी उसी के घर में रहकर। कलकत्ता गई थी नौकरी और रिसर्च करने या जीजा जी के बिस्तर पर सोने। तेरा तो गला घोंटकर जमीन में गाड़ देना चाहिए।"

उसी तरह बकते हुए वे शायद दूसरे कमरे में चले गए थे। मीनल के रोने की आवाज थोड़ी देर तक आती रही थी और फिर बन्द हो गई थी। नीचे उतरने की इच्छा फिर भी नहीं हुई। थोड़ी देर वहीं ठहरकर मैं वापस लौटने को हुई कि नीचे शोर मच गया। वहाँ खड़ी नहीं रह पाई। आशंकित मन लिये जल्दी-जल्दी नीचे उतरी। मीनल रोते-रोते बेहोश हो गई थी। उसकी बेहोशी के कारण अचानक भाग-दौड़ मच गई। फर्श से उठाकर उसे पलंग पर लिटाया गया और ठंडे पानी के छींटे दिये जाने लगे। मुझे जैसे काठ मार गया। मीनल होश में आकर भी सहज नहीं हो सकी। पागलों की तरह इधर-उधर अजनबी दृष्टि से देखा और अस्फुट

स्वर में बोली, "मैं तो जीजी के घर से आत्महत्या ही करने निकली थी। पर कुन्तल की बड़ी-बड़ी आँखों के ममता भरे आँसुओं ने मुझे रोक लिया। शोभन दा की बाँहों ने मुझे मरने नहीं दिया, मैं तो उनकी ही धरोहर हूँ। मुझे छोड़ दो, मुझे छोड़ दो।"

मीनल स्वस्थ न हो पाई। चीखकर फिर बेहोश हो गई थी। उसके बाद उसे बीच-बीच में होश आया भी तो केवल इतना कि वह फटी-फटी आँखों से आसपास देखकर फिर शान्त हो गई। खुशी, उल्लास और बच्चों की किलकारियों से भरा घर एकदम मनहूस हो गया था। अब और रुकने की इच्छा नहीं थी। लेकिन समझ में नहीं आ रहा था कि किससे क्या कहूँ?

सुबह बहुत जल्दी नींद खुल गई। न चाहते हुए भी नहाई-धोई और अपना सामान समेटकर सूटकेस में डाल लिया। भारी मन लिये हुए नीचे मीनल के कमरे में आई।

मीनल होश में थी, लेकिन उसकी आँखों को देखकर लगा कि वह अर्द्ध-विक्षिप्त है। डॉक्टर ने बिलकुल सुबह ही आकर कुछ दवाइयाँ दे दी थीं।

मीनल की हालत देखकर मन और भी खिन्न हो गया। सोचा था कि रात भर में वह सहज हो जाएगी लेकिन हुआ उसका ठीक उलटा ही। मैंने सोचा कि शोभन को शायद इस बात का अनुमान भी न होगा कि मीनल के कारण वातावरण कैसा भारी हो गया है। सम्भवत: इस समय भी वे यही समझ रहे होंगे कि उनकी कुन्तल और मीनल गीत भरे माहौल में डूबी होंगी। काश, उन्हें पता होता कि यहाँ के दिन सहसा काले हो गए हैं। अभी कल ही तो मिला था। उनका पत्र,

"मैंने कल रात एक पत्र स्टेशन पर जाकर डाला था। और एक सुबह। उम्मीद है उनमें से एक पत्र मिल चुका होगा और एक शायद इस खत के साथ मिले। वह पत्र जिसमें मेरा एक

गोपन सन्देश है और मीनल के नाम एक पत्र।"

'मीनल के नाम पत्र'—काश मीनल पत्र पढ़ने लायक मन:स्थिति में होती। हल्के से कराहती है और फिर अचेत हो जाती है। इससे अधिक उसे होश ही कहाँ? शोभन ने लिखा है,

"मन बेहद उदास होने लगा। ज्योंही उस कमरे में उसी प्रकार लेटा, जैसे सोमवार की रात बिलकुल जागते हुए क़ाटी थी।

शोभन के शब्दों का संसार...काश मीनल भी उस संसार की एक झलक ले सकती। "घने अँधेरे में जाती हुई मशाल और रक्तकमल कौन जाने केवल रेत का घर हो और लाल कमल—जाने दो उसकी बात। फूल को मुरझाने से बचाने के लिए जो कुछ मुझमें बच गया है, वह सब बाजी पर लगा दूँगा। बल्कि वह खिला रहे, झोंकों में झूमता रहे। इसमें भी असफल हुआ तो शायद बाजी बिलकुल हार जाऊँगा, हमेशा के लिए पराजित, अपमानित, खोया हुआ, चुप...और लिखना छोड़ दूँगा।"

क्या लिखना छोड़ा जा सकेगा? तुम तो कुन्तल तब भी मुझे प्यार करोगी न? जब मैं बड़ा लेखक नहीं रहूँगा, अत्यन्त सशक्त व्यक्तित्व। वैभव, समृद्धि, तेज वाला व्यक्ति नहीं रहूँगा। रक्तकमल को खोकर मैं किस बुरी तरह टूट जाऊँगा यह मैं कल्पना नहीं कर पाता और अक्सर ऐसा होता है कुन्तल, जिसके लिए टूटो वह कभी तुम्हें सँभालने नहीं आता।"

रक्तकमल यानी मीनल। क्या शोभन को यह पता होगा कि वह यहाँ अचेत है। टूटी और हारी हुई! और अगर मालूम हो तो क्या उनके अन्तर का भी सब कुछ टूट जाएगा और पराजित हो जाएगा? लेकिन इस टूटन से ही क्या केवल रक्तकमल जुड़ सकती है।

सहसा अपनी फुलबगिया में लौट जाने की एक तीखी अनिवार्यता मुझे महसूस होने लगी। लगा, जैसे वहाँ कुछ है जिसे चलकर तुरन्त अपनी अँजुरियों में समेट लेना होगा। और इसमें थोड़ी-सी भी देर असह्य ही नहीं, बल्कि किसी सीमा तक घातक भी होगी। लेकिन यहाँ परिवेश एक ऐसी उलझन की तरह था जिसमें सहज होना कठिन था। किससे और किन शब्दों में कहा जाय कि मेरा मन अपने संसार में लौटकर उसे आँचल में भरने को हो आया है।

"रक्तकमल के फूल को मुरझाने से बचाने के लिए जो कुछ मुझमें बच गया है, वह सब एक बार बाजी पर लगा दूँगा ताकि वह खिला रहे। झोंकों में झूमता रहे। इसमें भी असफल हुआ तब शायद बाजी बिलकुल हार जाऊँगा। हमेशा के लिए पराजित, अपमानित, खोया हुआ, चुप...और लिखना छोड़ दूँगा। कहाँ तक लडूँगा, कहाँ तक अपने को टूटने से बचाऊँगा।"

यहाँ रक्तकमल के टूटने के साथ-साथ जिसके टूटने का डर था वही तो है मेरा संसार। उसको इस तरह टूटते हुए छोड़कर जाने पर वहाँ मेरे अपने संसार में कब तक कुछ जुड़ा रह सकेगा? अब अचानक मुझे यह भी लगा कि मीनल की यह यातना मुझ पर भी किसी अनहोनी के बादल की तरह घिरती आ रही है। घुटन और बेचैनी धीरे-धीरे इतनी अधिक बढ़ गई कि मुझे लगा कि जैसे मेरा दम घुट जाएगा। शाम तक सारा दिन किसी बियाबान रेगिस्तान की तरह थक-थक कर पार किया। शाम को नौकर ने आकर एक और खत दिया।

कमरे में उदास धुँधलका घिर आया था। चाहकर भी रोशनी जलाने की इच्छा नहीं थी। पत्र हाथ में लिये देर तक नन्हे अक्षरों में लिखा पता देखती रही। बार-बार ऐसा लगता, जैसे इसमें कोई भूल हो या जैसे एक नाम काटकर दूसरा नाम लिखा गया हो। या जैसे वह सम्बोधित किसी और को था लेकिन भटककर कहीं और आ गया।

उसे मैं आशंका नहीं कह सकती। लेकिन वहाँ द्वंद्व था। उस द्वंद्व

की परिभाषा देना कठिन है। हाँ, एक निराकार मन अवश्य था। अपने-आप को समेटकर उठी और बत्ती जलाई। नितान्त असम्पृक्त होकर पत्र खोल डाला,

> "मुझे इतना नहीं बाँध लेना चाहिए था अपने-आप को कुन्तल से कि आज मेरा मन कर रहा है कि एकदम होलडाल बाँधूं और टिकट लेकर चल दूँ। कल शाम कटरे का रामदल निकला था और सारे क्षेत्र में सैकड़ों लाउडस्पीकरों पर चारों ओर से गीत बज रहे थे।...बेहद सन्नाटा और ठंड थी। मैं रात को स्टेशन जाकर तुम्हें खत छोड़कर लौटा था। कल दिन को मैंने दो गैलन पेट्रोल भराया और दिन भर गाड़ी चलाई। कम-से-कम पचास मील तो दौड़ाई होगी मनौरी से थरवई तक। बेकार, बेतहाशा! उसकी बेहद थकन थी और नौकर भी मेला देखने गया था। जितना खाली घर था, उससे भी ज्यादा अथाह खालीपन और उदासी अन्दर थी। मैं ऐसा पराधीन, निर्भर क्यों होता जा रहा हूँ? ऐसा तो कभी नहीं था।"

अब और नहीं। और ज्यादा बिलकुल ही सहन नहीं होगा। पत्र के पीछे एक दूसरा पत्र भी था लेकिन उसे देखा नहीं। अपने को सम्बोधित पत्र में जो मुट्ठी भर आश्वासन मिल पाया था उसे मैं यत्न से सहेज लेना चाहती थी। पराधीन और निर्भर तो शोभन से अधिक मैं थी।

मीनल को होश आ गया था। लेकिन मन से वह बिलकुल ही स्वस्थ नहीं थी। ऐसा लगा जैसे उसे मुझे पहचानने में भी कठिनाई हो रही है। साहस करके मैंने उसके माथे पर हाथ रख दिया। मेरी हथेली थोड़ी देर वहाँ रही फिर उसके चहरे पर एक खिंचाव उभरा और आँखों की कोर से कनपटी तक आँसुओं की एक रेखा खिंच गई। अपना काँपता हुआ हाथ बढ़ाकर उसने मेरी हथेली थाम ली। बोली कुछ नहीं। और फिर अचानक मैंने देखा, मेरी अँगुलियों में वह कुछ टटोल रही है। मेरी

अँगुली में पड़ी हुई वही मीने वाली अँगूठी उसने उतारी और खींचकर अपनी हथेली में दबा ली। एक क्षण के लिए मैं अवसन्न हो गई। मुझे लगा जैसे नीले कमरे के छज्जे से मुझे किसी ने अपनी फुलबगिया में धकेल दिया है और फुलबगिया में मेरे चारों ओर फूलों की बजाय जंगली काँटेदार झाड़ियाँ हैं और उन झाड़ियों से न जाने कितने अमानवीय चेहरे लगातार मुझ पर हँस रहे हैं। मैं सिहर उठी।

स्टेशन के बाहर शहर का वातावरण बहुत अँधेरा, उदास और भीगा हुआ था। शायद कहीं बारिश हुई थी। गाड़ी में मानसिक थकावट के कारण मैं सो गई थी। प्रयाग स्टेशन पर गाड़ी रुकते ही जो झटका लगा था वह शायद मेरी आत्मा को भी महसूस हुआ था। तभी इतने अनायास मेरी आँख खुल सकी थी। गाड़ी स्टेशन पर काफी लेट पहुँची थी। थके, ऊबे और उनींदे लोग अपने-अपने अपरिचय में सिमटे हुए जल्दी-से-जल्दी स्टेशन से बाहर आकर अपनी-अपनी मंजिल को चले जाना चाहते थे। भीड़ का वह बहाव बाहर अँधेरे में बड़ी आसानी से देखते-देखते घुलता जा रहा था। बहुत आशंकित मन शायद न रहा हो, पर अँधेरे से कुछ तो भय लगा ही। किसी तरह साहस बटोरकर रिक्शा लिया।

सड़क पर दूर-दूर लगी हुई बत्तियों के नीचे से रिक्शा गुजरता तो मन एक क्षण के लिए आश्वस्त होता लेकिन अँधेरे की पट्टी दुबारा शुरू होने पर फिर वही आशंका आ घेरती। जाने कैसा भय था वह। कभी लगता जैसे कोई अनहोनी मेरा पीछा कर रही है और कभी ऐसा लगता, जैसे आगे अन्धकार के बाद और अधिक अन्धकार का भय फैला हुआ है।

रिक्शा फाटक तक कब पहुँचा, यह मैं सहसा जान नहीं पाई। देखा तो शोभन वहाँ खड़े थे, आश्चर्यचकित। मुझसे अधिक आशंकित सम्भवत: शोभन ही लगे। घबराहट भरे स्वर में उन्होंने पूछा, "अकेली आई हो कुन्तल! साथ कोई नहीं आया?"

सहसा मैं कुछ कह नहीं पाई। मीनल की वेदना मन में थी। लेकिन उसे किस सिरे से कहा जा सकता है। यह निर्णय करना कठिन था। शोभन लगातार कई प्रश्न पूछते गए, जैसे वहाँ के समाचार, और फिर सबसे अधिक अपनी रक्तकमल मीनल के बारे में। उत्तर इतना सहज नहीं था। प्रसंग को प्रकट करने में अपनी असमर्थता छुपाने के लिए मैं रिक्शे से सामान उतारने लगी। तब शोभन को भी याद आया कि पहले सामान उतारा जाना है। फिर जैसे लज्जित होकर उन्होंने जल्दी-जल्दी सामान दोनों हाथों में लटकाया और अन्दर की ओर ले चले।

फूलों वाले उपवन से गुजरी तो क्षण भर ठहरकर परिचित मादकता भरी सुगन्ध बटोर लेने का मन हो आया। अन्दर पहुँचते-पहुँचते मन की वह आशंका काफी हद तक घुल चुकी थी। आशंका के अन्तिम तार भी शोभन की पुलकित बाँहों का दबाव पाकर टूट गए। तन्मयता के उन एकान्त क्षणों में इतना अवश्य अनुभव हुआ कि जैसे फुलबगिया की वह लतर आसपास की किसी खिड़की से अन्दर झाँक रही है। मेरी मन:स्थिति का आभास शोभन को भी हुआ। उनसे छुपा नहीं रहा कि इतने दिनों के बाद मिलने पर जो एकान्त तन्मयता उत्पन्न हुई थी, उसमें कहीं हल्की दरार भी है। यह अनमनापन उन्हें अच्छा नहीं लगा। बहुत स्नेह से बाँहों में कसकर उन्होंने पूछा, "क्यों कुन्तल, कुछ विशेष बात है न? सच बताना, कुछ ऐसा है जो तुमने हमें बताया नहीं।"

मन को एक झटका-सा लगा कि क्या बताऊँ और कैसे बताऊँ। तन्मय एकान्त के क्षणों में इस अप्रिय प्रसंग का जिक्र बहुत अच्छा भी नहीं लगा। लेकिन दूसरा कोई उपाय तो नहीं था। क्योंकि मन के अन्तर का सत्य छुपाकर कब तक रखा जा सकता था। इसमें सन्देह नहीं कि

मीनल का वह प्रसंग मेरे लिए सुखकर नहीं था। और भी विशेषकर तब, जब मेरे और शोभन के बीच दूरी कम होकर भी कम न हो पा रही हो। विवश होकर वह सब कुछ बता देना पड़ा। सुना, सुनकर शोभन सन्नाटे में आ गए। ऐसा लगा जैसे वह वहाँ नहीं हैं।

मन पश्चात्ताप से भर उठा। वह प्रसंग उनसे कहा, इसका खेद मन में था, लेकिन दूसरा उपाय भी क्या था। बताए बिना भी तो शोभन सहज नहीं हो सकते थे। इतने दिनों बाद तो यहाँ आई थी इस नीले कमरे में, सब कुछ भूल जाने के लिए, स्नेह, सुख और शान्ति में खो जाने के लिए। लेकिन अनायास अपने बीच उठकर खड़ी होती इस दीवार का क्या किया जाय?

शोभन इतने अधिक उदास हो गए थे कि उनके पास शब्द नहीं थे। और उनकी इस उदासी और खामोशी के साथ मेरी आशंकाएँ फिर सजीव हो उठी थीं। इस "रक्तकमल को खोकर मैं किस बुरी तरह टूट जाऊँगा। यह मैं कल्पना नहीं कर पाता और अक्सर ऐसा होता है कुन्तल, जिसके लिए टूटो वह कभी तुम्हें सँभालने नहीं आता।"

सवेरे फुलबगिया में आई तो मन में जाने कैसी सनसनी भर गई। मैंने देखा—काँटेदार जंगली लतर बुरी तरह बढ़ आई थी। मन को धक्का लगा। शोभन को पता तो रहा होगा कि इस जंगली लतर से मुझे घृणा है, फिर उन्होंने इसे क्यों बढ़ने दिया। क्षुब्ध होकर मैंने चाहा कि उसे नोचकर फेंक दूँ, लेकिन पहली बार हाथ रखते ही उस जंगली पौधे ने हिंसा से मुझे डस लिया। उसके काँटे उँगलियों में चुभ गए। वह पीड़ा मेरी पराजय में बदल गई। हताश होकर मैंने उसे ज्यों-का-त्यों छोड़ दिया। ठीक है, उसे बढ़ने दो। देखती हूँ यह कितना बढ़ती है! उनकी सारी रात की गहरी उदासी मेरे मन को कचोट रही थी। उस दिन भी उनको अपने में डुबो लेने के मेरे कितने ही प्रयत्न बेकार हो गए। उनके मन को मैं सहज नहीं कर पाई और उनकी ये बेचैनी दूनी होकर मेरे प्राणों में समा गई।

निद्राहीन बेचैन रातों का एक पूरा सप्ताह इस यातना में बीता कि मैं कह नहीं सकती। आठवें दिन यातना के उस सागर से मुक्ति की तरह सहज मीनल अपने पिता के साथ आ पहुँची। उसके आते ही मैंने देखा कि शोभन के चेहरे पर पहली बार एक ताज़ापन आया। मीनल किसी डरे हुए बच्चे की तरह हम लोगों से चिपक गई थी। उसका इस तरह समर्पित होना मुझे अच्छा नहीं लगा, लेकिन फिर थोड़ी ही देर बाद वह जंगली लतर मुझे याद आने लगी। चाय-नाश्ते का प्रबन्ध करने हटी ही थी कि मीनल नीले पर्दों वाले नील कमरे में किसी बिल्ली की तरह पहुँच गई।

चाय-नाश्ते का प्रबन्ध करते-करते सहसा मुझे इनके लिखे पत्रों के कुछ शब्द याद आने लगे।—"महाराज हर्षवर्धन की महारानी को हर्षवर्धन की प्यारी बहन राज्यश्री भगा ले गई हैं आजकल।" एक के बाद दूसरे शब्द कानों में गूँज जाते और मेरे तन-मन को हिला जाते..."तुम तो कुन्तल मुझे तब भी प्यार करोगी न, जब मैं बड़ा लेखक नहीं रहूँगा। अत्यन्त सशक्त व्यक्तित्व, वैभव, समृद्ध तेजवाला व्यक्ति नहीं रहूँगा।" इन्हीं पंक्तियों में खोई-खोई बार-बार गरम पतीली छू लेती। हाथ जल जाने पर महसूस करती कि मैं चौके में हूँ, कहीं और नहीं। जैसे मीनल के घर में आ जाने से वे पंक्तियाँ और भी बार-बार कानों के पास आ टकराने लगतीं! "सुनो। कल दशहरा है। मेरा बहुत-बहुत-सा प्यार। और उसमें से एक कण भी तुमने मीनल को दिया तो फिर अच्छी बात नहीं होगी।"...

"सुनो। कहाँ तो खोई-खोई-सी रहती हो कुन्तो। मैं कब से पुकार रहा हूँ।" स्वर शोभन का था। मैंने चौंककर उनकी ओर देखा, लज्जित होकर बोली, "कुछ भी तो नहीं, आप कहिए।"

उन्होंने बिना कुछ कहे बायाँ हाथ खींचा और मुट्ठी में बन्द एक अँगूठी उँगली में पहनाने लगे। मैं चौंक उठी। यह तो वही अँगूठी है। यह कहाँ मिली।

"पगली! तुमने तो बताया नहीं। मीनल के पिता जी ने सारी कहानी बता दी। वही इसे लाए थे।"

मेरे मन में आया कि अब मैं यह अँगूठी न पहनूँ। पहननी चाहिए भी नहीं। कुछ जूठापन-सा महसूस हुआ। फिर भी मैं उनका आग्रह रोक नहीं पाई। अँगूठी पहन तो ली पर वह कैसी पराई-पराई-सी, बदली-बदली-सी लग रही थी।

सारा दिन घर हँसी और उल्लास से गूँजता रहा। लेकिन रात घिरते-घिरते उदासी केवल मेरे निकट सिमट आई। नीले कमरे में बड़े पलंग पर कमजोर लेकिन प्रसन्न मीनल लेटी हुई थी और पास बैठे हुए शोभन दुनिया भर की जाने कितनी बातें किये जा रहे थे। बातों का कहीं अन्त ही नहीं था। मीनल के पिता जी दूसरे दिन घर लौट गए, लेकिन मीनल वहीं रह गई। मीनल और लगातार बढ़ती जाती जंगली लतर। समझ नहीं पाती थी कि यह लतर कितनी जल्दी बढ़ रही थी और कोई पौधा तो इतनी जल्दी नहीं बढ़ता।

शरीर थका हुआ था ही। मन भी स्वस्थ नहीं था। जंगली लतर मेरे मन पर किसी मनहूसियत की तरह चिपक गई थी। फिर भी खाना बनाया। मीनल मेहमान थी, इसलिए प्रयत्न करके अधिक से अधिक व्यंजन बना लेना आवश्यक था। जैसे-तैसे खाना तैयार हुआ। सोचा, शोभन और मीनल को कह दूँ कि खाने के लिए नीचे आ जाएँ। थकावट इतनी थी कि नीचे से आवाज देने का साहस न हुआ। धीरे-धीरे करके सीढ़ियाँ चढ़ी। उदासी के कारण थकावट और अधिक हो गई। नीले कमरे का पर्दा हटाकर मैंने आवाज दी—शोभन।

मेरी आवाज के साथ ही कमरे के दूसरे सिरे पर हल्के अँधेरे में पलंग पर सहसा एक आन्दोलन हुआ। अचकचाकर शोभन उठकर खड़े हो गए। मीनल ने दूसरी ओर करवट बदल ली। मेरे पुकारने और शोभन के उठ खड़े होने के बीच पलक मारते जो कुछ दीखा वह न समझा जाने योग्य न था। इसके बाद मैं वहाँ ठहरी नहीं। नहीं जानती पैरों में

इतनी गति कैसे आ गई थी। पलक मारते मैं नीचे आई। नीचे आते-आते मैंने सुना—शोभन ने आवाज दी थी। मैं रुकी नहीं, सीधे अपने कमरे में आकर पलंग पर गिर गई थी। थोड़ी देर बार शोभन आए, स्वर याचना से भरा हुआ और शरीर आशंकित। सम्भवतः वे अगर आते नहीं तो मैं कुछ सोच सकती, कुछ निर्णय कर सकती। क्षमायाचना के साथ उन्होंने जो कुछ कहा वह मैं ठीक-ठीक सुन नहीं पाई। रो पड़ी। सम्भवतः उन्होंने सफाई देते हुए कहा था कि मीनल को बहुत तेज दर्द होने लगा था।

दर्द तो मुझे होने लगा था—तेज और अभी। इसके लिए शोभन के पास क्या उपचार था? बार-बार क्षमायाचना और खुशामद और अर्थहीन सौगन्धें। उन्होंने बताया कि मीनल तो वापस कलकत्ते जाएगी ही।

उस दिन वह प्रसंग वहीं समाप्त हो गया। कम-से-कम अस्थायी रूप से। दो दिन बाद मीनल को कलकत्ते वाली गाड़ी पर चढ़ा दिया गया था। उसके बाद भी दिन पहले की तरह सहज नहीं हो पाए। जैसे कहीं कुछ खो गया था, कोई अनहोनी-सी घट गई थी।

मीनल को गाड़ी पर चढ़ाकर हम दोनों घर लौट आए। शोभन रास्ते में चुप ही रहे। मैं भी कुछ नहीं बोली। फुलबगिया से होकर हम गुजरे तो सहसा मेरी निगाह उसी जंगली लतर पर पड़ी। वह काँटेदार जंगली लतर बुरी तरह फैल गई थी और आसपास लगे हुए गुलाब के पौधों पर इस तरह छा गई थी जैसे उन्हें खा जाएगी। मन नहीं माना। मैं ठिठक गई। शोभन रुके नहीं, बढ़ते हुए दरवाजे तक पहुँच गए थे। उन्हें आवाज देकर रोकना पड़ा। थोड़ा-सा हिचकिचाते हुए वे वापस लौटे। लौटकर विचित्र अजनबीपन के साथ पूछा, "क्या है? यहाँ क्यों रुक गईं?"

स्वर की रुखाई की ओर ध्यान न देकर जैसे अपने में ही खोई हुई मैंने कहा—"शोभन, इसे उखाड़कर फेंक दो न। मुझे डर है, एक दिन यह जंगली लतर सारे पौधों पर छा जाएगी और फिर लहलहाते गुलाब सूख जाएँगे।"

शोभन हँसने लगे। उनका उस तरह हँसना मुझे अच्छा नहीं लगा।

मैंने जिद करते हुए कहा कि अभी तुम नहीं उखाड़ोगे तो मैं ही इसे यहाँ से साफ कर दूँगी। शोभन ने उसी तरह हँसकर बात को फिर टाल दिया। फिर गम्भीर होकर बोले, "अन्दर चलो, अभी बहुत-सा काम पड़ा है, कर डाला जाय। काफी दिन से कुछ किया ही नहीं गया। कुछ पुस्तकों की पांडुलिपियाँ तैयार करनी हैं। दिन-रात लगकर काम करना होगा, तभी काम पूरा हो पाएगा।"

अपनी बात की उपेक्षा से आहत, अपनी उपेक्षा से पराजित, मैं चुपचाप अन्दर आ गई। उस दिन कुछ भी और किया न जा सका। शाम होते ही टाइपराइटर लेकर बैठ गई। अपने-आप में खोई, डूबी और उदास पन्ने-पर-पन्ने तैयार करती रही। कभी-कभी बीच में ध्यान आ जाता तो लगता कि शोभन ने पूछा भी नहीं, जानना भी नहीं चाहा कि मेरे मन में क्या कुछ घुट रहा है। अन्दर का वह घुटा हुआ धुआँ मानस पर उभर आता तो पांडुलिपि के शब्द धुँधले हो जाते। और हाथ बँधकर रह जाते थे। ऐसे क्षणों में यह उदासी एक चिढ़ बन जाती थी, एक खीज में बदल जाती थी और ऐसा लगता था कि शोभन और अपने बीच अनायास उठ आई इस शीशे की दीवार को और ऊँची हो जाने दो।

मन कभी-कभी बहुत अधिक परेशान हो उठता था। दिन-रात लगकर पांडुलिपियाँ तैयार करने के व्यस्त कार्यक्रम में हमारा नित्य का कार्यक्रम मीनल को पत्र लिखकर तीन मील दूर स्टेशन छोड़ने का भी होता था।

पता नहीं कि यह उसी लतर से जुड़े हुए दुर्भाग्य की रचना थी या सत्य। हाँ, एक दिन शोभन ने मुझे बताया कि उनकी बातचीत भारत पब्लिशर से हुई है। उन्होंने यह भी कहा कि इसीलिए पांडुलिपियाँ जल्दी तैयार करनी पड़ेंगी। और फिर एक दिन उन्होंने सहसा बताया कि भारत पब्लिशर के यहाँ से आमंत्रण आया है। वे लोग कलकत्ते में कोई बड़ा सेमिनार कर रहे हैं। शोभन ने कहा, "अभी तो छुट्टियाँ चल रही हैं, घूमना भी हो जाएगा और लगे हाथों किताबों के छपने का प्रबन्ध भी हो जाएगा। वहाँ जाकर बातचीत करने से शर्तें अच्छी तय हो सकती हैं।"

बात सुनते-सुनते न जाने क्यों स्मृति में मीनल की आकृति घूम गई। सारी योजना पर मीनल उसी जंगली लतर की तरह फैली हुई दिखाई दी।

मैंने कहा, "फिर तुम हो आओ। मैं नहीं जाऊँगी और फिर इधर मेरा जी भी कुछ अच्छा नहीं है।"

शोभन शायद कुछ समझ गए या उन्हें मेरे मन की कड़वाहट का पता चल गया। तुरन्त बोले, "लो, अगर तुम्हें नहीं जाना तो मैं भी नहीं जाता। उन्हें पत्र लिख देता हूँ कि अभी व्यस्त हूँ।"

कहकर वो चुप हो गए। लगा कि मन में उद्विग्न और असन्तुष्ट भी हैं। टहलते-टहलते बात बदलकर बोले, "कुन्तल, एक बात बताओ। तुम इतनी विरक्त-सी क्यों रहती हो? बात क्या है? तुम्हारी तबीयत तो ठीक है न?"

मैं बोली, "कुछ नहीं।" हाथ में पकड़े हुए स्वेटर की लगातार चलती हुई सलाइयों में मैंने निगाह और भी अधिक गड़ा ली। वे अतिरिक्त स्नेह के साथ बोले, "तुम्हें खूब खुश रहना चाहिए। अपने खाने-पीने का भी अब खास ध्यान रखना चाहिए।"

शोभन मान-मनुहार पर उतर आए। भावी शिशु का विषय लेकर कितनी तरह से मुझे छेड़ा कि मेरे मन की गाँठ खुल जाए। सच कहूँ... तो एक सीमा तक ऐसा हुआ भी। अपने मातृत्व की कल्पना करके मन में एक पुलक भर गई। और तब अवसर देखकर शोभन ने फिर कहा, "अच्छा, अब बताओ कुन्तल, कलकत्ते चलोगी?"

हर बार की तरह कुन्तल एक बार फिर हार गई। मैंने उनकी आँखों की ओर देखते हुए हाँ कर दी और मन-ही-मन अपने को कोसती हुई बोली, न जाने क्या है इन आँखों में जो विवश कर देता है। उसके साथ-ही-साथ मन में उस दिन वाला नीले कमरे का नीला रहस्य उभर आया। शोभन नीचे चले गए थे। चाहकर भी उस नीले रहस्य से मन अलग नहीं हो पा रहा था। विषाद और कड़वाहट धुल गई थी। इसीलिए उस दृश्य के प्रति उत्सुकता-सी पैदा हो गई थी। जैसे मन की आँखों पर बल

देकर मैंने देखने का प्रयत्न किया कि नीले कमरे के उस नीले रहस्य का रूप क्या था। आकृतियाँ स्मृति में बहुत साफ नहीं हो पाईं। फिर भी दृश्य बहुत अधिक स्पष्ट नहीं था। वह रहस्य नहीं यथार्थ था। शोभन अस्त-व्यस्त होकर सहसा अलग हट गए थे। लेकिन मीनल को सहज होने में कुछ क्षण लगे थे। वे क्षण जिनमें सयत्न मीनल ने अपने उघड़े हुए शरीर को ढकने का प्रयत्न किया था और फिर करवट बदलकर उसने अपने-आप को छुपा लिया था।

कलकत्ते जाने की तारीख पक्की करने के बाद शोभन ने पहला पत्र मीनल को लिखा। मेरा शरीर कई रोज से स्वस्थ नहीं था इसलिए मुझे इतना साहस नहीं हुआ कि उस घटना पर प्रश्नचिह्न लगाऊँ। पत्र लिखने के बाद शोभन ने कहा, "आज पन्द्रह तारीख हो गई है कुन्तल। और बीस को हमें जाना है। तैयारी अभी से कर लो तब कहीं काम चलेगा।"

दिन बहुत कम थे और काम बहुत अधिक, किताबों की भूमिकाएँ अभी लिखी जानी थीं। पांडुलिपियों की प्रेस कॉपियाँ तैयार कर ली थीं, शोभन रात-रात भर लिखते रहते, दिन में मैं भी उनकी सहायता करती। ठीक उन्नीस तारीख को सवेरे सात किताबों की पांडुलिपियाँ तैयार हो गईं। आज सचमुच मैं खुश थी और मन में उत्साह था।

पांडुलिपियाँ सहेजने के बाद यात्रा की तैयारियाँ शुरू हो गईं। आज से चार-पाँच दिन पहले सम्भवतः तैयारी में ऐसा मन न लगता। आज सचमुच तैयारी जैसी तैयारी हो रही थी। रास्ते में आराम करने के लिए बिस्तर, खाने-पीने के लिए एक सामान, पहनने के अलग-अलग अवसर के कपड़े और छोटा-मोटा न जाने कितना सामान। शोभन मन में बड़े सन्तुष्ट थे। तैयारियों का उपसंहार करते हुए उन्होंने याद दिलाया कि मैं अपनी दवाएँ भी रख लूँ।

बीस दिसम्बर को सर्दी बहुत अधिक हो गई थी। गाड़ी को स्टेशन से वापस लाने की समस्या थी इसीलिए रिक्शे से जाना पड़ा। इसलिए

ठंडी हवा के झोंके शरीर में चुभ रहे थे। शोभन ने कहा, "कलकत्ते में इतनी सर्दी नहीं होगी।"

स्टेशन पर भयानक भीड़ थी। अगर रिजर्वेशन न होता तो जाना कठिन हो जाता। सोचती हूँ कि छह रोज पहले कैसा मन था और आज कैसा हो गया था। आज वह सब कुछ जैसे मैं भूल ही गई थी। यात्रा का उत्साह मन में पुलक बनकर समा गया था। शोभन रास्ते में कहने लगे कि इस बार लौटते में शान्ति निकेतन और जगन्नाथपुरी जाएँगे। वैसे कलकत्ते में भी घूमने की जगहें काफी हैं।

हावड़ा स्टेशन अजीब ही जगह है। वह स्टेशन कम लगता है अस्तबल ज्यादा। पहुँचते ही ऐसा लगता है जैसे आसपास से घोड़ों के हिनहिनाने और खुर पटकने की आवाजें आएँगी। ऐसे स्टेशन पर एक सन्तोष होते हैं प्रियजन। शोभन आतुरता के साथ उठे और दरवाजे पर जा खड़े हुए। एक क्षण के लिए वो ये भूल गए कि उसी द्वार से दूसरे मुसाफिरों को उतरना था। जल्दी-जल्दी उन्होंने आसपास दृष्टि दौड़ाई और सहसा एक ओर से भागती आती मीनल उन्हें दिखाई दे गई। नितान्त अनौपचारिक उस छोटी-सी भेंट के तुरन्त बाद मीनल को याद आया कि वहाँ कोई और भी है। वह झपटकर गले से लिपट गई।

टैक्सी में शोभन ने जैसे क्षमायाचना करते हुए मीनल से कहा, "मैंने वचन दे रखा है मीनल, इसलिए बुरा मत मानना। किताबों के अनुबन्ध होने हैं, उसमें दो-तीन दिन लग जाएँगे। लेकिन उसके बाद फिर हम तीन होंगे और इस बार तो हम दूर-दूर तक घूमने चलेंगे।"

मीनल निरुत्साहित हो गई। फिर भी उसने कहा, "ठीक है शोभन दा, लेकिन तीन दिन से अधिक नहीं।"

मीनल साथ-साथ उस गेस्ट हाउस तक गई जहाँ हमारे ठहरने का इन्तजाम भारत पब्लिशर की ओर से किया गया था। वहाँ रहने की एक-एक सुविधा की परख स्वयं करने के बाद मीनल ने कहा, "मुझे टैक्सी स्टैंड तक छोड़ दोगे शोभन दा?"

"टैक्सी स्टैंड तक क्यों? कुन्तल! तुम थोड़ा आराम करो, मैं मीनल को घर छोड़कर आया।" शोभन ने कहा।

मैं सफ़र से थकी हुई थी इसीलिए लगा कि यह ठीक ही है। शोभन और मीनल दोनों चले गए। वह दिन पूरा थकावट को उतारते बीता। हम लोग कहीं जा नहीं सके। काम भी कुछ नहीं हो सका। नाश्ता करने के बाद ही हम लोग सो गए थे और जागे तो मालूम हुआ दोपहर ढल रही थी। गेस्ट हाउस के नौकर ने बताया कि भारत पब्लिशर के निदेशक रतनलाल जी आए थे। नौकर ने कहा भी कि हमें जगा दे लेकिन रतनलाल जी ने ही मना कर दिया कि अभी सोने दो, मैं फिर आ जाऊँगा।

शोभन ने थोड़ा-सा लज्जित होते हुए नौकर से पूछा, "कब आने को कह गए थे?"

"साहब ये तो नहीं बोले...।"

शोभन ने पूछा, "तुम उनके पास जा सकते हो?"

"साहब हमको बोल गए हैं कि आपके उठते ही नाश्ता दूँ।"

"ठीक है। नाश्ता तैयार है?" शोभन ने पूछा। फिर सहसा बोले, "अच्छा, अभी ठहर जाओ। ऐसा करो, जरा-सा रतनलाल जी के पास चले जाओ। उनसे कहना मैंने याद किया है। नाश्ता उनके ही साथ करूँगा। उनसे भी कह देना।"

नौकर बड़े अदब से झुककर चला गया।

रतनलाल जी को आने में देर नहीं हुई। ऐसा लगा जैसे वे हमारे जागने की प्रतीक्षा कर रहे थे। बेहद हँसमुख, शालीन, विनम्र, लेकिन तेज। देखने में वे किसी व्यावसायिक संस्था के निदेशक कम बुद्धिजीवी अधिक लगते थे। सफेद खादी के कपड़ों में उनका व्यक्तित्व काफी गरिमामय लगता था।

मध्ययुगीन साहित्य की उन्हें अच्छी जानकारी थी, यह बातचीत के दौरान पता लगा। चाय पीते-पीते उन्होंने सूफी कवि जायसी से लेकर नाथ सम्प्रदाय के कवियों तक के बारे में जाने कितनी बातें बताईं। मध्ययुगीन

साहित्य और समाज के इतिहास के बारे में शोभन भी कम नहीं जानते थे। एक-आध बार तो अनुमान लगाना कठिन हो जाता था कि दोनों में से कौन किसको प्रभावित कर रहा है। चाय समाप्त हुई और मुझे आश्चर्य हुआ कि सारा समय साहित्य के इतिहास की चर्चा में समाप्त हो गया।

यह तो बहुत बाद में पता लगा कि रतनलाल जी साधारण व्यवसायी नहीं थे। व्यवसाय में जल्दबाजी शायद उनके लाभांश को बढ़ाने में बाधक होती है यह उन्हें पता था।

पुस्तकों के अनुबन्ध दूसरे रोज सम्पन्न हो गए। उन पांडुलिपियों के अतिरिक्त रतनलाल जी ने उनसे यह भी अनुबन्ध किया था कि अगले सैट के लिए वे नये लेखकों की कृतियाँ सम्पादित करके देंगे।

रतनलाल जी का सम्पर्क केवल इतने ही व्यवसाय सम्बन्ध में सीमित नहीं था। दूसरे दिन रात को अपने घर पर डिनर के समय उन्होंने पूछा, "शोभन जी, कुन्तल जी पहली बार यहाँ आई हैं?"

"जी हाँ। अभी तो इन्हें यह महानगरी भी दिखानी है।"

रतनलाल जी अतिशय विनम्र हो बोले, "आप अगर इसे अन्यथा न लें तो कल मैं अपनी गाड़ी गैस्ट हाउस पहुँचा दूँगा, आपको आसानी हो जाएगी। नहीं तो आप जानते हैं, यह मायानगरी है।"

रतनलाल जी की गाड़ी आ जाने के कारण सचमुच बड़ी सुविधा हो गई।

सुविधा मुझे भी हुई और मीनल को भी। और सम्भवतः सबसे अधिक सुविधा हुई शोभन को। तीन दिन के लिए उन्होंने मीनल से मोहलत ली थी लेकिन दो दिन बाद ही यह समूचा दिन हमें मीनल के साथ-ही-साथ मिल गया। सारे दिन हम लोग उत्साह में भरे जाने कहाँ-से-कहाँ घूमने गए और फिर शाम को रतनलाल जी के लाख कहने के बावजूद हम लोग मीनल के छोटे से डेढ़ कमरे वाले फ्लैट में आ गए।

शोभन ने खाने का इन्तजाम मीनल को नहीं करने दिया। बोले, "तुम्हारी भी तबीयत ठीक नहीं है मीनल, और फिर मैं लड़कियों को

जानता हूँ खाने का थोड़ा-सा इन्तजाम करने लगेंगी तो दुनिया भर का झंझट मोल ले लेंगी। कुन्तल भी मानेगी नहीं और तबीयत तुम दोनों की ठीक नहीं है। इसलिए चलो, खाना बाहर ही खाएँगे।" जगमगाती हुई सड़कों को पार करते हुए हम जिस रेस्त्रां में पहुँचे उसे बाहर और अन्दर से खूब सजाया गया था। पहले हम समझ न सके कि यह अतिरिक्त सजावट कैसी है। रेस्त्रां के अन्दर चमकीले रंगीन कागज की कितनी ही लतरें लटका रखी गई थीं और उनमें रंगीन गुब्बारे गूँथे हुए थे। हल्के संगीत और धुँधली रोशनी में शोभन ने देखा, बर्फ जैसे उजले अक्षरों में रेस्त्रां की पिछली दीवार पर लिखा था, 'हैप्पी क्रिसमस।'

"ओहो। मीनल, मैं तो एकदम भूल गया आज चौबीस तारीख है न। कल से तो तुम्हारी छुट्टी होगी।" शोभन ने उत्साह से ललककर कहा।

मीनल ने जैसे अनजान बनकर कहा, "हाँ, है तो।"

"फिर क्या, हमारी भी छुट्टी होगी। क्रिसमस की छुट्टी।"

सहसा मुझे भी याद आ गया, "अरे हाँ, शोभन! कल तो तुम्हारा बर्थ-डे है।"

"सच!" मीनल के चेहरे से उत्साह छलक पड़ा। खाना खाते-खाते हम तीनों ने बैठकर योजना बनाई कि कल शोभन का बर्थ-डे हम कुछ खास तरीके से मनाएँगे। यह तय हुआ कि कल सुबह ही ट्रेन ले ली जाए भुवनेश्वर और पुरी जाने के लिए। पुरी में बर्थ-डे मनाया जाएगा और यह बर्थ-डे कई वर्षों के लिए अद्वितीय होगा। कठिनाई से ही ट्रेन का टिकट मिल पाया। यात्रियों, और विशेषकर तीर्थयात्रियों के कारण ट्रेन में जगह मिलना असम्भव ही होता अगर भारत पब्लिशर के एक एजेंट की सहायता न मिली होती। टिकट पर दृष्टि डाली तो पता लगा कि हावड़ा से पुरी तीन सौ मील से भी अधिक है। यह अन्तर भी उतना मालूम न होता, लेकिन इस गाड़ी में इतनी भीड़ थी जिससे यह अनुमान होता था कि ब्लैक होल की घटना कलकत्ते में न घटकर निश्चित ही पुरी एक्सप्रेस पर घटी होगी।

सौभाग्य से उस दिन चाँदनी रात थी, और बंगाल के नारियल कुंजों और पोखरों वाले गाँवों के बीच से हमारी ट्रेन चली जा रही थी। कलकत्ते से पुरी के रास्ते में ट्रेन कई छोटी नदियों के पुलों को, और छोटे-बड़े पोखरों को पार करती चलती है।

सुबह आठ बजते-बजते, गाड़ी ने हम लोगों को उड़ीसा के कुछ-कुछ आधुनिक, कुछ-कुछ आदिम, और कुछ-कुछ धार्मिक कस्बे में पहुँचा दिया। पुरी का स्टेशन तो स्टेशन लगता ही नहीं। वह तो एक टिन से छाए हुए बरामदे की तरह है। उसी में गाड़ी रुकती है और स्टेशन से बाहर निकलते ही, बग्घी वालों और पंडों की इतनी बड़ी भीड़ यात्रियों को घेर लेती है कि उससे छुटकारा पाना मुश्किल हो जाता है।

शोभन ने कसमें खा-खाकर उन्हें बताया कि वे घनघोर नास्तिक हैं। वे यहाँ केवल समुद्र देखने आए हैं, लेकिन पंडों को विश्वास नहीं हुआ। उनको यह लगा कि ये अवश्य कोई पहुँचे हुए भक्त लोग हैं, जो अपना नाम-धाम तक भी बताना नहीं चाहते।

पुरी की उस नगरी में पहुँचने पर सबसे पहले वे छोटी-छोटी दुकानें आकर्षित करती हैं, जिनमें सीपी, शंख, सींग के बने सामान, उड़ीसा की बनी लाख की चूड़ियाँ, रंग-बिरंगी मालाएँ और बहुत-सी अन्य आकर्षक वस्तुएँ बिकती हैं। शोभन को बहुत शौक है टूटी-फूटी मूर्तियों और दुकान भर की बेढंगी चीजों को इकट्ठा कर अपने ड्राइंग रूम, और स्टडी रूम को अजायबघर बनाने का, लेकिन इस बार मैंने उनसे बाजी मार ली। सीपियों, शंख, घोंघे, बेंत और नारियल के सामान, और उड़ीसा की बनी कितनी ही नायाब चीजें मैं चुनती रही और तीन दिन में ही उन चीजों के कारण हमारा असबाब दुगुना हो गया।

पुरी का सबसे अद्‌भुत आकर्षण वहाँ का समुद्र-तट है। मीलों तक स्वच्छ श्वेत बालू का विस्तार। उसके किनारे झाऊ के बड़े-बड़े पेड़, जिनको अंग्रेजी में 'मेरीटाइम पाइन' कहते हैं और जिनका अनुवाद हम लोगों ने वहाँ 'जल देवदारु' किया था, आँखों को बहुत मोहक लगते

हैं। उनसे जब समुद्री झकोरे गुजरते थे तो एक अद्‌भुत संगीत सुनाई पड़ता था। प्रतिदिन समुद्र में जी भर स्नान करने के बाद हम इन्हीं 'जल देवदारुओं' के कुंजों में आकर केश सुखाते और विश्राम करते थे। कितना अच्छा लगता था वह समुद्री स्नान। जब लहर आती, हम लोगों को बिलकुल डुबो देती। उस समय मैं और मीनल अपने शरीर को जलप्रवाह में छोड़ देतीं पर लहर दोनों को किनारे पर फेंक जाया करती थी। कभी-कभी हम दोनों यह चाहते थे कि समुद्र में और गहरे उतरकर देखें। उस समय लहरों का एकदम हमें किनारे पर फेंक देना, बड़ा अपमानजनक प्रतीत होता था।

एक दिन मीनल ने सुझाव दिया कि एक बड़ी नाव करके, लहरों में झूलते हुए, समुद्र में खूब दूर तक अन्दर जाएँ। बड़ी मुश्किल से दस रुपये में नाव तय हुई। उस नाव पर हम तीनों के साथ एक-एक की रक्षा के लिए तीन-तीन मल्लाह भी चले। यानी नाव पर नौ मल्लाह और तीन हम लोग, बारह आदमी थे। लहरों के ऊपर झूले की तरह बीस-बीस फुट ऊपर जाना और नीचे आना एक ऐसा अनुभव था, जिसे हम आजीवन भुला नहीं सकते। किनारों की ऊँची-ऊँची लहरों से लड़कर नाव जब बीच समुद्र में चली आई तो लहरों का वेग कम हो गया था। अथाह नीलिमा और जल का विस्तार देख, हम लोग न जाने किस ध्यान में खो गए, इतने में नाव के सबसे बूढ़े मल्लाह ने पूछा, "बाबू जी, आपने देखा हमारा समुन्दर?" ऐसा कहते समय उसकी धुँधली आँखों में चमक आ गई थी। ऐसा लगता था जैसे यह सारा समुद्र उसका निजी साम्राज्य है, जिसे वह अभिमान सहित हम परदेशियों को दिखा रहा था। उसके काले और मेहनती व्यक्तित्व को देखकर मुझे अकस्मात याद हो आया कि इन्हीं के पूर्वज कलिंग के वे योद्धा रहे होंगे, जिन्होंने महाराज अशोक की सेनाओं के छक्के छुड़ा दिये थे और मध्यकाल में इन्हीं के पूर्वज बड़ी-बड़ी नौकाएँ लेकर इस विराट समुद्र की लहरों पर सवार होकर जावा, बाली, सुमात्रा और चीन तक जाते रहे होंगे। कौन

जाने 'प्रसाद' की 'आकाशदीप' कहानी का दस्यु बुद्धगुप्त कोई कलिंग युवक ही रहा हो।

पुरी में पूर्णिमा के दिन विशेष श्रृंगार था और हम लोग उस दिन जगन्नाथ मन्दिर देखने गए। उस दिन वहाँ सिन्दूर और अगस्त्य के फूलों से विशेष श्रृंगार किया गया था। मन्दिर में चढ़ाया गया सिन्दूर उठाकर पहले शोभन ने मुझे और फिर मीनल के माथे पर लगा दिया। मीनल के माथे पर इनका सिन्दूर सूरज स्थापित करना मुझे चौंका गया। और कुछ चक्कर-सा महसूस होने लगा...फिर उसी बेकार की उगी लतर का ध्यान आ गया। मुझे चक्कर आने पर उस आरती की अपार भीड़ में से शोभन बाहर ले आए...वहीं मन्दिर की सीढ़ियों पर बिठाकर वे बड़ी देर तक मेरा सिर और पीठ सहलाते रहे। फिर धीरे-धीरे होटल के कमरे में ले चले। जल्दी ही खाना मँगवाकर खा लिया और सो गए।

दूसरे दिन बहुत सवेरे हम लोग एक छोटी-सी मोटर बस पर कोणार्क गए। कितना सुहावना था वह रास्ता। दोनों ओर नारियल, फरद, सेमल, केवड़ा और झाऊ के हरे-भरे कुंज। बीच-बीच में साफ-सुथरे, लिपे-पुते उड़िया गाँव, जिन पर चूने से जालीदार अल्पनाएँ बनी थीं। कोणार्क का मन्दिर भारतवर्ष में अपने ढंग का अकेला मन्दिर है। सूर्य का मन्दिर, जिस पर इतनी महीन शिल्पकला हो, कहीं नहीं मिलता। कोणार्क का मन्दिर एक विराटता का प्रभाव छोड़ जाता है।

यहाँ तक पहुँचते-पहुँचते दोपहर हो आई थी और मैं काफी थक गई थी। सोचा, समुद्र में स्नान कर लिया जाय तो थकान मिट जाएगी। कोणार्क के मन्दिर पर खड़े होने से ऐसा सुन पड़ा कि समुद्री लहरें पास ही कहीं लहरा रही हैं। शोभन वहीं एक पेड़ के नीचे चाय की दुकान पर आराम से बैठ गए। मुझे और मीनल को उत्साहित किया कि हम जाकर नहा आएँ। कुछ दूर हम लोग आगे बढ़ते चले गए। पर समुद्र का नामोनिशान नहीं दीखा। मुड़कर देखा, शोभन अपनी हरकत पर हँस रहे थे। वास्तव में वह समुद्री हवा थी, जो 'जल देवदारुओं' में लहरा

रही थी। उसी को उन्होंने समुद्री लहर बताकर हम दोनों को मूर्ख बनाया था और अपनी सफलता पर बेहद खुश थे।

सूरज डूबने से पहले-पहले हम लोग वापस पुरी आ गए थे।

एक अद्भुत अनुभव था पूर्णिमा की रात को समुद्र का विक्षुब्ध ज्वार देखने का। चारों तरफ सब कुछ धुँधला था। चटख चाँदनी थी, जिसमें रेत चाँदी का ढेर लग रही थी। लेकिन रेत की चमक, पानी की चमक और चाँदनी की चमक ने एक चकाचौंध-सी उत्पन्न कर रखी थी जिससे सारा दृश्य थोड़ा-थोड़ा धुँधला और रहस्यमय लग रहा था। कभी-कभी लहरों में लगता था कि लाखों चाँदी की मछलियाँ कुलेल करती हुई चली आ रही हैं। वास्तव में वे मछलियाँ नहीं थीं, केवल चाँदनी की छाया थी। अपनी हिमालय-यात्रा से, मुझे समुद्र-यात्रा ज्यादा अच्छी लगी। हिमालय में एक शान्ति और शीतलता मिलती है, लेकिन समुद्र का सौन्दर्य कहीं ज्यादा सजीव और हमारे वर्तमान जीवन के सुख-दुख, उत्थान-पतन से बहुत ज्यादा मेल खाता है।

बड़ी रात तक बिखरी चाँदनी के अद्भुत सौन्दर्यपूर्ण वातावरण में हम गुमसुम पास-पास बैठे रहे थे। मेरी तबीयत रात में बैठे-बैठे खराब न हो जाए इस भय से न चाहते हुए भी हम तीनों उठकर होटल वापस आ गए।

लौटकर जबरदस्ती आ तो गए, पर कमरे में जरा भी अच्छा नहीं लग रहा था।...ये बार-बार बेचैनी से बाहर फैले समुद्र पर चाँदनी को फैले देखते तो जी मचल उठता कि भागकर वहीं चले जाएँ।...इन्हें देखने से लग रहा था कि बड़े बेचैन हैं।

सारे दिन आवश्यकता से अधिक ही घूम लिया था। जैसा जी था उसे देखते हुए उतना घूमना हानिकारक ही था। घूमने से थकावट इतनी अधिक हो गई थी कि एक क्षण भी खड़े रहना सम्भव नहीं लगा।

"थक गई हो?" शोभन ने अनमनेपन से कहा और खिड़की से बाहर जाने क्या देखते रहे। थकावट के कारण जैसे बेहोशी भरी नींद

मेरी आँखों पर छा गई। नींद के ऐसे कितने क्षण बीते होंगे मैं नहीं कह सकती। तन्द्रा में मैंने सुना, कोई बात कर रहा था। नींद में ही चेतना पर थोड़ा जोर दिया तो पता लगा कि स्वर शोभन और मीनल के थे। शब्द ठीक-ठीक सुने नहीं जा सके। नींद ने चेतना को फिर दबोच लिया। ठीक उसी तरह फिर नींद हल्की-सी टूटी। इस बार आँखें भी मैंने थोड़ी-सी खोलीं, देखा शोभन और मीनल ठीक उसी तरह बैठे हुए बातें किये जा रहे हैं। उनका इस तरह बातें करना बहुत सुखद नहीं लगा, लेकिन नींद ने अगले ही क्षण मुझे फिर दबोच लिया। थकावट भरी नींद का अन्तराल कितना लम्बा था यह नहीं कह सकती।

आँख खुली तो एक क्षण के लिए मैं समझ नहीं पाई कि वह सत्य था या स्वप्न। मीनल और शोभन ही थे। पर सहज स्थिति में नहीं थे। नीले कमरे का दृश्य एक बार फिर स्मृति में घूम गया। मीनल शोभन की गोद में थी, कपड़े उसके अधिकतर अस्त-व्यस्त थे। शोभन उत्तेजना से तप्त लगातार उसे चूम रहे थे और उनके हाथ उसके अनावृत्त वक्ष से खेल रहे थे। उन क्षणों में उन दोनों को सिवा अपने सम्भवतः किसी और का कोई भी ध्यान नहीं था। मेरे मस्तिष्क में एक भयंकर तूफान उठा। लगा, जैसे मेरा माथा फट जाएगा। शिराओं में जैसे गहरी आग भड़क उठी। ऐसा लगा जैसे वह दृश्य ही नहीं, समूची परिस्थिति असह्य हो उठी थी।

मैं तड़पकर उठी। आहट से वे दोनों चौंके। क्षण भर में उन्होंने अपने-आप को समेटा और अचकचाकर एक-दूसरे से अलग हो गए। मैं उन्हें देखने को रुकी नहीं। बिस्तर से नीचे आई और दरवाजे की ओर बढ़ी।

शोभन क्षण भर में ही परिस्थिति को भाँप गए। झपटकर वे आए, मुझे दरवाजे से अलग हटाया और फिर सिटकनी लगा दी।

क्षमायाचना के वैसे शब्द बहुत कम ही सुने जाते हैं। अत्यन्त कातर होकर उन्होंने मुझे दबोच लिया। बड़ी कठिनाई के साथ वे मुझे बिस्तर तक लौटाकर लाए। मेरा मन एक क्षण को भी इन दोनों के साथ ठहरने का नहीं हो रहा था। मेरा तन-मन इस कल्पना से सिहर जाता था कि

कोई शोभन को मुझसे छीने ले रहा है। मेरी नींव ही हिल जाएगी। नहीं चाहिए...और मैं जोर से कह उठती हूँ..."नहीं चाहिए। नहीं चाहिए... शोभन तुम तो कहीं और डूब रहे हो। मुझे क्यों इतनी बुरी तरह बाँधा था?" फिर अपने प्रेम बिना मार डालोगे। समझ में नहीं आता, ऐसा लगता कि पागल हो जाऊँगी। बहुत प्यार से अपने बाहुपाश में कसकर बहुत समझाया शोभन ने..."कुन्तल, मैं केवल तुम्हारा हूँ...कुन्तल, केवल तुम्हारा। तुम मेरे जीवन-श्वासों की तरह अन्दर जाती हो। मुझमें प्राणशक्ति तुम्हीं हो। तुम्हें छोड़कर मैं कहाँ जा सकता हूँ। तुम तो जानती हो, मीनल अपने जीजा जी के प्रेम में इतनी बुरी तरह उलझ गई है कि उसे समझाना है, उस उलझन से वह बाहर आए। नया जीवन आरम्भ करे, फिर उसके लिए लड़का भी ढूँढ़ रहे हैं। तुम कैसी पागलों-सी बातें सोच-सोचकर अपना और मेरा मन दुखा रही हो। सो जाओ। कुन्तल, सो जाओ। देखो, मुझे भी नींद आ रही है।"

किसी तरह सवेरा हुआ। मन और तन रात की घटना से बहुत भारी थे। न चाहते हुए भी सामान समेटकर बाँधा। आज पुरी नगरी से विदा लेनी थी। सामान लदवाकर स्टेशन आ गए और टिकट खरीदकर डब्बे में बैठ गए। जोगिया रंग की साड़ी और गले में मूँगे की तरह मोतियों की माला पहनी हुई थी। सब घूर-घूरकर हम दोनों को देख रहे थे। एक साधु बाबा मिल गए। बड़ी पहुँची हुई जोगन समझकर उन्होंने बहुत आशीर्वाद दिया जीवन में सफल होने के लिए।

गाड़ी पर बैठ सीधे बोलपुर स्टेशन पर सवेरे पहुँचकर ही उतरे। टैक्सी की और शान्ति निकेतन पहुँच गए। वहाँ हिन्दी विभाग के अध्यक्ष ने बड़ी आवभगत की हम दोनों की और ठहरने को बड़ा-सा कमरा दिया। सामान आदि खोलकर हम लोग व्यवस्थित होने का प्रयत्न कर रहे थे, लेकिन मन उखड़ चुका था। मेरे और शोभन के बीच मीनल खटक रही थी। मेरे और इनके बीच मीनल का दीवार बन खड़े होना अच्छा नहीं लग रहा था।

नहा-धोकर नाश्ता कर लेने के बाद शोभन हम दोनों को शान्ति निकेतन दिखलाने निकल पड़े। पहले टैगोर की लाइब्रेरी, बिस्तर तथा अन्य अध्ययन-कक्ष आदि दिखलाए, उसके बाद वो सब जगह दिखलाने ले गए जहाँ बैठकर कविगुरु कविताएँ रचते थे। श्यामली कुटी, फिर लताकुंज दिखाया, अन्त में स्कूल की ओर, जहाँ शिक्षा दी जाती वहाँ, पेड़ों के नीचे कक्षाएँ लगतीं। सम्पूर्ण वातावरण में उस महान आत्मा की छाया दीखती। बहुत कुछ लकीर पीटने जैसा लगता। चारों ओर फरद ही फरद के पेड़ फूलों से लदे थे। सोने के रंग के फरद के फूलों के पेड़ मैंने जीवन में पहली बार देखे। सूर्यास्त के समय लगता जैसे चारों ओर आग लग गई हो।

प्रकृति द्वारा शिक्षा देने का ढंग और सारा वातावरण बहुत शान्तिपूर्ण था। बहुत अच्छा लगा। मौसम भी न बहुत गर्मी, न सर्दी का था। बहुत ही सुहावना लग रहा था। लौटकर खाना खाकर सो गए। रात के सफर की थकान भी थी।

आज सवेरे से ही जी अच्छा नहीं है। मतली आ रही है। चक्कर... कुछ खाने का मन नहीं करता। जबरदस्ती खा लेने पर उलट जाता है। शोभन और मीनल मेरी ऐसी हालत देखकर थोड़ा चिन्तित हो गए हैं। मीनल शोभन को समझा देती है कि उसने अपनी भाभियों को भी ऐसी हालत में देखा है। कुन्तल ठीक हो जाएगी। उसे सो जाने दें, उठेगी तो ठीक हो जाएगी।

मैं अनमनी हो आँखें बन्द कर लेती हूँ और वे दोनों बातें करते हैं। बीच-बीच में उसी मनहूस, बढ़ती हुई लतर की याद आती—कभी मुझे लिखे शोभन के पत्र के अंशों की 'रक्तकमल के बिना मेरा क्या होगा... मैं पूर्णत: टूट जाऊँगा।'...

फिर गहरी नींद आ जाती है। नींद टूटने पर भी उन्हें और मीनल को जुड़े-जुड़े बातें करते पाती हूँ। मन-ही-मन खीज जाती हूँ। समझ में नहीं आता, कितनी बातें हैं जो इतनी देर से कर रहे हैं, खतम ही नहीं होतीं।

लगता है, बातों का यह सिलसिला बढ़ता ही जा रहा है। कम नहीं होगा। इन बातों-ही-बातों के जाल में फँसकर मेरा दम न घुट जाए...नहीं-नहीं, मेरे होने वाले बच्चे का क्या होगा...उसे कौन देखेगा। न जाने कैसे-कैसे अपशकुनों से मेरा मन घबरा उठता है और मैं भी उठ जाती हूँ। कहती कुछ नहीं। अन्दर-ही-अन्दर तूफान हिलोरें लेता रहता है। नहा-धो, कपड़े बदलकर अपने को स्वस्थ दिखाने का ढोंग-सा करती हूँ।

तीन दिन बीत गए। बीच-बीच में न जाने कितने अपशकुनों से मन भर जाता और मुँह में खारा स्वाद छोड़ जाता रहा। शोभन और मीनल की छुट्टियाँ परसों से खत्म हो जाएँगी इसलिए कल शान्ति निकेतन से चल देना चाहिए यह निश्चित हो गया था। और मैं तो जल्द-से-जल्द शोभन को लेकर मीनल से दूर चली जाना चाहती थी। कल चल देना था तो सोचा, आज खूब घूमा जाएगा और बहुत देर तक बैठकर रात को गप लगाएँगे। क्योंकि कल मीनल विदा लेकर कलकत्ते चली जाएगी और शोभन और मैं इलाहाबाद। सवेरे उठकर हम लोग फिर शान्ति निकेतन घूमने गए। विशेषकर रंग नृत्यगान विभाग में गए...रवीन्द्र संगीत और छोटी-छोटी सजी लड़कियों का नृत्य हम लोग पूरे तीन घंटे देखकर लौटे। मन एक रिद्म में रवीन्द्र संगीत और नृत्य देखकर प्रसन्न हो गया। फिर वहाँ से हम मूर्तिकला और पेंटिंग विभाग की ओर निकल गए। इस विभाग के अध्यक्ष विश्वविख्यात और वृद्ध थे। बहुत स्नेह और अभिमान में भरकर एक-एक मूर्ति दिखाते रहे। शोभन तो एकदम उस विभाग में खो से गए। शाम को फिर घूमने आएँगे...सोचकर चले आए।

दोपहर का खाना खाकर आराम किया और शाम को फिर घूमने निकल पड़े। लता कुंज, कविता कुंजों से निकलते हुए पलाश की ओर चल दिये और शान्ति निकेतन के पीछे की ओर नदी के पास आ गए। और इसी नदी के कगार पर गुमसुम बैठे सूर्यास्त देखने में डूबे रहे। जब एकदम अँधेरा हो गया, चाँद और सितारे चमकने लगे, तो भारी मन हम तीनों लौट रहे थे। शायद कल की गाड़ी से हम लोग अलग हो जाएँगे।

तीनों एक साथ नहीं रह पाएँगे। ये और मीनल दोनों अवसाद में चुप थे। फिर ये दोनों गुमसुम, तो मैं भी एकदम खामोश।

रात बहुत सहज नहीं थी। मौसम इतना बुरा नहीं था, लेकिन फिर भी नींद में भयानक बेचैनी भरी थी। ऐसा लगता था जैसे बिस्तर पर कहीं कुछ चुभ रहा हो। या हवा में इतनी अधिक घुटन हो कि साँस रुक रही हो। नींद का एक-एक पल बेचैनी से भरा हुआ था। यहाँ तक कि वह नींद थी या अचेतनता, यह कहा नहीं जा सकता। ठीक-ठीक यह भी नहीं कह सकती कि मैंने दु:स्वप्न ही देखे होंगे। हाँ, जो अनुभूति थी वह कम सन्त्रासजनक नहीं थी। जाने किन टूटे और बिखरे हुए अनुभवों में भटकती हुई मेरी चेतना ने सहसा एक भयानक टीस महसूस की। ऐसा लगा, जैसे एक मर्मान्तक पीड़ा मुझे ऊपर से नीचे तक बींध गई। मैं तिलमिला उठी। वह दु:स्वप्न ही था। एक असाधारण और आतंकपूर्ण दृश्य...जैसे मेरे सिर पर कोई बहुत वजनी चीज गिरी है और मर्मान्तक पीड़ा के साथ मेरे माथे के टुकड़े हो गए हैं। रक्त की कड़वी गर्म धार मेरे कानों के पास से उतरती हुई गर्दन तक आ गई है। छटपटाकर मेरी आँखें खुल गईं। मुझे महसूस हुआ जैसे मेरी मर्मान्तक चीख कमरे में किसी घायल पक्षी की तरह फड़फड़ाकर उड़ने लगी हो।

यातना का वह क्षण केवल उतना ही नहीं था। दर्द को जैसे किसी ने फिर दोहरा दिया। पुनरावर्ती यातना साधारण नहीं थी। स्वप्न जहाँ एक प्रतीक था वहाँ यह पुनरावृत्ति माथे पर गिरे उस पत्थर से भी कठोर सत्य थी। मीनल मेरे साथ सोई थी। लेकिन वह यहाँ नहीं थी। कमरे के दूसरे छोर पर शोभन का पलंग था। अँधेरे में भी वह पहचानी जा सकती थी। उसका शरीर अनावृत्त था। शोभन भी सहज स्थिति में नहीं थे। सम्भवत: मेरी आँखें खुलने से पहले उस कमरे में सीत्कार भी गूँज रहे होंगे, शोभन मीनल के शरीर में लिप्त, उससे लिपटे हुए थे।

मैं नहीं जानती, मैं चीखी थी या नहीं, लेकिन कोई-न-कोई आहट अवश्य हुई होगी। शोभन तुरन्त अलग हट गए।

सिर फट जाने की यातना से हुई मेरी चीख मेरे कंठ से अब निकली, "मेरा सिर फट गया है शोभन, देखो ये रक्त...ये रक्त। सारा तकिया खून से भीग गया है।"

"नहीं कुन्तल नहीं। कुछ भी तो नहीं हुआ है। होश में आओ कुन्तल।" शोभन ने जैसे-तैसे अपने कपड़े सँभालते हुए मेरी बाँह थाम ली।

"नहीं। नहीं।" मैंने उनके हाथ को झटक दिया। मुझे लगा जैसे उनके हाथों ने मुझे डस लिया हो। अब और सम्भव नहीं है, जितना है वही बहुत हो गया।

शोभन ने साहस नहीं छोड़ा, काँपती हुई आवाज से जैसे मनाते हुए उन्होंने मुझे फिर दबोच लिया। मैं छटपटा उठी। तन-मन में एक अजब-सा लिजलिजापन भर गया था। अन्तर्मन छटपटा रहा था। घाव बहुत गहरा था। क्षोभ और हताशा से मेरा तन-मन काँप रहा था। सचमुच यह मेरा सिर टूट गया। जहाँ सिन्दूर की रेखा होती है ठीक वहीं से उसके दो टुकड़े हो गए थे। आह! शोभन, यह कैसे हुआ। वह मीनल थी न। तुम्हारी बहन। रिश्ते का यह कैसा अपवाद। मरियम कहा था तुमने मीनल को। और आज यह...नीला प्रसंग। शोभन। नहीं! नहीं!

जीसस क्राइस्ट में तुमने कभी अपना प्रतिबिम्ब देखा था शोभन? याद है तुम्हें? अब फिर याद करो। क्या वह तुम्हारा अपना प्रतिबिम्ब था और क्या वह प्रतिबिम्ब इतना ही घिनौना था? दुर्गन्ध आती है आज, उसी दुर्गन्ध से तो माथा फट गया है। बोलो शोभन? क्या पच्चीस दिसम्बर को क्रिसमस के दिन जन्म लेकर ही कोई जीसस का प्रतिबिम्ब बन सकता है? याद करो शोभन, नीले कमरे की एक सुगन्ध भरी सुबह तुमने कहा था, 'हैल्प मी लॉर्ड गॉड इन माई गुड परपज एंड इन दाई सर्विस एंड ग्रांट मी दिस डे टू बिगिन पर्फेक्टली, फॉर नॉट इट इज दैट आई हैव डन अनटू दिस टाइम।' और तुमने सोई हुई मीनल के सामने सिर झुका दिया था 'माँ, मरियम।' तुमने अस्फुट स्वरों में कहा था।

कौन थी वह मरियम? कौन थे वह तुम? उघड़ी हुई, विवस्त्र दो

जंघाओं के बीच किसी विकार की तरह छटपटाते तुम...क्या यही था तुम्हारा प्रतिबिम्ब!—क्षोभ के तपते हुए बुखार में मैंने क्या कहा और क्या अनकहा रहा मैं नहीं जानती! सब प्रलाप रहा होगा, यह मैं नहीं कह सकती। क्योंकि प्रलाप के शब्दों में तर्कसंगति नहीं होती है और जो शब्द तर्कसंगत नहीं होते वे चुभते नहीं हैं। उन शब्दों में चुभन सचमुच ही रही होगी। क्योंकि किसी आहत पशु की तरह काँपते हुए वे मुझसे लिपट गए थे। मुझे आश्वस्त करना चाहते थे। लेकिन वह सम्भव नहीं हुआ। बलपूर्वक झटककर मैंने उन्हें हटा दिया। वे बेहद पराजित और घबराए हुए थे। घबराहट में उन्होंने क्या-क्या कहा—किन शब्दों में क्षमायाचनाएँ कीं, यह आज उतना प्रासंगिक नहीं है। हाँ, मुझे याद है कि उन्होंने पश्चात्ताप किया था। प्रतिज्ञाएँ की थीं। उन प्रतिज्ञाओं के बावजूद मेरा मन इतना खौल रहा था कि मैं सहज न हो सकी।

"मुझे अकेला छोड़ दो। छोड़ दो।"

कुन्तल को हुए घाव, दर्द, गुस्सा धीरे-धीरे आँखों से चुपचाप बाहर आने लगे। ऐसी स्थिति सूरज चढ़ आने तक बनी रही। दिन निकल आने पर मीनल और शोभन उठ गए, लेकिन मैं वहीं बिस्तर पर करवट ले दर्द से कराहते हुए आँखें मूँदे पड़ी रही।

ऐसा लगता था कि रात के कांड ने मेरे सम्पूर्ण शरीर की ताकत खींच ली हो, और मुझे शक्तिहीन-सा छोड़ दिया हो। इन क्षणों में मुझे बहुत अकेला महसूस हो रहा था।

नाश्ता लग गया था और धूप भी बहुत अधिक चढ़ आई थी लेकिन सारे बदन में ऐसा बुखार जैसा भरा हुआ था कि उठने का साहस नहीं हो रहा था।

शोभन सम्भवत: बहुत देर के असमंजस के बाद मेरे निकट आए। मैंने अनुभव किया कि काफी देर तक वे चुपचाप वहीं खड़े रहे। फिर बहुत संकोच के साथ धीमे स्वर में बोले, "कुन्तल।"

मैंने अनसुना-सा कर दिया।

उन्होंने फिर कहा, "कुन्तल! दिन बहुत चढ़ आया है। उठ जाओ। नाश्ता कर लो और आज जाना भी तो है।"

किसे जाना है? शान्ति निकेतन तो अशान्ति गृह बन गया। अशान्ति गृह भी क्या, बल्कि स्वप्न-भंग की भूमि। जाना तो यहाँ से होगा ही, लेकिन जिस रूप में आए थे क्या उसी रूप में लौटकर जा सकेंगे?

उस दिन सिवा, कुछ औपचारिक बातचीत के कोई भी दूसरी बात बोली नहीं जा पाई। बहुत ही यांत्रिक ढंग से सामान बाँधा गया और स्टेशन आ गए।

गुमसुम, चुपचाप, साथ-साथ। हम तीनों थे। बस, एक कोई हमारे बीच नहीं था। वह कोई एक वहीं अशान्ति गृह में छूट गया था और वह था मेरे और शोभन के बीच का रिश्ता।

कोई और समय होता तो लौटने पर अपनी फुलबगिया की जो हालत थी उसे देखकर मैं रो पड़ती। कितने ही अच्छे-अच्छे पौधे मुरझा गए थे। पत्तियों पर धूल जमी हुई थी और न जाने कितनी तरह की फालतू झाड़ियाँ बेतरतीबी से उग आई थीं। सच कहूँ तो मेरे मन की स्थिति भी लगभग ऐसी ही थी। फुलबगिया को देखकर मुझे लगा कि वह आईने में मेरा अपना रूप है। फुलबगिया में अगर सबसे सुखी कोई था तो वह थी निरन्तर बढ़ती जाती वही काँटेदार जंगली लतर। लतर को देखकर मेरे आहत मन की यातना और गहरी हो आई।

वह लतर जैसे मेरी नियति पर व्यंग्य कर रही हो। वह इतनी अधिक फैल गई थी कि कई पौधों को उसने ढँक लिया था। सारी वाटिका धूल-भरी उदास, उजड़ी-उजड़ी और अस्त-व्यस्त सी लग रही थी।

घर की हालत भी उससे अच्छी नहीं थी। मन जाने कैसा हो रहा था कि बिना किसी ओर ध्यान दिये यात्रा की थकावट की उपेक्षा करके मैं घर को सँवारने में जुट गई। चार-पाँच घंटों के अनवरत परिश्रम के बाद घर की हालत कुछ सुधर आई। इस बीच मैं नहीं जानती, शोभन कहाँ व्यस्त रहे थे। हो सकता है, उन्हें अब तक मेरी याद ही न आई

हो। सहसा मेरे निकट आकर अतिशय भावुकता दिखाते हुए बोले, "अरे, तुम अभी तक काम में जुटी हो। इतनी दूर के सफर से थककर आई हो। तुम्हें तो आराम करना चाहिए था। छोड़ो ये सब।"

यकायक इतनी उदारता दिखाई जाने पर अविश्वास की कोई गुंजाइश नहीं थी। मैंने जल्दी-जल्दी नहाकर कपड़े बदले। शोभन इस सबका इन्तजार ही कर रहे थे। बोले, "आओ मेरे साथ, ऊपर बैठेंगे।" नीले कमरे में अभी मैं बैठी ही थी कि शोभन ने बड़े प्यार से एक हाथ मेरे कन्धे पर रखते हुए कहा, "लो कुन्तल, तुम्हें एक पत्र दिखाऊँ। यह कोरा पत्र ही नहीं है यह एक लम्बी कविता है।" था वह पत्र ही। मीनल के नाम लिखा हुआ। शोभन का भावातुर पत्र। सचमुच ही वह पत्र नहीं, कविता थी जिसमें संवेदनाओं की गरमाहट थी, लेकिन वह गरमाहट जिससे मेरी शिराओं में जलता हुआ-सा कुछ दौड़ गया।

शोभन कह रहे थे—"यह मीनल को लिखा है मैंने। लेकिन मैं इसे छपवाऊँगा। कभी-कभी लगता है कुन्तल, जैसे भावनाओं का एक समूचा हिमालय है जिसे मैं एक छोटी-सी गाड़ी में या यूँ कहूँ कि ठेले पर ढोने की कोशिश कर रहा हूँ।"

सहसा वह उछल पड़े, "सुनो कुन्तल! मेरी अगली किताब का यह नाम कैसा रहेगा—'संवेदनाओं का हिमालय।' उसमें मैं वो लेख भी छपवाऊँगा जिसमें मेरी भोली और बड़े मन वाली कुन्तलिया है।"

मैं बोली कुछ नहीं। सचाई की परतें अब मुझसे उतनी छुपी हुई नहीं थीं। शोभन भले ही लिख रहे होंगे एक किताब, लेकिन एक और किताब बड़े अदृश्य तरीके से लिखी जा रही थी। नियति की...मेरी अपनी नियति की किताब। जैसे फुलबगिया में वह जंगली लतर अनायास उठ रही थी और फूल रही थी, उसी तरह मेरी नियति की यह किताब बड़े चुपचाप, लेकिन बहुत ही स्थिर गति से लिखी जा रही थी। हो सकता है, मेरे मन की बात शोभन ने पहचान ली हो, लेकिन फिर भी उस समय उन्होंने जाहिर कुछ नहीं होने दिया। बड़े प्रेम से मुझसे बोले, "दो-चार

शब्द तुम भी लिख दो कुन्तल। मीनल को बड़ा अच्छा लगेगा, बल्कि वह बहुत प्रसन्न होगी।"

उन्होंने कई बार आग्रह किया कि मैं पत्र लिख दूँ। हारकर मैंने कहा, "लिख दूँगी।"

"लिख दूँगी नहीं, अभी लिख दो न कुन्तल। मैं, या बल्कि हम दोनों शाम को घूमने चलेंगे तो यह पत्र स्टेशन पर डाल देंगे।" शोभन ने समझाया। शोभन की बात बहुत अच्छी नहीं लगी। फिर भी मैंने सोचा कि अब वह पत्र लिखे बिना उपाय नहीं है। पत्र तक शब्द कैसे उतरे, मैं नहीं जानती। जैसे-तैसे करके वह पूरा हुआ। मुझे ऐसा लग रहा था कि जैसे शोभन मुझसे ही फुलबगिया की वह जंगली लतर सींचने को कह रहे हैं और मेरे हाथ यांत्रिक गति से उसे सँवार रहे हों, सींच रहे हों और पाल रहे हों। कहीं कोई अपने दर्द को पालता है? अगर हाँ, तो उसका उदाहरण मैं हूँ। मैं...कुन्तल!

स्वास्थ्य अच्छा नहीं था। पेट में शोभन की सन्तान और आत्मा में शोभन का प्रत्याख्यान किये हुए मैं अपने स्वास्थ्य से जूझ रही थी। स्वास्थ्य गिरता जा रहा था। मतली आती तो लगता जैसे सारा शरीर किसी ने निचोड़ लिया है।

दर्द का हिमालय ढोने का वह क्रम अटूट हो गया था। दिन में शोभन पत्र लिखते, उसके बचे हुए हिस्से पर मेरे हस्ताक्षर हो जाते और शाम को शोभन कहते, "चलो कुन्तल थोड़ा टहल लें। टहलने से तुम्हारा स्वास्थ्य अच्छा रहेगा।"

वह टहलना भी अजीब था। रोज चले हुए रास्ते पर ही बार-बार चलना होता था और वह रास्ता फुलबगिया से शुरू होकर रेलवे स्टेशन पर लगे हुए एक लेटर बॉक्स तक जाता था और वहाँ से वह रास्ता ज्यों का त्यों वापस आ जाता था। पत्र लिखना और उसे स्टेशन के लेटर बॉक्स में डालना और पत्र के उत्तर का इन्तजार और फिर पत्र... फिर पत्र...

फुलबगिया की जंगली लतर का दूसरा नाम हो सकता है पत्रों का एक सिलसिला या एक और नाम, ढोया जाने वाला दर्द का हिमालय। ओह! मेरे सिर से टकरा क्यों नहीं जाता वह हिमालय! मेरे चारों ओर फाड़े गए खाली लिफाफे, लिख-लिख कर भरे गए पन्ने और काट-काटकर लिखे गए अक्षर इस तरह मँडराते हैं, जैसे किसी मरते हुए बेबश पशु पर जंगली पक्षी मँडरा रहे हों। हर आने-जाने वाले पत्र पर लगातार लगती हुई डाकखाने की मोहर जैसे लगातार मेरे माथे के अन्दर बजती है। ठक...ठक...ठक।

डाक्टर ने जाँच की और बताया कि मुझे एनीमिया है और बहुत ज्यादा कमजोरी है। रक्तचाप बहुत कम है। वहाँ से लौटी और फुलबगिया से होकर गुज़र रही थी तो मेरी दृष्टि उसी जंगली लतर पर पड़ी। जाने कैसे मुझे लगा वह कोई प्राणी है जिसका रक्तचाप बिलकुल ठीक है और स्वास्थ्य बहुत अच्छा है और वह बड़े व्यंग्य से मुझे देखकर मुस्करा रही है। मुझे अपने पैरों में कम्पन महसूस हुआ, माथे पर पसीना झलक आया और इतनी अधिक कमजोरी महसूस हुई कि लगा, दरवाजे के अन्दर जाते-जाते मैं गिर जाऊँगी। किसी तरह मैंने शोभन से कहा—वे सहारा देकर अन्दर ले गए। मुझे पलंग तक ले जाकर बोले, "अच्छा कुन्तल, मुझे तो यूनिवर्सिटी जाने को देर हो रही है। मैं लौटते में दवा लेता आऊँगा और हाँ देखो, शायद मीनल का कोई पत्र या तार आ जाए। वह आए तो सावधानी से रख लेना।" यह कहकर वह व्यस्त से ऊपर चले गए।

शोभन चले गए। वे वैसे भी वहाँ थे, यह अनुभव करने में मुझे कठिनाई ही हो रही थी। मन स्वस्थ नहीं था इसलिए ज्यादा कुछ सोचने की इच्छा नहीं हुई। उनकी वे पंक्तियाँ एक बार चेतना पर तैर गईं। 'रक्तकमल के बिना क्या होगा? उसे मुरझाने से बचाने के लिए मैं अपना सर्वस्व लगा दूँगा।'

किसका सर्वस्व—शोभन का या कुन्तल का?

शाम को फिर वही आग्रह। उन्होंने बड़ी लगन से दो पृष्ठों का पत्र मीनल के लिए लिख डाला था।

सारे दिन की घुटन क्षण भर में मेरे ऊपर घिर आई। सुबह मेरा स्वास्थ्य इतना खराब था, लेकिन कितने सहज ढंग से शोभन ने कह दिया था कि उन्हें यूनिवर्सिटी जाना है। यही नहीं, ऐसे समय में भी उन्हें यह नहीं भूला कि मीनल का पत्र आ सकता है, जिसे सहेजकर रखना होगा। मुझे ऐसा अनुभव हुआ जैसे मैं फुलबगिया की एक ऐसी पौध हूँ जिसे शोभन ने एक किनारे कर दिया है और फुलबगिया में काँटेदार जंगली लतर फैला दी है। यहाँ तक कि यूनिवर्सिटी से लौटने के बाद भी उन्होंने स्वास्थ्य के बारे में कुछ पूछने के बजाय मीनल के पत्र के बारे में ही जिज्ञासा की थी। एक बात मन को और कचोटने लगी कि मेरे स्वास्थ्य के बारे में औपचारिक पूछताछ करने के बाद जब उन्हें पता चला कि मैं सारे दिन बेहोश जैसी पड़ी रही तो फौरन बोले, "भई यही तो तुम गलती करती हो। इस तरह तो और भी तबीयत खराब हो जाएगी। जरा-सा उठो, घूमो-फिरो, ताकि मन तो बहल जाय।"

उनकी इस बात में जो कुछ छुपा हुआ था उसे मैं पहचान गई। दरअसल वे स्टेशन तक जाना चाहते थे, ताजा पत्र मीनल को डालने के लिए। लेकिन अकेले जाने का साहस नहीं हो रहा था।

घुटन इतनी ज्यादा हो रही थी कि लग रहा था जैसे सिर फट जाएगा। किसी तरह अपने-आप पर जोर डालकर मैं उठी। ऐसा लग रहा था कि पाँव स्थिर नहीं होंगे लेकिन फिर भी मैंने अपने-आप को साध लिया। एक यातना अगर दूर नहीं हो सकती तो दूसरी यातना से बचने का उपाय करना भी बेकार है। मैंने सोचा। घर से अभी थोड़ी दूर ही आए थे कि शोभन ने कहा, "पहले स्टेशन चलते हैं। वहाँ पत्र डाल दें फिर घूमेंगे।"

इस बात से असहमति जाहिर करने की इच्छा मेरे मन में पैदा होती भी तो मैं उसे दबा देती। हाँ, स्टेशन पर खत डालने के बाद मैंने कहा कि अब सीधे घर ही लौट जाना चाहिए।

शोभन ने किंचित् आश्चर्य से मेरी ओर देखा और अनमने से होकर बोले, "क्यों?"

मैंने उस क्यों का उत्तर नहीं दिया, केवल घर की ओर लौट चली। उत्तर हो भी क्या सकता था। एक बार सोचा कि सब कह दूँ लेकिन और साहस नहीं हुआ।

आज सोचती हूँ कि मेरी वह भीरुता ही मेरा दुर्भाग्य है। अगर उस दिन सत्य कह देने का साहस बटोर लिया होता, तो हो सकता है कि वहाँ से जिस दिशा में मुझे बहना पड़ा, वह दिशा थोड़ी-सी बदल ही जाती। लौटते-लौटते मैंने यह भी महसूस किया कि शोभन जैसे वहाँ नहीं हैं। होकर भी कहीं और हैं। वहाँ होने की अब उन्हें चिन्ता भी नहीं रह गई थी। मन बहुत दुखी हो आया। शाम का अँधेरा घिर आया था, लेकिन मन के अन्दर उससे भी ज्यादा अँधेरा था।

घर पहुँची। किसी तरह हाथ बढ़ाकर फुलबगिया का छोटा-सा फाटक खोला। मैं किसी तरह जल्दी-से-जल्दी कमरे में पहुँच जाना चाहती थी। मकान के दरवाजे तक पहुँचते-पहुँचते बुरी तरह पैर लड़खड़ा गए। दरवाजे की चौखट थामकर अपने को किसी तरह साधा। आँखों के आगे अँधेरा छा रहा था कि कातर होकर मैंने शोभन की ओर देखा। सहारे के लिए, आश्वासन के लिए, शोभन सचमुच वहाँ नहीं थे। दरवाजे से थोड़ा दूर दीवार पर लटके हुए जापानी शिल्प के छोटे से लेटर बॉक्स के पास खड़े हुए जल्दी-जल्दी कोई लिफाफा फाड़ रहे थे। आँखों के आगे उतरा हुआ अँधेरा और अधिक न हो जाए इसलिए मैंने उधर से आँखें हटा लीं और मन को पक्का करके अन्दर आ गई। बहुत देर बाद शोभन के जूतों की आवाज सुनाई दी। हो सकता है, बहुत देर न भी हुई हो और मन की यातना के कारण ही उतना समय कई गुना भारी हो गया हो। आते-आते शोभन ने आवाज दी, "कुन्तल! कहाँ हो कुन्तल! अरे तुम यहाँ हो। देखो न वही हुआ। मैं तुमसे कह रहा था कि तुम भी मीनल को चार पंक्तियाँ लिख दिया करो। पिछले

खत में तुमने नहीं लिखा था। मीनल ने बहुत शिकायत की है। लो, पढ़ लो ये खत।"

बस, अब और नहीं सहा जा सकता। मेरे सारे शरीर में जैसे उत्तेजना की सुइयाँ-सी चुभने लगीं। आवेश से मैं काँप उठी। मैंने कराहकर कहा, "अब नहीं होगा शोभन। अब और ज्यादा नहीं हो सकता है। मैं नहीं लिख सकती खत। आगे भी नहीं लिखूँगी।"

अब ठीक-ठीक याद नहीं है कि आवेश के ज्वार में मैंने और क्या कहा था। शोभन ने क्या उत्तर दिया था, यह भी मुझे याद नहीं। हाँ, इतना मुझे याद है कि मेरे देखते-देखते वे उठे थे और छोटी-सी मेज पर रखे हुए पीतल के गुलदस्ते को उठाकर पूरे बल से अपने सिर पर पटक लिया था। मैं एकदम सन्न रह गई। देखते-देखते शोभन की कनपटी से होकर सुर्ख रक्त की एक धार कुर्ते पर आ गिरी। रक्त देखकर अनायास मेरे कंठ से एक चीख निकल गई। एक झटके से मैं उठी, लेकिन आँखों के आगे एकदम अँधेरा छा गया और चेतना टूट गई।

थोड़ी देर के बाद जब मुझे होश आया तो मैंने देखा कि शोभन की माँ मेरा सिर अपनी गोद में लिये बैठी थीं और शोभन कह रहे थे कि वे ऊपर से कुछ उतार रहे थे कि अचानक उनके ऊपर फूलदान गिर गया और चोट आ गई। इससे आगे अधिक कोई बात नहीं हुई। माँ के कहने पर वे पड़ोस के डॉक्टर से पट्टी बँधवा आए, बोले कुछ नहीं। मेरे मन की जलन शान्त हो गई थी, लेकिन कुछ भी बोलने की इच्छा नहीं हो रही थी। रात को मुझे बहुत तेज बुखार चढ़ आया। मन की जलन तन पर उतर आई। शोभन उतने अधिक असम्पृक्त नहीं रह सके। चिन्ता व्यक्त करते हुए बोले, "मैं डाक्टर को बुलाकर लाता हूँ।" लेकिन मैंने उन्हें मना कर दिया। यातना के बाद और यातना बुलाने और सहने की इच्छा हो रही थी। लग रहा था तन तपे और खूब तपे, इतना तप जाए कि चारों ओर आग लग जाए, फिर आग में एक-एक रोआँ जलकर राख हो जाए।

सुबह डॉक्टर आया। बुखार देखकर उसने गहरी चिन्ता जाहिर की। उसने कहा कि इनकी ऐसी हालत में तेज बुखार घातक ही होगा। न चाहते हुए भी दवा ने बुखार को और अधिक बढ़ने से रोक दिया। लेकिन उस बुखार के रुक जाने से होता भी क्या? जिस दिन बुखार उतरा और मैंने पथ्य लिया, उसी दिन मीनल का पत्र आया और उसे पढ़कर शोभन के चेहरे का रंग उतर गया। उन्होंने आहिस्ता से वह पत्र मेरे नजदीक रख दिया। मैं अपने को रोक नहीं सकी, पत्र उठाकर देखा। मीनल ने एक्सरे कराया था, चेस्ट स्पेशलिस्ट की रिपोर्ट थी कि उसके एक फेफड़े में तपेदिक का गहरा प्रभाव पड़ चुका है। उसे अब खाँसी के बाद खून की उल्टियाँ भी होने लगी थीं।

शोभन यूनिवर्सिटी से लौटे तो हर तरह का प्रबन्ध कर चुके थे। बैंक से पैसे निकलवा लिये थे, छुट्टी की अर्जी दे दी थी और सफर के लिए आवश्यक छोटा-मोटा सामान खरीद लिया था। कोई सीधी बात सफर के बारे में नहीं हुई थी लेकिन उन्होंने यह निर्णय कर लिया था कि कलकत्ते जाना होगा और तुरन्त जाना होगा। मेरी सहमति उन्होंने नहीं ली थी। लेने का प्रयत्न भी नहीं किया था। लेकिन मुझे यह अच्छा ही लगा। ठीक ही हुआ कि उन्होंने सहमति लेने का प्रयत्न नहीं किया। हाँ! मेरे मन में एक आशंका थी कि सम्भवत: वे अकेले ही वहाँ जाना चाहेंगे। लेकिन यह आशंका जल्दी ही दूर हो गई। मेरे लिए वे दवाओं की कुछ शीशियाँ लाए थे और इसके अलावा सफर में काम आने वाली कुछ अन्य चीजें भी। आते ही बोले, "मैंने दो सीटें रिजर्व करा ली हैं, तैयारी जल्दी ही कर डालो।"

इसके आगे किसी आशंका को मैंने मन में स्थान नहीं दिया, सन्तुष्ट हुई कि शोभन ने एकपक्षीय फैसला नहीं किया। तैयारी करते-करते मैंने एक अनचाहा विरोध प्रकट करते हुए कहना चाहा—"एक ही महीना तो रह गया है, ऐसी हालत में इतना लम्बा सफर!"

शोभन ने बात तुरन्त काट दी, "कुछ नहीं होगा। मैं साथ हूँ, ऐसी कोई चिन्ता की बात नहीं है। डॉक्टर का भी यही खयाल है।"

"डॉक्टर से आपने बात की थी?"

"हाँ, मैंने फोन किया था। उससे पूछ लिया है। उसने कहा है कि इसमें कोई हर्ज नहीं है, बस, दवाएँ नियम से खाती रहें।"

शाम होते-होते सफर की तैयारी पूरी हो गई। तैयारी ज्यादा बड़ी होनी भी नहीं थी। शोभन बहुत अधिक उद्विग्न और गम्भीर थे। मीनल से मिलने की खुशी नहीं थी बल्कि इस बात की आशंका उन्हें घेरे हुए थी कि मीनल होगी कैसी? सकुशल तो होगी। उसके पत्र में लिखा था कि उसे रक्त की उल्टियाँ होती हैं और बुखार उतरता नहीं है। शरीर जर्जर हो गया है। उनका चेहरा देखकर लगता था जैसे उनका वह वाक्य उनकी आँखों से टपक आएगा—'रक्तकमल को बचाने के लिए अपना सर्वस्व लगा दूँगा, और तब भी न बचा सका तो टूट जाऊँगा।'

उस समय मेरे मन में कातरता भरा एक दर्द मात्र ही उभरा था, उससे अधिक कुछ नहीं। यद्यपि यह भी सही है कि उस वाक्य के पीछे इतना अधिक कुछ था कि दर्द नहीं, बल्कि हृदय से चीत्कार फूटना चाहिए था।

गाड़ी जब तक हावड़ा स्टेशन तक पहुँची, हम लोगों ने बातें बहुत ही कम कीं। सच तो यह है कि बातों के लिए विषय ही नहीं था। जो एक विषय सम्भव था वह अत्यन्त दुःखद था। मीनल के बारे में बात करते हुए मन सहमता था। स्टेशन आने से पहले ही शोभन ने सामान जल्दी-जल्दी समेट लिया। हमें मालूम था कि मीनल आज स्टेशन पर स्वागत के लिए नहीं आ सकी होगी। फिर भी अनायास हमने प्लेटफार्म पर निगाहें दौड़ाईं। शोभन सहसा बहुत उदास होकर नीचे उतर आए। आशंका के स्थान पर उनके चेहरे पर दुश्चिन्ताएँ छाया की तरह एक-पर-एक उभरती जा रही थीं। सफर के कारण चेहरा और भी जाने कैसा हो आया था। किस तरह कुली किया, कैसे टैक्सी स्टैंड तक पहुँचे और

फिर कैसे मीनल के घर तक आए यह पता नहीं लगा।

टैक्सी रुकते ही बदहवास से शोभन टैक्सी से उतरे और झपटते हुए अन्दर चले गए। टैक्सी ड्राइवर ने सामान उठाकर नीचे रखा, मैंने उसे पैसे दिये, और टैक्सी चली गई। सामान यहीं छोड़ूँ या नहीं, यह सोचती हुई थोड़ी देर मैं वहीं रुकी रही। बाहर सामान छोड़ना नहीं चाहती थी और अकेली खड़ी रहना अच्छा नहीं लग रहा था। मन खीज आया। किसी तरह छोटी अटैची हाथ में उठाई और अन्दर आई।

मीनल कमरे के एक कोने में पलंग पर लेटी थी। पलंग के पास कुर्सी पर उसकी कोई छात्रा बैठी थी और शोभन पलंग के एक किनारे बैठे हुए उसका माथा सहला रहे थे। मुझे देखा तो लज्जित हो आए और उठते हुए बोले, "अरे तुम बैठो कुन्तल। मैं सामान बाहर से लाता हूँ।" कहकर वे तेजी से बाहर चले गए।

पलंग पर लेटी हुई बेहद दुबली मीनल का चेहरा एकदम पीला पड़ गया था। मुझे देखकर उसने उठना चाहा, लेकिन मैंने रोक दिया। उसका हाथ छूते ही मैं सहम गई। उसे बहुत तेज बुखार था। उसका माथा जल रहा था और होंठ नीले हो आए थे। मैं इतना ही पूछ सकी, "कैसी हो मीनल?"

मीनल ने कुछ कहना चाहा लेकिन बोल नहीं पाई। अचानक खाँसी बहुत जोर से उभर आई। खाँसते-खाँसते वह आधी उठ गई। मुझे कुछ सूझ नहीं पाया। मैं जल्दी-जल्दी उसकी पीठ सहलाने लगी। तभी खाँसी के साथ उसे उल्टी आ गई। रोकते-रोकते भी मेरी अंजुरी रक्त से भर गई। मेरा मन काँप उठा। मैंने कातर होकर मीनल की छात्रा की ओर देखा। भयभीत छात्रा को स्थिति समझते देर न लगी। तेजी से उठकर बाहर जाते हुए उसने कहा, "आप ठहरिए, मैं पानी लाती हूँ।"

तभी सामान दोनों हाथों में उठाए हुए शोभन अन्दर आए। इतना रक्त देखते ही उनका चेहरा सफेद पड़ गया। मैंने कहा, "किसी डॉक्टर को बुला लीजिए। जल्दी कीजिए।"

शोभन ने कुछ कहना चाहा, लेकिन उनकी आवाज भर्रा गई। वे तुरन्त बाहर चले गए।

कोई पन्द्रह मिनट बाद वे एक डॉक्टर को लेकर अन्दर आए। मीनल को देखकर डॉक्टर स्वयं अवाक् रह गया। परीक्षा करने के बाद उसने मीनल को दो इंजेक्शन लगाए और कहा कि इन्हें लगातार बर्फ चूसने को दीजिए।

जाते-जाते उसने हम दोनों को बाहर बुलाया। चिन्ता और सहानुभूति भरे शब्दों में उसने कहा, "मरीज की हालत अच्छी नहीं है, मुझे क्षमा कीजिएगा, वह आपकी वाइफ है?"

शोभन ने कहा, "नहीं। वो मेरी मित्र हैं। मेरी पत्नी ये हैं कुन्तल।" शोभन ने मेरी ओर संकेत किया।

"ओह! तो हम आपको सलाह देंगे। आपकी वाइफ की कंडीशन बहुत डेलीकेट है। आप इनको मरीज से अलग रखिए।"

मैंने सुनकर मुँह नीचा कर लिया। शोभन ने फीस देकर दवाओं का पर्चा हाथ में ले लिया।

सफर की थकावट मेरे पोर-पोर में भरी हुई थी और ऊपर से मीनल की ऐसी दशा देखकर मन खराब हो आया। फिर भी अपने ऊपर नियंत्रण करके मैं मीनल के पास बैठी रही। शोभन दवाएँ, बर्फ और बहुत-से फल लेकर वापस लौटे। मीनल को सहज होने में बहुत समय लगा। रह-रहकर खाँसी उभर आती थी। एक बार खून की उल्टी फिर हुई। रात तक खाँसी शान्त हो जाने के बावजूद बुखार बहुत तेज हो गया था। शोभन बराबर बर्फ के पानी से भीगी हुई पट्टी उसके सिर पर रखते रहे।

काफी रात गए शोभन को मेरा ध्यान आया। बोले, "तुम रात में भी ठीक से नहीं सोई थीं और अभी खाना भी नहीं खाया है, ऐसी अवस्था में ऐसा ठीक नहीं है। जाओ, हाथ-मुँह धो लो और खाना खाकर सो जाओ।"

रात में डॉक्टर दुबारा आया। मीनल को एक इंजेक्शन और दिया

गया और कुछ हिदायतें देकर वह चला गया। मीनल को बीच-बीच में तेज बुखार हो जाता था।

निरन्तर पाँच दिन तक यही स्थिति रही। शोभन ने यूनिवर्सिटी को तार देकर अपनी छुट्टी और बढ़वा ली। लेकिन अब मीनल की हालत में काफी सुधार हो आया था। छठे रोज हम दोनों से अधिक प्रसन्न स्वयं डॉक्टर ही था। कितनी ही बार उसने यह कहा कि मीनल की तबीयत उसकी दवा से ठीक हुई। हम लोग स्वयं भी यही मानते थे, लेकिन फिर भी डॉक्टर जैसे आशातीत प्रशंसा सुनना चाहता था।

उस दिन शोभन ने कहा, "कुन्तल, मेरा खयाल है अब हम लोग इलाहाबाद लौट चलें, क्योंकि मीनल की हालत अब काफी सुधर चली है। मीनल अब सफर कर सकती है। वह इलाहाबाद में रहेगी तो उसका आगे इलाज ज्यादा अच्छा हो सकेगा। डॉक्टर स्वयं भी कह रहा था कि कलकत्ते की जलवायु मीनल के अनुकूल नहीं है।"

मीनल को वापस इलाहाबाद ले जाने के लिए काफी इन्तजाम करना पड़ा। इस बात का डर था कि उसकी हालत रास्ते में बिगड़ न जाए लेकिन वैसा कुछ हुआ नहीं।

सफर में कोई कठिनाई नहीं हुई। मीनल के स्वास्थ्य में किसी भी तरह की गिरावट नजर नहीं आई बल्कि पीलेपन के बावजूद चेहरे पर थोड़ी-सी खुशी ही झलक रही थी। शोभन के आग्रह पर इलाहाबाद तक अधिकतर वह सोती ही आई। घर तक पहुँचने पर शोभन ने सबसे पहला काम यह किया कि अपने परिवार के पुराने परिचित डॉक्टर को बुला लाए।

"अरे भई किधर हैं, कुन्तल जी!" घर के अन्दर प्रवेश करते ही डॉक्टर साहब ने ऊँची आवाज में कहा। मैं सामने ही मिल गई। भारी बिस्तर को घसीटकर बैडरूम में पहुँचाने की कोशिश कर रही थी।

"अरे, यह क्या कर रही हैं आप?" डॉक्टर साहब ने आश्चर्य भरे स्वर में कहा, "इस तरह तो आप सुसाइड कमिट कर लेंगी। ऐसा सामान आप क्यों उठाती हैं?"

मैंने लज्जित होकर होलडाल छोड़ दिया। उन्हें नमस्कार किया। नमस्कार का उत्तर देकर उन्होंने तुरन्त कहा, "देखिए साहब, इस तरह की गड़बड़ करने पर डॉक्टर क्या भगवान् भी कुछ नहीं कर सकता। अच्छा कुन्तल जी, अब आप चलिए, मैं चेक-अप कर लूँ।"

इस बीच मैंने देखा—शोभन चुपचाप जैसे अवाक् से खड़े हुए मुझे और डॉक्टर साहब को देखे जा रहे थे। मैंने कमजोर स्वर में कहा, "मैं, तो बिलकुल ठीक हूँ डॉक्टर साहब।"

शोभन को जैसे सहारा मिला। तेजी से बीच में आकर बोले, "डाक्टर साहब, बात यह है कि वो मीनल हमारे साथ आई है। उसे कुछ तकलीफ है।"

"मीनल?" डाक्टर साहब ने आश्चर्य से पूछा।

"हाँ डाक्टर साहब, मेरी बहन है। कलकत्ते से आई है। उसे टी.बी. है।"

"हे भगवान!" डाक्टर साहब ने आशंकित होकर कहा, "ऐसे मौके पर मेरा मतलब है कुन्तल जी की ऐसी हालत है और आप घर में टी.बी. का मरीज ले आए। उसे सेनिटोरियम क्यों नहीं ले गए?"

शोभन सफाई नहीं दे पाए। किसी तरह बात काटकर बोले, "डॉक्टर साहब, आप जरा देख तो लीजिए। मैं जानता हूँ वह आपके ही इलाज से ठीक होगी।"

डॉक्टर साहब शोभन के पीछे-पीछे सीढ़ियों से होकर ऊपर नीले कमरे की ओर चले गए। मैं किसी सीमा तक उपेक्षा से अपमानित वहाँ खड़ी रही और उसके बाद जैसे जिद में आकर डॉक्टर साहब की बात को भूलकर भारी होलडाल घसीटकर अन्दर ले चली।

मीनल के लिए ढेर-से फल और दवाइयाँ और शोभन के स्नेह से नीला कमरा भरा-भरा रहने लगा। लेकिन वह कमरा जितना ही भरा लग रहा था उतना ही अधिक मेरा मन खाली था। मैं धीरे-धीरे अपने ही संसार से निर्वासित की जा रही थी। बल्कि शोभन ने मुझे सलाह भी दी

थी कि मैं जहाँ तक हो सके सीढ़ियाँ न चढ़ूँ। इस सलाह के पीछे जो भी रहा हो, इतना अवश्य है कि मेरे मन में एक विद्रोह उभर आया था। मुझे लगने लगा था कि यह सलाह केवल शुभकामना के लिए नहीं है। यह सलाह जान-बूझकर मुझे अपने नीले कमरे से अलग रखने के लिए दी जा रही है। एक बार मन करता था कि उस नीले कमरे में जाना हमेशा के लिए छोड़ दूँ। दूसरी बार मन में यह आता था कि मेरा जो अधिकार है उसे मैं बलात् ही अपने हाथ में रख लूँ। किसी तरह दीवारों का सहारा लेकर मैं सीढ़ियाँ चढ़ती और नीले कमरे तक पहुँच जाती। अक्सर मैं देखती थी हल्की चादर ओढ़े हुए मीनल पलंग पर लेटी है और शोभन उसके ऊपर झुके हुए उससे बातें कर रहे हैं। मुझे देखकर जैसे थोड़ा-सा सावधान हो जाते और मुझे सीढ़ियाँ न चढ़ने की हिदायत देकर फिर बातों में तल्लीन हो जाते।

मन बहुत अधिक जलता था। रोएँ-रोएँ में क्षोभ का कम्पन दौड़ जाता था। यह ऊपर न आने की हिदायत किसके लिए है आखिर? मेरे लिए या मीनल के लिए? क्यों दी जाती है? यह हिदायत मेरे और शोभन के बीच क्या जंगली लतर का पर्दा नहीं खींचती जा रही है?

ऐसी ही एक वर्जना के बाद उत्पन्न विद्रोह के सहारे मैं एक दिन नीले कमरे तक सीढ़ियाँ चढ़कर गई। उतनी देर तक तो अपने-आप को साधे रही, लेकिन ऊपर पहुँचते-पहुँचते चक्कर आ गया। लगा आँखें बन्द नहीं करूँगी तो शायद चक्कर खाकर सीढ़ियों पर जा गिरूँगी। कमरे के अन्दर बढ़कर अनुमान से हाथ बढ़ाकर मैंने दीवार थाम ली और तब आँखें खोलीं। दृश्य स्पष्ट नहीं था। ऐसा लगता था हर चीज पानी के अन्दर तैर रही हो। शोभन को मेरी उपस्थिति का पता अब चला था। लेकिन उस एक क्षण में शोभन के सावधान होते-होते मुझे बहुत कुछ दिखाई दे गया। शोभन और मीनल सामान्य स्थिति में नहीं थे। मेरे कंठ से सम्भवत: एक दबी हुई चीख निकल गई। शोभन उसी स्थिति में पलंग के नीचे उतरे, झपटकर उन्होंने बाँहों से मुझे थाम लिया। सिर इस तरह

घूम रहा था कि चाहकर भी मैं प्रतिवाद न कर पाई। सहारा देकर वे मुझे पलंग तक ले गए। मेरे शरीर से पसीना छूट रहा था। शोभन जैसे बहुत सदय होकर बोले, "मैंने तुम्हें मना किया था कि तुम सीढ़ियाँ मत चढ़ो, तबीयत खराब हो जाएगी।"

मुझे अभी भी चक्कर आए जा रहे थे। खुलकर बलात् बन्द होती हुई आँखों से मैंने इतना अवश्य देख लिया था कि मीनल एक चादर लपेटे हुए पलंग के दूसरी ओर मुँह किये लेटी है। चादर से शरीर का जितना हिस्सा दिख रहा है उससे लगता है कि वह बिलकुल निर्वसना है। उसके उस रूप पर कोई प्रतिक्रिया देने योग्य मन:स्थिति नहीं थी। बेहद चिन्ता का नाटक करते हुए शोभन ने मेरी गर्दन, बाँह और कमर को बार-बार छुआ—"तुम तो बिलकुल पसीने से भीग गई हो कुन्तल!"

यातना के उस असह्य और अछोर रेगिस्तान के बीच उनका वह छोटा-सा स्पर्श भी बहुत अच्छा लगा। मैंने शोभन के हाथ को रोकना चाहा, लेकिन मैं अशक्त हो चुकी थी। उन्होंने गर्मी और पसीने का पर्दा खड़ा करके मेरे ऊपर के कपड़े उतार दिये। सम्भवत: कुछ महीनों का ही अन्तराल रहा होगा, लेकिन अपने सीने पर उनका वह स्पर्श जैसे बरसों के बाद महसूस हुआ। पलंग पर मीनल की ओर कुछ आहट हुई। उसने करवट बदली थी। करवट बदलकर सम्भवत: उसने देखा भी होगा। शोभन ने मुझे कन्धों से समेट लिया। उनका शरीर उत्तेजना से काँप रहा था। एक गहरे चुम्बन के बाद उन्होंने मेरे कान में कुछ कहा—आधी बेहोशी की अवस्था में मैं सुन नहीं सकी। उन्होंने मेरे दोनों पैर पलंग पर खींच लिये। उनकी दोनों हथेलियाँ गर्म और तपती हुई मैंने अपने पैरों और कमर पर महसूस कीं।

"नहीं शोभन, नहीं!" मैंने अस्फुट स्वर में कहा। उत्तर में शोभन ने भी कुछ कहा, लेकिन उसी तरह अधलेटे उन्होंने मीनल को अपने निकट खींच लिया। जल्दी में मीनल ने जो चादर लपेटी थी वह कुछ ज्यादा ही उलझ गई। शोभन ने उसे खींचा होगा, ऐसा मैंने महसूस किया। क्योंकि

मीनल का दबा हुआ प्रतिवाद सुनाई दिया। लेकिन वही अन्तिम प्रतिवाद था। सिर का चकराना अब कुछ कम हो गया था। अपने अनावृत्त होने का ध्यान उभर आया। मैंने अलग हटना चाहा, लेकिन शोभन ने हटने नहीं दिया। मीनल को उन्होंने इस तरह खींचा कि उसका सिर मेरी गोद में आ गया और उसकी एक बाँह मेरे पैरों के दूसरी ओर आकर उलझ गई। यह भी सम्भव है कि मीनल ने जान-बूझकर वह बाँह उलझा ली हो।

शोभन किसी लोलुप की तरह उस पर झुक गए। मीनल का उघड़ा हुआ शरीर किसी सफेद मछली की तरह फैला हुआ था। उसके संकोच का शीशा गिरकर टूट गया था। शोभन का दूसरा हाथ उसकी छातियों तक पहुँचा और तब एक नई यातना ने मुझे घेर लिया।

शोभन के चेहरे पर एक उन्माद उतर आया था। उनकी आँखों में विचित्र नशा चढ़ा हुआ था। और ऐसा लग रहा था जैसे उनमें से कोई पशु झाँक रहा है। मीनल के पोर-पोर को उन्मत्त की तरह चूमते हुए उन्होंने मेरी बाँह खींची। प्रतिरोध की एक झनझनाहट मेरी शिराओं में भर गई। वह सोन मछली। वह मीनल कौन थी शोभन की? उस रक्तकमल ने पिछले वर्ष राखी बाँधी थी शोभन की कलाई पर! मेरे प्रतिवाद को बीच में काटते हुए शोभन ने बहुत धीमे स्वर में कहा, "एकात्म हो जाने दो कुन्तल, हम सब आओ एकात्म हो जाएँ। मैं, मीनल, तुम। हम सब में उस सुख को बहने दो।"

उनकी आँखों का पशु बाहर आ गया था। अपने-आप को समेटकर वे मीनल के ऊपर आए। मीनल की उँगलियाँ मेरी बाँह में कसकर चुभ गईं और उसने एक गहरी सिसकी ली। मीनल जैसे एक उफान भरा हुआ समुद्र बन गई थी और बार-बार ऊँची लहरें उठ रही थीं। शोभन ने उसके वक्ष को मसलते हुए सहसा जोर से उसे खींच लिया। मीनल के कंठ से एक दबी हुई चीख निकली। वे दोनों पसीने से नहा गए थे। थोड़ी देर ज्यों-के-त्यों हाँफने के बाद मीनल को जैसे अचानक होश आ गया। वह छटपटाकर अपने-आप को ढकने के लिए चादर खोजने लगी।

लेकिन उस चादर से अब क्या छुप सकता था? सत्य इतना बड़ा था जिसे दुनिया की कोई भी चादर अब छुपा नहीं सकती थी।

उस दिन शाम तक दर्द बहुत बढ़ गया। मैं बेचैन हो उठी। बार-बार होंठ दाँतों से दबाकर पेट में उठते हुए शूल को वश में करने की कोशिश करती। मन कर रहा था कि चाहे जो कुछ हो जाय अब इस दर्द को शोभन के साथ बाँटने नहीं जाऊँगी। यह संयोग ही है कि पूजा समाप्त करने के बाद शोभन की माँ जाने क्या खोजती हुई मेरे कमरे में आईं। मुझे देखकर वे चकित रह गईं। हड़बड़ाकर बोलीं, "अरे, मुझे पहले क्यों नहीं बताया कुन्तो! अरे शोभन। शोभन।"

शोभन को आवाज देती हुई वे तेजी से आँगन की ओर भागीं। क्षण भर में उन्होंने पूरे घर में शोर मचा डाला। शोभन और मीनल किसी तरह जल्दी-जल्दी नीचे आए। माँ उन्हें देखते ही जैसे उन पर बरस पड़ीं, "अरे तू कैसा पति है शोभन, तुझे इतना भी पता नहीं कि बहू की क्या हालत है? जल्दी कर, बहू को अस्पताल ले चल।"

"अभी?" शोभन ने अवाक् होकर कहा।

"अरे और फिर क्या? पागल हो गया है?" माँ उनके ऊपर फिर चिल्लाईं।

अस्पताल से मुझे आमतौर पर नफरत थी। अस्पताल की गन्ध से मुझे चक्कर आने लगते थे। फिर भी मैंने अपने मन को पक्का किया। घर से बाहर आते-आते जाने क्यों उस जंगली लतर पर दृष्टि चली गई। लतर अब बहुत बुरी तरह फैल गई थी। जाने क्यों पहली बार मेरे मन में आया कि अब कोई उपाय नहीं है। कितना भी चाहूँ यह लतर तो बढ़ेगी और इतनी बढ़ेगी कि समूची फुलबगिया को ढक लेगी।

अस्पताल पहुँचते-पहुँचते मेरी हालत और बिगड़ गई। डॉक्टर ने परीक्षा की और चिन्तित हो आईं। उस समय डॉक्टर ने शोभन और माँ को अलग ले जाकर क्या कहा था, मैं सुन नहीं पाई थी। यह बाद में ही मालूम हुआ था कि बच्चे की हृदय-गति बहुत अधिक धीमी हो गई

थी। मेरा शरीर भी नीला पड़ता जा रहा था। डॉक्टर ने कहा था कि बड़ा आपरेशन किये बिना जान को खतरा है।

उपाय कुछ था भी नहीं। हल्के से कहीं अन्दर की ओर से एक मृत्यु-भय उभरा, ऑपरेशन बहुत जरूरी है। ऑपरेशन बहुत गम्भीर है। उसके बिना क्या होगा और अगर ऑपरेशन स्वयं सफल न हुआ तो। मृत्यु-भय मेरी आँखों के आगे अँधेरे पर्दे की तरह झिलमिलाने लगा। एक क्षण वह अँधेरा पर्दा फुलबगिया की जंगली लतर का गुच्छा बन जाता था। फिर अगले क्षण मृत्यु-भय। क्या वह जंगली लतर अन्ततः जीत गई? क्या उस जंगली लतर से मेरी फुलबगिया का संघर्ष इस तरह विवशता के साथ यहीं समाप्त हो जाएगा। मन में एक छटपटाहट उभर आई। लगा कि अब चुप रहना सुरक्षित नहीं है। और फिर मैंने देखा—शोभन का चेहरा। आँखों के सामने खिंची हुई मृत्यु-भय की चादर से जो कुछ दिखाई दिया उसको लेकर कोई अनुमान लगाया नहीं जा सकता था। शोभन का चेहरा गम्भीर था। लेकिन उस गम्भीरता की व्याख्या करने लायक चेतना नहीं थी। एक बार मैंने देखा कि उसी तरह गम्भीर झुके हुए वे किसी फॉर्म पर दस्तखत कर रहे हैं। मृत्यु-भय की दरखास्त फिर उभर आई। शोभन ने फॉर्म पर दस्तखत करने से इनकार क्यों नहीं किया? उनके मन में क्या है? फुलबगिया की उस जंगली लतर से शोभन का कोई समझौता तो नहीं है? एक गोपनीय रहस्यमय समझौता कि वह लतर जब-जब फैलेगी शोभन अपने मन का समर्थन उसे देंगे। एक क्षण के लिए मुझे यह भी लगा कि शोभन की जगह उस जंगली लतर की कोई विषैली डाल ही वहाँ आ खड़ी हुई है जो मेरे भाग्य का विधान लिख देना चाहती है।

ऑपरेशन थियेटर में क्लोरोफॉर्म दिये जाने से पहले एक बार फिर मेरे मन ने विद्रोह किया। उस फॉर्म पर शोभन ने हस्ताक्षर कर दिये थे जिस पर लिखा था कि ऑपरेशन के दौरान यदि रोगी की मृत्यु हो जाय तो मैं इसके लिए किसी को दोष नहीं दूँगा। फुलबगिया की विषैली लतर

ने सम्भवतः चाहा भी होगा कि मेरी मृत्यु हो जाय। उस विषैली लतर ने ही हस्ताक्षर किये होंगे। मैं चाहती नहीं थी, लेकिन फिर भी...फिर भी...

मूक छटपटाहट के वे क्षण कब समाप्त हुए और क्लोरोफॉर्म ने मेरी चेतना पर कब असर किया, मैं नहीं जानती। गहरे और गहरे लगातार चेतनाहीनता के कुएँ में गिरते जाने का अनुभव भी समाप्त हो गया।

सम्भवतः मैं सहसा ही होश में नहीं आई, बल्कि होश में आने से काफी पहले मेरा अन्तर्मन जाग गया था। मुझे इस बात का बोध नहीं, लेकिन बाद में किसी ने मुझे बताया था कि होश में आने से पहले मैंने चीत्कार किया था—'छोड़ दो मुझे...छोड़ दो...मेरे पति को छीन लिया। मेरे बच्चे को मत छीनना...पानी...पा...नी' बर्फ के भीगे कपड़े से मेरा माथा, आँखें और होंठ बार-बार पोंछ दिये जाते। बार-बार पानी माँगने पर मॉर्फिन और दूसरे इंजेक्शन बराबर दिन-रात तीन-तीन घंटे पर लगाए जाते। सारा तन बेंध दिया गया। सलाइन वाटर की बोतल एक के बाद दूसरी बाँह में लगी रहती।

तीसरे दिन मेरी हालत में कुछ सुधार हुआ, मैं आसपास के परिवेश को समझने लायक स्थिति में हुई, लेकिन तब एक और कष्ट ने मुझे आ घेरा। शोभन ने बताया कि बेबी की हालत अच्छी नहीं है। शायद उसके पेट में विषैला पानी चला गया है। शोभन इस तरह बोल रहे थे जैसे उनका स्वर बड़ी दूर से आ रहा हो। मेरे रोएँ-रोएँ में कड़वाहट भर गई थी। वह जहर बेबी की बजाय मेरे शरीर में क्यों नहीं फैल गया? क्या वह जंगली लतर इस तरह मेरे प्यार को भी समेट लेगी? और मेरे प्यार के साथ मेरे अपने वात्सल्य की भी आहुति ले लेगी?

"नहीं! नहीं,"—मैं चीख उठी थी—"मुझे मेरी बच्ची ला दो।"

बेबी की हालत सचमुच बहुत खराब थी। उसे ऑक्सीजन दिया जा रहा था। चौथे रोज मिशनरी स्कूल के फादर पॉल आए। एक क्षण के लिए उनको देखकर न जाने कैसे मेरे तन-मन की व्यथा और जलन शान्त हो गई। लेकिन मन की उदासी और बेबसी और अधिक गहरी हो आई।

मुझे लगा कि मैं उनकी शान्त और शीतल हथेली पर माथा टिकाकर रो दूँ कि मेरे साथ एक धोखा हो रहा है। एक गहरा षड्यंत्र। शोभन फादर पॉल के पास नितान्त शिष्टता के साथ इस तरह खड़े थे जैसे गुनाहों की एक बहुत बड़ी बस्ती में कोई एकमात्र देवता खड़ा हो। फादर पॉल कुछ भी नहीं जानते थे। उन्हें कुछ भी पता नहीं था। मुझे सान्त्वना देने के बाद वे शोभन को सान्त्वना देने में लग गए थे और शोभन का चेहरा इस तरह कृत्रिम करुणा से भर गया था जैसे वे सचमुच ही बहुत अधिक दुखी हों, यद्यपि वह सब कुछ झूठ था। मैं चीखकर कहना चाहती थी कि यह सरासर झूठ है। शोभन अन्दर दुखी नहीं, बल्कि सुखी हैं और अगर मैं और मेरी बच्ची न बचें तो वे मन में बहुत खुश होंगे। लेकिन वह सब कुछ चाहकर भी कंठ से बाहर नहीं आया। जैसे उसी जंगली लतर ने बलात् मेरे कंठ को घोंट दिया।

फादर पॉल अपने साथ एक तसवीर लाए थे। शिशु क्राइस्ट को गोद में लिये हुए वर्जिन मेरी की तसवीर। उसे उन्होंने मेरे ठीक सामने वाली दीवार पर टाँग दिया। मेरी आँखों में उभरी हुई यातना की जलन फिर शान्त होने लगी शायद उस तसवीर को देखकर। फिर उन्होंने प्रार्थना की।

कह नहीं सकती कि उनकी प्रार्थना का ही असर था लेकिन दूसरे दिन शाम तक बेबी की हालत में चमत्कारिक सुधार हुआ। शाम को जब फादर पॉल दोबारा आए तो बेबी ने जीवन में पहली बार अपनी माँ का दूध पिया था। फादर पॉल मुझे और बेबी को आशीर्वाद देकर, शोभन के साथ बात करते हुए बाहर चले गए।

बेबी की हालत में सुधार के साथ-साथ मेरे स्वास्थ्य में भी अन्तर पैदा होना शुरू हुआ। लेकिन एक अनुभव मुझे लगातार हो रहा था कि जैसे-जैसे मेरी हालत में सुधार होता जा रहा था मुझे महसूस होता था जैसे आसपास अस्पताल के इस कमरे में भी किसी जगह वह जंगली लतर उग आई है और अक्सर जब मुझे नींद आ जाती है, अपने सर्द हाथों से मेरे गले को टटोलने की कोशिश करती है। रात में मेरी भयाक्रान्त

आँखें अचानक खुल गईं। गर्दन और कनपटियों पर पसीना उभर आया था। खुले दरवाजे के सामने पलंग था जिस पर मसहरी लगी हुई थी। मसहरी के अन्दर मैंने देखा। शोभन अकेले नहीं हैं। वहाँ मीनल भी थी। क्षोभ की जलन फिर उभर आई और पेट में जहाँ टाँके लगे हुए थे तीखा दर्द उभर आया। बहुत प्रयत्न के बावजूद मेरे कंठ से एक तीखी कराह निकल गई।

मसहरी के अन्दर आन्दोलन हुआ और शायद मेरी कराह सुनकर वे दोनों अलग हुए। मैं जानती हूँ कि उस समय वह कराह उन्हें कितनी बुरी लगी होगी। हाँ, एक क्षण के लिए मुझे यह निरर्थक आशा भी हुई कि शायद शोभन उठें। उठकर निकट आएँ और निकट आकर एक बार यह जिज्ञासा भर कर लें कि मैं कैसी हूँ? लेकिन वैसा कुछ भी नहीं हुआ। मसहरी के अन्दर सब कुछ शान्त हो गया और शायद शोभन ने यह जाहिर किया कि वे सो चुके हैं।

लेकिन मुझे पता था कि सोया कौन है? सोया शोभन नहीं, मेरा भाग्य था। नर्स जल्दी ही आ गई। मुझे मालूम था कि वह क्या लाएगी? उसके पास एक इंजेक्शन था। मेरे दर्द को दबाने के लिए वह नियम से लगाया जा रहा था। लेकिन मुझे यह भी पता था कि मेरे असली दर्द को दबाने की शक्ति उस इंजेक्शन में नहीं है।

हर पहर के बाद शरीर के किसी हिस्से में ऊपरी दर्द को दबाने वाली सुई धँसा दी जाती और मुझे बेहोशी वाली नींद आ जाती। रात अपनी गर्दन पर उस जंगली लतर के ठंडे स्पर्श से नींद खुलती तो दिखाई देता कि सामने बरामदे में लगी मसहरी के अन्दर एक ऐसी समानान्तर दुनिया हँस-खेल रही है जो मुझे अपनी ही दुनिया से देश-निकाला दे देना चाहती है। मीनल और शोभन मेरे दर्द और मेरी उपस्थिति से बिलकुल निस्संग जैसे निश्चिन्त होकर एक-दूसरे में लीन होते जाते थे।

बीस दिन इसी तरह घुटते हुए गुजार दिये। अस्पताल का मेरा वह पलंग सारी दुनिया के बीच रहते हुए भी ऐसा लगता था जैसे चुपचाप

उठाकर किसी घनघोर जंगल में बेसहारा छोड़ दिया गया है। बीस दिन बाद डॉक्टर ने कहा—शोभन से ही कहा—कि वे अब मुझे घर ले जा सकते हैं। आज सोचती हूँ कि मेरा मन कितना मासूम था कि एक क्षण के लिए घर की बात सोचकर खिल आया। लेकिन फिर मुझे लगा कि अपना कहने के बावजूद वह घर अब मेरे लिए अजनबी बन चुका होगा।

और सचमुच वह अजनबी बन चुका था। मेरी फुलबगिया मेरी नहीं लग रही थी। जंगली लतर ने उसके पौधों को बुरी तरह घेर लिया था। सीढ़ियाँ चढ़ने की मनाही थी, इसलिए ऊपर अपने नीले कमरे तक नहीं जा सकी थी। मुझे याद है, मेरा मन कितना तड़पा था कि मैं ऊपर जाकर एक बार देखूँ तो कि मेरा नीला कमरा कैसा है? मुझे विश्वास था कि वहाँ बहुत कुछ बदल गया होगा। मीनल की अपनी रुचि का हो गया होगा।

संकट के उन दिनों में मेरे वे माँ और पिता भी वहाँ आ गए थे जिनसे सम्बन्ध टूटने की कीमत चुकाकर भी मैंने शोभन से रिश्ता जोड़ा था। पहली बार आए थे, लेकिन फिर भी ऐसा लगता था जैसे शोभन के लिए वे बिलकुल बेगाने हों और यूँ ही राह चलते आकर ठहर गए हों। शोभन ने उनके आने की जिस तरह उपेक्षा की थी उसे उनके अपमान के अलावा कुछ और नहीं कहा जा सकता था। शोभन के इस आचरण से मन खौल गया। विशेष रूप से यह देखकर कि मेरी और मेरे परिवार दोनों की उपेक्षा करके वे मीनल के साथ सारा समय नीले कमरे में गुजारते और दूसरे किसी की उपस्थिति पर कोई ध्यान दिये बगैर यूनिवर्सिटी चले जाते थे। अब मुझमें इतना भी साहस नहीं था कि फुलबगिया में फैलती हुई उस लतर की ओर ध्यान भी दे सकूँ। लतर फैल चुकी थी और फैलकर उसने ऊपर से नीचे तक कमरे में फैले हुए मेरे अपने संसार को समेट लिया था।

रह-रहकर मन करता था कि मैं वहाँ जाऊँ और एक बार बात करूँ। मीनल से सीधे पूछूँ कि यह सब क्यों हो रहा है?

अभी थोड़े दिन पहले की बीमार, टूटी हुई और अकेली निरीह मीनल का चित्र आँखों के सामने आ गया। अभी दिन ही कितने हुए थे जब वह घर में डरते-डरते आती थी और शोभन से एक-आध किताब लेकर दबी-घुटी-सी वापस चली जाती थी। फिर पिछले ही रक्षाबन्धन में तो उसने शोभन की कलाई पर राखी बाँधी थी। तब पहली बार उसने शोभन को भाई कहा था और निकटता का पहला रिश्ता तैयार किया था। लेकिन नीले कमरे तक पहुँचने के लिए उस राखी के अन्दर कितना बड़ा षड्यंत्र छुपा था?

बार-बार रक्त की उल्टियाँ करता हुआ क्षय से पीड़ित उसका चेहरा भी मुझे याद आया और फिर यह भी याद आया कि कैसे उस भयंकर रोग का खतरा झेलकर भी मैंने मीनल की सेवा की थी। सिर्फ इसलिए कि उससे शोभन का कोमल दिखने वाला मन जुड़ा था, और इसलिए कि अपनी उस बहन को शोभन एक रक्तकमल मानते थे। मुझे नहीं पता था कि रक्तकमल का वह एक मुखौटा था और उस मुखौटे के पीछे जंगली लतर की भयानकता छुपी हुई है।

मुझे सीढ़ियाँ चढ़ना मना था। कई बार मन करता था कि जबरदस्ती भी सीढ़ियाँ चढ़ जाऊँ और उसके बाद जो कुछ हो उसे भुगत लूँ, फिर चाहे वह कितना ही घातक क्यों न हो? कितना भी घातक हो, वह मेरी इस घुटन से तो कम ही होगा? आखिर एक दिन शोभन दिखाई दिये। बड़ी कठिनाई से साहस बटोरकर मैंने उन्हें आवाज दी—आकर वे इस तरह खड़े हो गए, जैसे किसी भटके हुए राहगीर ने उनसे रास्ता पूछा हो। एक क्षण के लिए मैंने उनकी आँखों में झाँका, लेकिन वहाँ केवल शून्य था। मेरे पहचानने लायक वहाँ कुछ भी नहीं था। जैसी खाली आँखों से उन्होंने मेरी ओर देखा—उससे मैं स्वयं डर गई। शोभन जल्दबाजी करते हुए बोले, "क्या बात है भई, जल्दी बोलो, मुझे देर हो रही है।"

उनके शब्दों से मैं तिलमिला गई। क्षोभ से सारा शरीर जलने लगा। अब तुम्हारी आँखों में मेरा यही मूल्य रह गया है? इसी दिन को देखने

के लिए मैंने तमाम दुनिया से निर्वासन लिया था? तुम बहुत महान हो शोभन कि कल ही तो मौत के मुँह से मैं वापस लौटी हूँ और आज तुम कह रहे हो कि मैं जल्दी बोलूँ, काम क्या है? मीनल से भी बोले हो कभी ऐसे।

अब मुझे याद नहीं है, लेकिन बहुत कुछ उस दिन मैंने कह डाला था। पहले तो सकपकाए हुए सुनते रहे, लेकिन फिर उनके चेहरे पर एक क्रूरता और कठोरता उभर आई। तेजी से घूमकर बाहर जाते हुए बोले, "बिस्तर पर लेटे-लेटे तुम्हारा दिमाग खराब हो गया है, उसका कोई इलाज नहीं है।"

उन्हें इस तरह दरवाजे से बाहर जाते हुए मैंने देखा और विवश होकर रो पड़ी। मुझे लगा कि अब इसी तरह घुटकर रोने के अलावा दूसरा कोई उपाय नहीं है। मैं रोई और लगातार रोती रही। मुझे मालूम था कि मुझे सान्त्वना देने के लिए अब वे वापस नहीं आएँगे। वापस वे आए भी नहीं।

उस दिन मैं नहाई थी। केवल वह नहाना ही था यह नहीं कह सकती। सच तो यह है कि वह नहाना वास्तव में एक तरह की हिंसा था या मैं कह सकती हूँ कि वह स्नान किसी सीमा तक प्रतिहिंसा भी था। जो कुछ हो रहा था उसका उत्तर कुछ तो देना ही था। हाँ वह उत्तर केवल एक तात्कालिक प्रतिक्रिया था, यह मैं आज कह सकती हूँ। जो कुछ घटा था और घट रहा था उसे अब भले ही मैं शब्दों में कह लूँ, लेकिन उस समय उस सबके लिए शब्द नहीं केवल अनुभूति की गहनता ही थी। वे घटनाएँ कुछ इस तरह घटती गई थीं जैसे लम्बे तपते हुए रेगिस्तान में लड़खड़ाते हुए आगे बढ़ने के प्रयत्न में लगातार जलती हुई रेत के तमाचे लगते जा रहे हों। चेहरा लहूलुहान हो रहा हो, ऐसा महसूस होता था। डायरी का वह पन्ना, तब से कई बरस बाद का लिखा हुआ, तब की उस यातना का एकमात्र साक्षी है। क्या कुछ नहीं हुआ उस बीच; क्रोध, जिद, खीज और कुंठा के कितने ही काँटे उगे। कितनी ही बार मेरे और शोभन के बीच ऐसा लगता जैसे एक रेगिस्तान उग आया हो और फिर वह रेगिस्तान अनचाहे ही बढ़ता गया। मेरी चाहत और शोभन की बाँहों के बीच का रेगिस्तान

एक दिन इतना विस्तृत हो गया कि एक सिरे से दूसरे सिरे तक दृष्टि से उसे लाँघना भी असम्भव हो आया।

घटनाओं के थपेड़ों से चेहरे पर जो जलन पैदा हुई उसी का बदला लेने के लिए डॉक्टर की हिदायत के बावजूद मैं बाथरूम गई और जी भरकर नहाया। उसी रात मुझे तेज बुखार हो आया। मन में उस बुखार से एक हल्का-सा भय भी पैदा हुआ लेकिन फिर मैंने सोचा ठीक है। अगर कुछ गड़बड़ भी होनी है तो उसे हो जाना चाहिए। शोभन की माँ ने रात में शायद मुझे कराहते सुना। बुखार बहुत तेज था। लगभग चीखकर उन्होंने कहा, "तुझे नहाने को किसने कहा था? बच्ची का तो कुछ खयाल कर।"

माँ स्वयं बीमार थीं फिर भी वे भागकर थर्मामीटर ले आईं और फिर उसके बाद भागकर ही बैठक की ओर शोभन को बताने गईं। काफी देर से शोभन बैठक में अपने मित्रों से बातें करने में व्यस्त थे। कानों में लगातार आती उनकी आवाज से बेचैनी हो रही थी। माँ की आवाज सुनकर शायद वे थोड़े अस्थिर हुए। फिर अपने-आप को सँभालकर बोले, "ठीक है, इसमें परेशानी की क्या बात है? ऐसे समय में थोड़ा-बहुत बुखार आ ही जाता है और फिर माँ, तुम्हारी भी तो तबीयत खराब है, लेटती क्यों नहीं हो?"

माँ कुछ समझीं, कुछ नहीं समझीं। हताश हो वापस लौट आईं। मैंने सुना तो जी में आया कि मुँह में लगे थर्मामीटर के काँच को चबा जाऊँ और फिर इस यातना का अन्त हो जाय।

वे फिर बातों में व्यस्त हो गए। बाहर आए हुए मेहमानों में शायद वर्मा जी भी थे क्योंकि उनकी हँसी सुनाई दी। वे कम हँसते हैं और कम बोलते हैं और मैंने अक्सर महसूस किया है कि अक्सर जब वह हँसते हैं तो शोभन बेचैन हो उठते हैं। मैंने बहुत बार महसूस किया है। शोभन कभी-कभी यह महसूस करते हैं कि जिन वर्मा जी को उन्होंने बलात् अपने से छोटा बना दिया, उन्हीं वर्मा जी की एक हल्की-सी हँसी

उनका सर्वांग छोटा कर जाती है। शोभन का अपराध-भाव तिलमिलाने लगता है। शोभन अच्छी तरह जानते हैं कि किस तरह से उनसे बहुत बड़े वर्मा जी स्वेच्छा से सिर्फ इसलिए उनसे छोटे हो गए कि वे शोभन की महत्त्वाकांक्षा को चुनौती देकर अपने को नीचे नहीं गिराना चाहते थे। वर्मा जी ने शिकायत का कभी एक शब्द भी नहीं कहा, शिकायत करना उनके रक्त में ही नहीं था। जो कुछ था उसे वह सहज स्वीकार कर लेते थे। उन दिनों की मुझे याद है जब वर्मा जी ने शोभन से कहा था कि किस तरह साहित्यिक मूल्यों के पुनरांकन के लिए वे एक ऐसी पुस्तकाकार पत्रिका निकालना चाहते हैं जिसमें लेख, कविताएँ, रिपोर्ताज, लघु उपन्यास और कहानियाँ आदि सभी कुछ हो और जो लेखक का समग्र प्रतिनिधित्व करती हो। शोभन के चेहरे पर हमेशा जैसी एक कुटिल मुस्कराहट आई थी। वह पुस्तकाकार पत्रिका 'कसौटी' निकली थी। वर्मा जी ने रात-रात जुटकर सम्पादित किया हुआ वह ग्रन्थ शोभन को दिया था और शोभन ने उसे प्रेस पहुँचा दिया था। हाँ, जब मुखपृष्ठ छपा तो मैंने भी देखा था, उस पर बड़े-बड़े अक्षरों में सम्पादक के रूप में नाम था शोभन का और वर्मा जी का नाम नीचे इस तरह छपा था जैसे वे मात्र सहायक रहे हों।

वर्मा जी ने व्यंग्य से भी नहीं, और यातना से भी नहीं, केवल एक निर्वेद भाव से हँसकर कहा था, "शोभन, तुम शायद इससे भी ज्यादा बड़े हो। सम्पादकत्व तुम्हारे लिए छोटा है। अपने-आप को इतना छोटा क्यों करते हो।"

शोभन बेहद पिटे हुए जैसे अपनी झेंप मिटाने के लिए नाक पर से पसीने की बूँदें पोंछते हुए मुस्कराए थे।

वर्मा जी की हँसी के साथ-साथ मेरी कल्पना में उभर आया कि फिर शोभन अपनी नाक पर आया हुआ पसीना पोंछ रहे होंगे। बुखार की तपन बहुत अधिक थी, इसलिए मैं कब सो गई मुझे पता नहीं।

पूरा एक सप्ताह लगा मुझे उस बुखार से मुक्त होने में। बुखार के

उन दिनों में कहाँ क्या होता रहा, इसका मुझे होश नहीं था। मैं थोड़ा-थोड़ा यह भी सोचने लगी थी कि शायद इस बुखार से मेरी मुक्ति का रास्ता मिले। लेकिन मुक्ति का रास्ता बुखार से नहीं निकला। बुखार धीरे-धीरे उतर गया। हाँ, यह जरूर है कि अब शोभन थोड़े से तटस्थ हो चले थे। तटस्थ शायद इसलिए भी हुए हों, कि हो सकता है मित्रों के साथ कोई नई साहित्यिक योजना बनने लगी हो।

सामान्यत: शोभन साहित्यिक मित्रों से भी दूर रहते थे। हाँ, उन्हें निकट बुलाया जाता था जब शोभन को अपनी महत्त्वाकांक्षा की कोई नई सीढ़ी चढ़नी होती थी। उस नई सीढ़ी का खाका उनके मन में तैयार हो गया था। इसलिए साहित्यिक मित्र दुबारा जुड़ने लगे थे। उन साहित्यिक मित्रों के कारण ही शायद मीनल-कांड भी धुँधला पड़ गया था, और इसी बीच मीनल की छुट्टियाँ भी समाप्त हो गई थीं।

शरीर का घाव भर गया, लेकिन मन का घाव भरा नहीं। मीनल चली गई थी। इसलिए मैं बार-बार सोचती कि शायद अब शोभन का मन उधर से कुछ लौटे, शायद शोभन ही इस बात का प्रयत्न करें कि घाव भर जाय और दूरियाँ समाप्त हो जाएँ। लेकिन वैसा कुछ भी हुआ नहीं। शोभन ने अपने-आप को किसी और दुनिया में खींच लिया था। मीनल को पत्र लिखने के बाद थोड़ा-बहुत समय जो उनके पास बचता था उसे वे अपनी महत्त्वाकांक्षा के लिए प्रयुक्त करते थे। लगभग रोज ही मीटिंग होती थी। कोई बिलकुल नई योजना तैयार की जा रही थी। कभी-कभी बैठक से आती आवाजें मैं सुनती और उदासीन हो जाती। पहले कभी ऐसी बैठकें होती थीं तो शोभन की आवाज आती थी...'कुन्तल।'

लेकिन अब वह आवाज नहीं आती थी। अब मेरी वहाँ आवश्यकता भी नहीं थी। एक-आध बार कभी वर्मा जी ने या किसी और ने मुझे याद भी किया तो शोभन ने उन्हें कह दिया कि वे व्यस्त हैं। मुझे ऐसा लगता था जैसे उन दिनों उन्हें उन सभाओं में मेरे होने के कारण जो कुछ मिलता था उसकी पूर्ति हो गई थी।

शोभन योजना बना रहे थे कि कलकत्ते में एक बड़ा सम्मेलन किया जाए जिसमें मानव-मूल्यों और साहित्यकार के राजनीतिक दायित्वों पर बहस हो। उस सम्मेलन में बहस का आधार वह समूचा नवलेखन हो जिसे 'कसौटी' में संकलित किया गया था। शोभन जानते थे कि यह काम भी अकेले उनके वश का नहीं था। बड़ी सावधानी से ऊपर उठने के लिए वे एक-एक सीढ़ी तैयार कर रहे थे, बहस चूँकि सैद्धान्तिक स्तर पर होनी थी इसलिए शोभन जानते थे, वर्मा जी के बिना काम चलेगा ही नहीं। रूमानी भावुकता के आधार पर सैद्धान्तिक बहस शोभन के वश की बात नहीं थी। शोभन इस बात की योजना बना रहे थे कि विषय प्रस्तावना तो मामूली बात है। बहस का जवाब देना ज्यादा बड़ी बात है इसलिए बहस का जवाब देने की जिम्मेदारी वर्मा जी सँभालेंगे।

मैं बारीकी से ध्यान देती आ रही थी कि सम्मेलन का आयोजन कौन करेगा और विषय प्रस्तावना कौन करेगा? इसे शोभन ने स्पष्ट नहीं किया था। जाहिर है कि विषय प्रस्तावना और संयोजन शोभन ने स्वयं बड़ी चतुराई से अपने-आप ले ली थी। इस सम्मेलन के बारे में इस बार वे अंग्रेजी के अन्तरराष्ट्रीय पत्र 'जबान' में भी काफी कुछ छपवाना चाहते थे। यह भी स्पष्ट था कि इन समाचारों में आयोजक के अतिरिक्त शोभन शायद ही किसी दूसरे को स्थान लेने दें।

योजना पूरी हो गई थी और शोभन की महत्त्वाकांक्षा पर वर्मा जी की वही सन्तुलित अर्थपूर्ण हँसी सुनाई दे रही थी।

योजना बनते-बनते गर्मियाँ बीत गईं और बरसात होने लगी। वातावरण की उस उमस के साथ-साथ मन की घुटन भी बढ़ने लगी। सम्मेलन का सारा खर्च उठाने का जिम्मा कलकत्ते के एक प्रकाशन ने ले लिया है, इसकी सूचना पाकर शोभन बहुत ही प्रसन्न हुए। उनके मन का चाहा हुआ पूरा हो रहा था। उनकी प्रतिष्ठा के लिए सम्मेलन था और ऐसे नगर में था जहाँ मीनल भी थी। सफर की तैयारियाँ बड़े जोरों के साथ होने लगीं। शोभन के एक साहित्यिक मित्र ने एक दिन

पूछा था कि कुन्तल भाभी भी जा रही हैं न? शोभन अचकचा गए। उनसे जल्दी-जल्दी उत्तर देते नहीं बना। उन्हें यह भी लगा कि कुन्तल के न जाने की कोई सफाई भी दी नहीं जा सकती। धीरे से बोले, "हाँ, बिटिया छोटी है, सफर में बहुत कष्ट होगा।"

पता नहीं क्या बात थी कि मित्रों का यह आग्रह शोभन के मन में चुभ गया। आज उसका भी कारण समझ में आता है। शोभन मीनल से भी मिलने जा रहे थे। कहीं उनके मन में यह चोर था कि अगर अकेले जाएँगे तो मीनल से उतना खुलकर मिल नहीं पाएँगे। यही मजबूरी थी कि उन्होंने अपने साथ मेरा भी रिजर्वेशन करा लिया।

कलकत्ते में दो काम उन्होंने पहले किये। पहला काम ठहरने के किसी दूसरे प्रबन्ध को छोड़कर मीनल के यहाँ पहुँचना और दूसरा काम सम्मेलन के लिए प्रेस कॉन्फ्रेन्स बुलाना। प्रेस कॉन्फ्रेन्स बड़ी चतुराई से बुलाई गई थी। अन्तर्राष्ट्रीय मानवीय समस्याओं के सन्दर्भ में नये साहित्य के विश्वव्यापी मूल्यांकन और सांस्कृतिक संक्रान्ति पर एक लम्बा-चौड़ा वक्तव्य शोभन ने अपनी ओर से दिया था। प्रेस कॉन्फ्रेन्स में शोभन ऐसे बोले थे, जैसे साहित्य के समूचे आन्दोलन के वे निर्वाचित नेता हों। वर्मा जी उस वक्तव्य को अखबारों में पढ़ने के बाद फिर उसी तरह हँसे थे।

यह सब बाहर की दुनिया में था। अन्दर की दुनिया में पहली ही रात जो कुछ हुआ वह मेरे घावों को और भी गहरा कर गया।

मीनल 'बहुत ही प्रसन्न' से भी कुछ अधिक थी। प्रेस कॉन्फ्रेन्स के बारे में वह ऐसा महसूस कर रही थी जैसे शोभन के साथ-साथ स्वयं वह भी उतनी ही बड़ी हो गई हो। मैंने सुना कि मीनल शोभन की तुलना अंग्रेजी के कीट्स से कर रही थी। शोभन उससे सन्तुष्ट नहीं हुए थे। उन्होंने कहा था, "मीनल, तुमसे सच कहता हूँ मेरा दुर्भाग्य है कि मैं भारत में पैदा हुआ हूँ, अगर योरोप में होता तो जाँ पॉल सार्त्र को लोग इतना बड़ा नहीं मानते।"

अपने-आप को शोभन निश्चय ही सार्त्र से आगे मान चुके थे। उनका विश्वास था कि उनकी रचना 'अश्वत्थामा' इस सदी की सबसे बड़ी उपलब्धि है। वे मीनल को बता रहे थे, इस सम्मेलन में विदेशों से भी प्रतिनिधि आएँगे। तुम्हारा भाग्य बड़ा होगा, तो यही सम्मेलन रंग लाएगा। रवीन्द्रनाथ टैगोर के बाद नोबल प्राइज के योग्य 'अश्वत्थामा' के आगे कोई अन्य कृति नहीं है।

बिटिया को नींद आने लगी थी। मीनल के और शोभन के संवादों का कथ्य अब बदलने लगा था। उनमें एक अजीब रोमानियत भर गई थी। मैंने सुना वे कह रहे थे—तन्मयता के क्षणों में डूबकर सार्थकता पाई है और अब उद्घोषित, महानताओं से अभिभूत और आतंकित नहीं होता।

संवादों की ओर से ध्यान हटाकर मैं फिर तोरू को सुलाने में लग गई। अर्ध-निमीलित नेत्रों से मीनल को देखते हुए शोभन ने उसके बालों की एक लट अपनी उँगलियों में लपेट ली थी। भावाविष्ट अपने-आप में डूबे हुए शोभन के रहस्यमय शब्द सुनाई दिये—तो भी मैं क्या करूँ मीनल, मैं तो वही हूँ, तुम्हारा बावरा मित्र, जिसे सदा उतना ही ज्ञान मिला जितना तुमने मुझे दिया। जितनी समझ तुमसे पाई है मीनल, उतनी बटोरकर भी कितना कुछ है जिसका कोई भी अर्थ मेरी समझ नहीं आता है।

न जाने क्यों उन शब्दों को सुनकर बेचैनी हुई। इस तरह की बेचैनी जैसी उस समय होती है जब कोई किसी को छोड़ने के लिए स्टेशन गया हो और उसे गाड़ी पर चढ़ते देख रहा हो। दरअसल, उन शब्दों में कुछ ऐसा प्रभाव था जो धीरे-धीरे मुझे अपने ही परिवेश से कटते जाने की अनुभूति दे रहा था। शोभन तन्मय होकर कह रहे थे, मेरे लिए सब अर्थहीन है, यदि तुम्हारे काँपते अधरों से...

रक्त में मुझे ऐसी तिलमिलाहट महसूस हुई जैसे उसे कोई खींचकर निकाल रहा हो। तोरू को बिस्तर पर सुलाते-सुलाते मैंने आँखों की कोर से देखा शोभन मीनल पर झुक आए थे। उनके शब्द अब आत्मीय

होकर धीमे पड़ गए थे और उनकी उँगलियाँ धीरे-धीरे मीनल के कपड़ों से खेलने लग गई थीं।

बहुत धीरे-धीरे बोले जाते शब्द मेरे चारों तरफ रहस्यमय छायाओं की तरह रेंग रहे थे। मैंने देखा और देखकर सहम गई। मीनल का आँचल हट गया था और उसके वक्ष अनावृत्त हो गए थे। उसका चेहरा आरक्त हो गया था। मेरी ओर देखकर मीनल ने यंत्रवत् अपने वक्ष से खेलते शोभन के हाथों को हटाने की कोशिश की। शोभन ने हाथ हटाया नहीं। मेरी ओर उन्होंने भी देखा। उनकी आँखों में निर्लज्ज कामुकता की झिल्ली चढ़ी हुई थी। वे शायद मुस्कराए भी, उन क्षणों में वह मुस्कराहट किसी सीमा तक बीभत्स हो उठी थी। मदान्ध उत्तेजना ने उन्हें लपेट लिया था। मीनल के साथ अपने उन एकान्त क्षणों को मेरी उपस्थिति में अधिक उत्तेजक बनाने का एक धूर्त निश्चय उनके चेहरे पर झलक रहा था।

मैंने बलात् अपनी आँखें उधर से हटा लीं। क्या अब कोई उपाय नहीं है? क्या वापसी का रास्ता अब कोई नहीं है? नीचे बहती हुई दुर्दम्य जलधारा में गिरी हुई नियति की यह नाव अब नीचे-ही-नीचे बहती जाएगी क्या? मीनल से अपने उलझाव के बारे में जो सफाइयाँ शोभन देते आए थे वे एक-एक कर मेरे मन में उभरने लगीं।

मीनल के प्रति उनकी आसक्ति के उत्तर में जब कभी मैंने अपनी अस्वीकृति जाहिर की थी, उन्होंने कहा था—"यह तो आवश्यक है कुन्तल! मेरे अपने सृजन के लिए आवश्यक है, कुन्तल! तुम मुझे महान लेखक बनाना चाहती हो ना? उसके लिए पत्नी के अतिरिक्त प्रेरणा भी तो लेनी होती है न!"

यह कैसी प्रेरणा है? किसी एक पौधे को उसके परिवेश से एकदम उखाड़कर वहाँ दूसरे पौधे को रोप दिया जाए, यह कैसी प्रेरणा है? क्या शोभन की इस महत्त्वाकांक्षा के लिए मेरी आहुति अनिवार्य है? क्या मेरा सर्वांग टूटकर बिखर जाना, मेरे एकान्त क्षणों का इस तरह छिन जाना ही सृजन की शर्त है? अन्तस् का आन्दोलन बहुत असहनीय हो गया

था। मैंने देखा वो जंगली लतर शोभन से लिपट गई है। अस्फुट शब्दों में भावावेश का प्रतिदान मीनल उन्हें देने लगी थी। प्रतिचुम्बनों से उत्तेजित शोभन ने उसके अंगों को समेट लिया था।

मैंने अनचाहे ही अपना निचला ओंठ दाँतों में भींच लिया। शोभन की प्रेरणा शोभन के रोम-रोम पर हावी होती जा रही थी। दाँतों से मीनल के कन्धों और ग्रीवा पर बार-बार चिह्न अंकित करते हुए शोभन का हाथ मीनल की साड़ी के नीचे हरकत कर रहा था। आसक्ति से विवश मीनल ने सिसकी लेकर शोभन को अपने ऊपर खींच लिया। मेरा तमतमाया हुआ चेहरा मेरे घुटने पर झुक गया।

शोभन ने अवश्य मेरी विरक्ति देखी होगी और इस विरक्ति ने निश्चय ही उनकी रससिद्धि में बाधा पहुँचाई होगी, क्योंकि शोभन ने धीरे से हाथ बढ़ाकर मुझे छुआ था। किसी भी प्रतिक्रिया का मन नहीं था। मैंने उनके हाथ को हटाना चाहा लेकिन उन्होंने हाथ हटाया नहीं।

"कुन्तल! तुम तो बहुत बड़े मन वाली हो। मेरी कुन्तल! यह सब तो तुम्हारा ही है। मैं भी तुम्हारा हूँ। मीनल भी तुम्हारी ही है और यह सब तुम्हारे ही लिए है।"

उन्होंने मीनल का सिर मेरी गोद में रख दिया।

क्या था वह सब कुछ जो मेरे लिए था? तन्मयता के उन उद्दाम क्षणों में से मेरा अपना क्षण कौन-सा था? आज तो मैं बहुत अच्छी तरह पहचानने की स्थिति में हूँ। लेकिन उन क्षणों में भी मैंने सब कुछ पहचान लिया था। अपना ही परिवेश सहसा किस तरह छिटककर अपने से दूर चला जाता है और दूर जाकर किस तरह किसी दूसरे की गोद में गिर जाता है, इसे देखा था और महसूस भी किया था। उसी तरह मेरी गोद में उसका सिर रखा हुआ था। मेरे घुटने के पास जाँघ पर आज भी एक खुजली जैसी होती है। जहाँ यह अनुभूति होती है वहीं उस दिन मीनल का सिर था, जो लगातार गर्म उच्छ्वासें लेते हुए शोभन के साथ-साथ हिल रहा था। अनावृत्त शोभन और मीनल का यह सहवास बहुत देर

में समाप्त हुआ। यह भी हो सकता है कि अन्धता के वे क्षण स्वयं ही इतने लम्बे रहे हों।

अस्फुट उसाँसें, डूबते-उभरते शब्द और सृजन की कृत्रिम आयोजना के साथ ज्वार की तरह बढ़ती मेरी निराशाएँ मुझे घेरती हैं।

लहरें नियंत्रित होती जा रही हैं, मेरा वश नहीं है उन पर। लहरों ने मेरी विवशता को उछालकर तट की बालू पर छोड़ दिया है। बाँह उठा-उठाकर मैं कुछ कहना चाहती हूँ, पर सुनता कोई नहीं—कोई नहीं सुनता।

मेरी यातना, अपनी महत्त्वाकांक्षा और लिप्सा के सघन क्षणों का सप्ताह बिताकर शोभन लौटे, तब सबसे पहले उन्होंने अपने साहित्यिक मित्रों को आमंत्रित किया। लौटी तो मैं भी थी, लेकिन शोभन के साथ लौटी थी यह नहीं कह सकती। ऐसा लग रहा था जैसे किसी धागे से खींचकर बलात् कोई कलकत्ते ले गया और उसी तरह बेजान खिलौने जैसी खींचकर वापस भी ले आया। फुलबगिया में जंगली लतर एक सप्ताह में ही बढ़-चढ़ कर फैल रही थी। अब अपनी विवशता से लड़ने के अलावा और कोई उपाय नहीं था। लतर बढ़ रही थी और मेरा भविष्य छोटा होता जा रहा था।

कलकत्ते से लौटने के बाद शोभन ने फिर साहित्यिक मित्रों से सम्पर्क बना लिया। यह सम्पर्क उन्हें बनाना ही था। मुझे विश्वास है कि इसके पीछे भी शोभन का निहित उद्द्देश्य था। सम्मेलन में जिन लोगों को आमंत्रित नहीं किया था, वे नाराज थे। शोभन अब उनके सामने सफाई यह देना चाहते थे जो कुछ हुआ वह संयोजकों की नासमझी से हुआ। उन्होंने तो उन तमाम लोगों के नाम दिये थे। लेकिन आयोजक शायद उन नामों से परिचित नहीं थे। यह कहकर शोभन

जहाँ अपना बड़प्पन दिखा रहे थे वहाँ यह भी साबित करना चाहते थे कि बाकी लोग शोभन से कितने छोटे हैं। तभी तो संयोजक उनके नाम याद नहीं रख पाए।

शोभन ने उन्हें बताया कि वास्तव में तो सम्मेलन के बाद अब ही असली समारोह शुरू होना है। शोभन उसे लड़ाई की संज्ञा दे रहे थे। उन्होंने कहा था कि अब साहित्यकार को एक व्यापक लड़ाई लड़नी पड़ेगी। असली काम तो यह लड़ाई ही है। शोभन में साधारण चतुराई नहीं थी। अपने से पराजित लोगों को फिर अपने साथ ला खड़ा करने की कला उन्हें आती थी। अन्तर्राष्ट्रीय स्तर पर आसन्न युद्ध का संकट और मानव की यातना से संघर्ष का लम्बा-चौड़ा ब्योरा शोभन ने दिया। उनका कहना था कि इस आसन्न संकट के बीच मानव को अपने खोए हुए मूल्य और मर्यादाओं की खोज करनी होगी।

शोभन के एक कलाकार मित्र सहसा बीच ही में बोल पड़े थे—"लेकिन बन्धु! इस पर तो पहले ही से काफी कुछ काम हो चुका है और फिर वर्मा जी ने इस विषय पर पूरी पुस्तक ही लिखने की सोच ली है।"

संवाद सुनते-सुनते मैं अपने-आप में मुस्कराई—पुस्तक अब वर्मा जी तो क्या लिखेंगे? वर्मा जी ने जो कुछ सोच-समझकर अपने को स्पष्ट करने के लिए शोभन से कहा-सुना था। शोभन का दिमाग इस मामले में तो काफी तेज है। वर्मा जी से जो बहस होती रही थी, उसे शोभन लगातार रात में लेखबद्ध करते रहे थे। पांडुलिपि अब टाइप भी हो चुकी थी। सिर्फ प्रकाशन की कसर थी। और अब मानव-मूल्यों पर जिस बहस का आयोजन वे यहाँ और बड़े पैमाने पर करना चाहते थे, वह तो वास्तव में उनकी इस किताब का उद्घाटन समारोह भर होने वाला था। ऐसे मामलों में शोभन कितने कुशल हैं! सम्मेलन के लिए कलकत्ते जाते समय ट्रेन पर उनके साथ सम्मेलन की अध्यक्षता करने के लिए बुलाए गए डॉ. भुवन भी थे। भुवन जी से शोभन ने पूछा था

कि वे किस समस्या को उठाना चाहेंगे? डॉ. भुवन ने तभी अपने विचारों की रूपरेखा उन्हें बताई थी। वे सम्मेलन के दौरान शायद सन्नाटे में आ गए होंगे, जब उन्होंने सुना होगा कि विषय-प्रवर्तन करते हुए शोभन ने उन्हीं की रूपरेखा को विस्तार देकर प्रस्तुत कर दिया था।

इस बृहत्तर सम्मेलन की तैयारियाँ शुरू होते-होते दशहरे की छुट्टियाँ हो गईं। शोभन खिल उठे कि मीनल फिर आ पहुँची। फुलबगिया में जंगली लतर और भी अधिक बढ़ गई थी। मन में उसके प्रति अटूट घृणा और प्रतिहिंसा होने के बावजूद अब उसे काटने की सामर्थ्य मुझमें बची नहीं थी। या यह कहूँ कि जब उसे काटने का समय था तब मैं निरुपाय बैठी रही। अब उसे बढ़ने देने के अतिरिक्त और कोई उपाय भी क्या था?

मीनल से उनके वही लम्बे-लम्बे, कभी न खत्म होने वाले संवाद शुरू हो गए। मैंने सुना वे बड़े हर्ष से मीनल को बता रहे थे कि भारत पब्लिशर के निदेशक श्री रतनलाल जी का पत्र आया है। रतनलाल जी चाहते हैं कि उनके बड़े साप्ताहिक के बारे में अन्तिम रूप में शोभन अपना फैसला दे दें। कलकत्ते के सम्मेलन के दौरान रतनलाल जी ने शोभन से कहा था कि वे उन्हें अपने साप्ताहिक का सम्पादक बनाना चाहते हैं। शोभन समाचार से गद्गद हो उठे थे। वे साधारण खिलाड़ी नहीं थे, इसलिए उन्होंने जाहिर यह किया था कि इस आमंत्रण को स्वीकार करने में उन्हें असुविधा हो रही है और इलाहाबाद जाकर अपने मित्रों से सलाह-मशविरा करने के बाद ही वे अन्तिम रूप से कुछ निर्णय ले सकेंगे।

नाम के लिए अपनी विरक्ति जाहिर करने के बाद शोभन ने अपने मित्रों से इस बात की चर्चा भी की थी। मित्रों को वे ये दिखाना चाहते थे कि उन्हें कितना बड़ा महत्त्व मिल रहा है।

वर्मा जी ने बहुत धीरे से मुस्कराकर कहा था, "शोभन, तुम्हें याद है पिछले बरस हम लोगों ने सम्मेलन किया था। तुमने उसमें कहा था कि साहित्य और साहित्यकार के लिए राज्याश्रय खतरनाक है। यह बताओ

शोभन! तुम्हें दिया जाने वाला यह सम्पादकत्व क्या एक धनी व्यक्ति का आश्रय नहीं होगा?"

वर्मा जी ने जो नहीं कहा था, वह शोभन के चित्रकार कवि मित्र ने ठहाकेदार हँसी के साथ कह डाला—"राज्याश्रय छोड़कर सेठाश्रय चुनोगे?"

शोभन ने वह वार्तालाप इससे आगे चलने नहीं दिया था।

अपने मित्रों से जो अवमानना मिली थी, उसे शोभन मीनल से छुपा गए। बल्कि उन्होंने कहा कि उनके साहित्यिक मित्र उनसे इसलिए रुष्ट हैं कि ख्याति की दौड़ में वे पीछे रह गए। मीनल ने उनके इस आत्मसन्तोष को समर्थन दिया। शोभन बहुत खुश थे कि उनकी महत्त्वाकांक्षा को अयाचित बल मिल रहा है। शोभन से कटी हुई मैं अब इतनी तिक्त होती जा रही थी कि उस दुनिया में झाँकने की मेरी इच्छा भी नहीं होती थी। मैंने अपने-आप को अब निर्वासित कर लेने का ही निश्चय कर लिया था। शोभन के साहित्यकार मित्रों से मेरे निर्वासन का यह रहस्य छिपा हुआ नहीं था। बहुत कम बोलने वाले वर्मा जी ने एक बार संकेतों से कहा था कि पाली हुई बिल्ली कभी चेहरे पर भी पंजा मार देगी।

मीनल का ध्यान इन व्यावसायिक संवादों में नहीं लग रहा था और शोभन को तब तक सन्तोष होने वाला नहीं था जब तक वे पूरी तरह मीनल को यह न समझा देते कि पत्रिका की इस जिम्मेदारी को सँभालने के बाद न केवल शोभन अतिरिक्त प्रतिष्ठा ही अर्जित कर सकेंगे बल्कि मीनल और उनके सम्बन्ध भी अधिक गहरे और अधिक उन्मुक्त हो सकेंगे।

शोभन को जिसकी बहुत प्रतीक्षा थी वह पत्र रतनलाल जी की ओर से उनके पास आ गया। रतनलाल जी ने लिखा था, वे सपरिवार नैनीताल जा रहे हैं, अच्छा होगा कि शोभन वहीं आ जाएँ। पत्रिका के बारे में बात करने में भी आसानी होगी। शोभन पत्र पाकर उछल पड़े। उत्साह में वे यह भूल गए कि मैं भी उस समय वहाँ थी। मुझे देखकर उन्होंने अपने-आप को सँभाल लिया। बात बदलते हुए बोले, "कितना

अच्छा होगा कि अब हम लोग...बहुत दिनों के बाद...हमारा सोचा हुआ सम्भव हो जाएगा।"

"कब बुलाया है?" मीनल ने पूछा।

"कब?" शोभन ने रतनलाल जी का पत्र मीनल के आगे बढ़ाकर कहा, "बस जितनी जल्दी हम लोग चल सकें। वे लोग तो नैनीताल पहुँच भी चुके होंगे।"

"मैं तो अभी चल सकती हूँ," मीनल ने उत्साह से कहा।

शोभन ने अब मेरी ओर देखा। मेरी उपस्थिति मात्र से शोभन अव्यवस्थित हो रहे थे। अनमने स्वर में मुझसे बोले, "अभी इतनी जल्दी कैसे जा सकते हैं। कुन्तल को काफी तैयारी करनी पड़ेगी।"

"नहीं...मैं नहीं जाना चाहती। आप दोनों हो आइए।" मैंने उपेक्षा से कहा।

शोभन माने नहीं। मान सकते भी नहीं थे। बल्कि उनके लिए उस समय मेरा साथ न जाना घातक भी हो सकता था। शोभन मीनल को ही ले जाना चाहते थे। मीनल और उनके लिए यह सुअवसर पके फल की तरह जैसे ऊपर से आ टपका था। नैनीताल की पृष्ठभूमि से अधिक उपयुक्त उनके स्नेह-सम्बन्ध के लिए और हो ही क्या सकता था? लेकिन मीनल को अकेले ले जाने लायक साहस उनमें नहीं था। रतनलाल जी का भी परिवार वहाँ था। शोभन यह भी जानते थे कि रतनलाल जी विवाह सम्बन्ध से बाहर शोभन का सम्बन्ध पसन्द नहीं करेंगे। बहुत बड़ा स्थान, समृद्धि की बहुत बड़ी सीढ़ी उन्हें मिलने जा रही थी। उस सीढ़ी के लिए वे ऐसा कोई खतरा किसी भी कीमत पर लेने को तैयार नहीं थे।

मेरे सामने समस्या कोई नहीं थी। केवल अपनी पराजय की व्यथा ही थी। उनके आग्रह का सामना करने के लिए मेरे पास सीधे कोई तर्क नहीं था। मेरा ध्यान तोरू की ओर गया। मैंने थोड़ी तिक्तता के साथ कहा, "नैनीताल में काफी सर्दी पड़ेगी। तोरू के पास तो गर्म कपड़े तक नहीं हैं।"

"तो क्या हुआ? वहीं नैनीताल चलकर ले लेंगे।" शोभन ने कहा।

"थोड़ी सी ऊन खरीद लेना। उससे तोरू के लिए स्वेटर बुन लेना...।" मीनल ने कहा, "तब तक उसे शॉल ओढ़ा लेना।"

मेरा मन जल उठा। क्षोभ से गला रुँध आया। यह कैसी नियति है? सब कुछ मेरा है फिर भी मैं उसे अपनी एकमात्र बच्ची तोरू के लिए प्राप्त नहीं कर सकती।

शोभन प्रसंग की कटुता को समझ गए थे। इसलिए उन्होंने तुरन्त बात बदल दी। और कोई समय होता तो शोभन का रुख बिलकुल ही दूसरा होता। इस समय तो वे किसी भी कीमत पर स्थिति सँभालने को आमादा थे। सारी बात भूलकर उन्होंने अतिरिक्त आत्मीयता दिखाते हुए मुझसे कहा कि तुम्हें तो चलना ही होगा।

मैंने मन में सोचा था कि यात्रा के बीच मन बदल जाएगा। नई जगह पहुँचूँगी तो नया वातावरण अवसाद को अपने-आप ही समेट लेगा। लेकिन ऐसा कुछ हुआ नहीं। रास्ते भर मेरा अवसाद और अधिक बढ़ गया। मुझे याद आ रहा था, जब शादी के बाद पहली बार शोभन मुझे इसी रास्ते से नैनीताल लाए थे। तब से इतने बरसों पहले की उस कुन्तल और आज की इस कुन्तल में एक जैसा कुछ भी नहीं बचा था। शोभन मीनल से सटे हुए खिड़की से बाहर देख-देखकर इस तरह बातें कर रहे थे कि देखने वाला उन्हें ही पति-पत्नी समझता। पता नहीं, यात्रियों ने ध्यान दिया था या नहीं। मैं उनके सामने किसी आया से अधिक शायद ही कुछ लग रही थी। बीच-बीच में मन का दर्द उभरता तो मैं तोरू को सीने में भींच लेती। रास्ते भर एक बार भी शोभन की ओर चेहरा घुमाने की मेरी इच्छा नहीं हुई।

स्टेशन पर खासी सर्दी थी। डब्बे के अन्दर मौसम उतना सर्द नहीं लग रहा था। बाहर निकलते ही मैंने देखा, तोरू की नन्ही-नन्ही उँगलियाँ सर्दी के कारण नीली हो आई थीं। मन कचोट उठा। शोभन ने एक बार भी इस बात पर ध्यान नहीं दिया कि तोरू को सर्दी भी लग रही होगी।

स्टेशन से बाहर निकलकर हम लोग टैक्सी में बैठे। मैंने सोचा कि अब शायद शोभन पहले बाजार की ओर चलें और तोरू के लिए कुछ गर्म कपड़े खरीदें। लेकिन शोभन ने टैक्सी वाले को सीधे नैनीताल चलने का आदेश दिया। मेरा मन चीत्कार कर उठा। मुझसे रहा नहीं गया। हार कर मैंने कहा, "जरा ठहरो।"

शोभन ने मेरी ओर प्रश्नसूचक दृष्टि से देखा। मैंने तिक्तता को दबाते हुए कहा, "तोरू को इतनी सर्दी लग रही है, पहले कुछ गर्म कपड़े क्यों नहीं खरीद लेते?"

बात कहने के बाद क्षोभ और शर्म से मेरी कनपटियाँ जल उठीं। कंठ में उभरती हुई रुलाई को बड़े यत्न से मैंने रोका। बेबी के लिए कपड़े खरीदे गए। लेकिन मैं समझ रही थी कि उसके पीछे शोभन की मजबूरी भले रही हो, उनका उत्साह नहीं था। कपड़े खरीदने के बाद हम नैनीताल के लिए रवाना हो गए। अब मुझे ऐसा लगने लगा था जैसे मैं पहले से भी ज्यादा अकेली हो गई हूँ। एकमात्र तोरू को छोड़कर टैक्सी की खिड़कियों से बाहर दिखते दृश्यों में मुझे सबसे ज्यादा अपनापन नजर आ रहा था। नैनीताल पहुँचते-पहुँचते सूरज ढल चुका था और भीगी हुई सर्दी आसपास लोटने लगी थी।

तोरू को सावधानी से गोद में समेटकर मैंने अपने दोनों पैर झील में लटका दिये। पानी बहुत ठंडा था। लेकिन मेरी जलती हुई अन्तरात्मा को उससे शीतलता मिल रही थी। अभी-अभी यहाँ शोभन भी थे, एक मिनट में आने को कहकर वे उठ गए। इस बार बुरा नहीं लगा। ऐसा लगा, एक कड़वाहट मेरे पास बैठी थी जो अब उठकर कहीं चली गई। एकान्त से मुझे थोड़ा आश्वासन भी हो रहा था।

यह झील डूबने के लिए भी तो काफी है—मैंने सोचा। लेकिन फिर मैंने यह भी सोचा कि पराजय की जिन गहराइयों में मैं डूब चुकी हूँ उनसे इस झील की गहराई कहीं कम है। सच तो यह है कि डूबना अब दुबारा नहीं होगा। लहर डुबाकर, झकझोर कर, निष्ठुर होकर जिस बिन्दु पर छोड़कर लौटी है वहीं से अपना रास्ता शुरू होता है। शीतल धवल अपनी छाती पर खेलकर नीचे धकेल दी गई जलधारा पत्थर, बालू और मिट्टी की कब्र से बाहर आएगी। हरीतिमा को अमरबेल खा गई, लेकिन जीवनी-शक्ति के तन्तु अभी भी जीवित हैं।

शोभन की प्रतीक्षा निरर्थक थी। प्रतीक्षा करने की इच्छा भी नहीं थी। सूरज ढलते-ढलते चूँकि सर्दी और अधिक हो जाने का डर था

इसलिए मैं तोरू को लेकर झील के किनारे से लौट पड़ी। एक जगह मैं यह सोच कर सन्तुष्ट भी हुई कि शोभन और मीनल जब वहाँ लौटेंगे तो मुझे न पाकर निराश होंगे।

होटल पहुँची तो मालूम हुआ कि भारत पब्लिशिंग हाउस के रतनलाल जी का सन्देश आया हुआ था। रात को भारत पब्लिशिंग हाउस के मालिक की ओर से शोभन और श्रीमती शोभन को डिनर पर बुलाया गया था। श्रीमती शोभन देखकर मन जल उठा। जी में आया कि मैं उस स्लिप को फाड़ दूँ। निमंत्रण तो शोभन और मीनल के लिए होना चाहिए था। श्रीमती शोभन नाम का एक पद अवश्य था, लेकिन उस पद पर अगर मीनल न थी तो मैं भी नहीं थी।

काफी रात गए शोभन लौटे। कमरे का दरवाजा खुलने से पहले मुझे हँसी सुनाई दी। मीनल हँस रही थी। इस तरह हँस रही थी जैसे गुदगुदाया जा रहा हो। दरवाजा अन्दर से बन्द नहीं था, लेकिन खोलने के लिए मैं उठी नहीं।

शोभन अन्दर आए। आसपास उन्होंने इस तरह देखा जैसे कमरे में मेरा और तोरू का अस्तित्व ही न हो। मेज पर भारत पब्लिशिंग हाउस से आई हुई स्लिप एक ऐश-ट्रे के नीचे दबी थी। शोभन ने उसे पढ़ा और बोले, "ओहो! देर न हो जाय कहीं, आठ बजे बुलाया है और साढ़े सात तो वैसे ही बज रहे हैं। मीनल, तुम जल्दी से तैयार हो जाओ।"

लेकिन इसके बाद उन्हें कुछ ध्यान आ गया। शायद उन्होंने यह सोचा कि डिनर पर उन्हें सपत्नीक बुलाया गया है। भारत पब्लिशिंग हाउस के मालिक विचारों से बहुत अधिक रूढ़िवादी हैं। डिनर पर इस तरह किसी पराई लड़की के साथ आना उन्हें अच्छा नहीं लगेगा। तुरन्त बोले, "और कुन्तल तुम तो काफी पहले से आ गई थीं, तुम्हें तो अब तक कपड़े बदल ही लेने चाहिए थे।"

मैंने कोई जवाब नहीं दिया। उन्होंने फिर अपनी बात दोहराई। इस बार उनके स्वर में काफी नरमी थी। उनका उद्देश्य छुपा नहीं रहा। वे

अभिनय करना जानते थे। उन्हें पता था कि मेरे न जाने पर मीनल को ले जाना भी उनके लिए कठिन हो जाएगा। बहुत रूखी आवाज में मैंने कहा, "आप चले जाइए, मेरी तबीयत ठीक नहीं है।"

शोभन का अभिनेता पूरी तरह सक्रिय हो उठा। वे मनुहार पर उतर आए। मनुहार भरी जबरदस्ती के बाद अन्तत: वे ही फिर जीते। डिनर से लौटने के बाद मेमने की खाल में छुपा हुआ भेड़िया सहसा बाहर आ गया। उनका काम निकल चुका था। इसलिए अब अभिनय की कोई जरूरत नहीं थी। भारत पब्लिशिंग हाउस के मालिकों से साप्ताहिक पत्र के सम्पादन के लिए काफी अच्छी शर्तें तय हो गई थीं। मालिक इस कमरे में इस समय मौजूद भी नहीं थे, इसलिए शोभन को अपनी प्रसन्नता जाहिर करने का बहुत अच्छा मौका मिल गया। मीनल को उन्होंने बाँहों में भरा और चूम लिया। डिनर के दौरान मैं शोभन से कुछ दूर बैठी थी, इसलिए उस समय मुझे पता नहीं चल सका था कि उन्होंने उस समय जो खुशी जाहिर की उसका राज क्या था? मीनल को भी उतना सब पता नहीं था। रात काफी हो गई थी। होटल में गहरा सन्नाटा छा गया था। कमरे में दो बड़े पलंग पड़े थे। दोनों एक-दूसरे से काफी दूर। एक पलंग पर मैं थी तोरू के साथ और दूसरे पर शोभन मीनल के साथ। वे धीरे-धीरे मीनल को बता रहे थे कि तय यह हुआ है कि शोभन यूनिवर्सिटी से एक साल की छुट्टी लेकर बम्बई जाएँगे और यह देखेंगे कि वे पत्र सँभाल सकते हैं या नहीं। कुन्तल और तोरू इलाहाबाद में माँ के साथ रहेंगी। आगे बहुत कुछ मैंने स्वयं भी जोड़ दिया, यानी मीनल के लिए यह आसान हो जाएगा कि वह जब तक चाहे बम्बई में शोभन के साथ रहे क्योंकि तब दोनों के बीच से कुन्तल का व्यवधान भी दूर हो जाएगा।

बातों का सिलसिला व्यवसाय से हटकर लिप्सा की गलियों में उतर गया। मैंने दूसरी ओर करवट बदल ली। शोभन और मीनल के संवाद चुम्बनों और सीत्कारों में बदल गए। मैं अपने दाँत भींचकर तकिये में सिर गड़ाए लेटी रही। इस पर्वतांचल में एक बार पहले भी मैं शोभन

के साथ आई थी लेकिन तब यहाँ यह दूसरा पलंग नहीं था और तब मेरा प्यार भी किसी दूसरे पलंग पर नहीं था। कहाँ-कहाँ भटकते रहे थे हम लोग। पूरा वह एक महीना कितनी तेजी से किसी पानी की धार की तरह पर्वत से कूदकर नीचे तक दूरी तय कर गया था। लेकिन अब यहीं मेरा सम्बन्ध एक ऐसा ग्लेशियर बन गया था जो इतने धीमे-धीमे आगे बढ़ता था कि लगता था जैसे उसमें गति है ही नहीं। दो हफ्ते का वह छोटा-सा समय कितनी कठिनाई से बीता यह मैं नहीं कह सकती। पन्द्रह दिन के बाद हमारे वापस लौटने का दिन आ गया। लेकिन वह वापसी किधर? क्या मैं अपनी दुनिया में फिर से वापस लौट सकती हूँ? बहुत-सी परिस्थितियों में वापसी सुख देती है, लेकिन इस वापसी में सुख नहीं था। मुझे मालूम था कि अब जिस इलाहाबाद में मैं वापस जा रही हूँ, वह किसी निर्वासन से कम नहीं होगा।

घर पर पन्द्रह दिनों में फुलबगिया में वह लतर फिर फैल गई थी। शोभन और मीनल तेजी से माँ को आवाज देते हुए अन्दर चले गए। मैं एक क्षण के लिए ठिठककर उस लतर को देखने लगी। जाने क्यों इस बार लगा कि वह लतर मेरी दुश्मन न होकर कहीं मेरे मन की एक यातना ही है, जिस तरह मेरी यातना विवश होकर मेरे तन-मन में फैलती जाती है उसी तरह यह लतर भी विवश है।

बम्बई जाने के शोभन के निश्चय पर माँ अवाक् रह गईं। कातर होकर बोलीं, "बेटा, अब जीवन के थोड़े से ही दिन रह गए हैं। इसी गंगा के चरनों में जीती रही हूँ। यहीं थोड़े दिन बाद समा जाना है। अब मैं कहाँ जाऊँगी बेटा? अब तो कोई अपना घर भी नहीं है। उसे बेचा न होता तो वहीं जाकर रह लेती।"

फिर कुछ सोचकर बोलीं, "लेकिन बेटा, मैं तुम्हें नहीं रोकूँगी। बड़ी नौकरी है। तुम्हारा जीवन बन जाएगा।"

शोभन ने ऐसा जाहिर किया जैसे माँ के बिना बम्बई में रहना बहुत मुश्किल है। लेकिन मैं जानती हूँ उनके मन में क्या था? वे जानते थे

कि अगर माँ बम्बई गईं तो शोभन की योजना पूरी नहीं हो पाएगी। बड़ी कुशलता के साथ शोभन ने योजना बनाई थी। उतनी दूर नई दुनिया में जाने के बाद शोभन के लिए मनमाना एकान्त मिलना था। वे जानते थे कि वहाँ उनके और मीनल के बीच तीसरा कोई नहीं होगा। उन्हें यह भी पता था कि इलाहाबाद में तो मित्रों और परिचितों का एक लिहाज भी करना पड़ता था। वह लिहाज बम्बई में जरूरी नहीं होगा। मीनल कलकत्ते चली गई थी। लेकिन मुझे पता था कि जाने के पहले वह शोभन से बहुत कुछ तय भी कर गई थी। शायद शोभन ने यह समझा भी दिया था कि अब कुछ ही दिनों की बात है, उसके बाद...

साहित्यिक मित्रों के बीच हुई प्रतिक्रिया शोभन को अच्छी नहीं लगी। लेकिन अपनी धूर्त मुस्कराहटों से वे उसे दबाते रहे। स्पष्ट कहने वाले लोग वैसे भी कम थे। सिर्फ एक बात वर्मा जी ने हँसकर कही थी, "अब तो एक और कॉन्फ्रेन्स करनी पड़ेगी, जिसका विषय होगा—साहित्यकार और सेठाश्रय।"

पिटी हुई हँसी के अलावा शोभन के पास कोई और उत्तर नहीं था। दुनिया में हुई अपनी इस पराजय को शोभन अपनी भावी योजनाओं के सपने से ढक लेते थे।

शोभन मुझसे आँखें चुरा रहे थे। इन दिनों लगातार आँखें चुराते रहे थे। कोशिश यह करते थे कि या तो मित्रों में ही बहुत रात बीत जाय या फिर लिखते हुए इतनी देर हो जाय कि मैं अनायास सो जाऊँ। हर रात एक घुटन मन में उमड़ती थी। नैनीताल से लौटकर आने के बाद और मीनल के लौट जाने के बाद जो एकान्त हुआ था, उसका कोई भी अस्तित्व मेरे लिए नहीं था।

मेरे और शोभन के सम्बन्धों की धरती का एक-एक छोर उस जंगली लतर से ढक गया था और वहाँ एक अंकुर भी उग नहीं सकता था। मेरे निर्वासन की प्रक्रिया पूरी हो चुकी थी। शोभन के पास अब अकेला कुछ था ही नहीं, जिसे मैं अपना कह सकती थी। कई दिन मैंने सोचा और

इस बात की कोशिश भी की कि तोरू को जल्दी सुलाकर मैं शोभन से कुछ बातें करूँ। लेकिन इसका अवसर ही नहीं आया—या तो शोभन उसी वक्त कुछ लिखने में बहुत व्यस्त हो जाते थे, या सहसा वे याद दिलाने लगते थे, "देखो, तोरू अकेले सोई है, पलटकर गिर जाएगी।"

उनकी इच्छा को बहुत अच्छी तरह समझकर मन की चोट दबाए हुए आकर मैं अपने पलंग पर लेट जाती। चुपचाप उभरती हुई रुलाई गले में रोककर जाने कितनी देर तक भीगी हुई आँखें तकिये पर दबाए लेटी रहती और फिर सो जाती।

शोभन का रिजर्वेशन हो चुका था। तैयारियाँ पूरी हो चुकी थीं। अगले दिन उन्हें बम्बई रवाना होना था। सिर्फ एक रात ही बीच में थी। सारे दिन मन अपने-आप में मथता रहा। मैंने निर्णय किया था कि आज इस रात जैसे भी होगा मैं कोशिश करूँगी कि इस द्वंद्व का फैसला हो ही जाए। अगर कुछ टूटना है तो वह अन्तिम रूप से टूट जाए और अगर कुछ शेष बचा है तो उसे...

रेत के रेगिस्तान से पानी नहीं निकलता। तपती धूप में वह दूर पर कभी-कभी चमकता हुआ दिखाई दे जाता है, लेकिन वह पानी नहीं होता। रेत में तड़पती हुई मछली के लिए वहाँ पानी नहीं सिर्फ रेत होती है।

शोभन पहले से ही सावधान थे। अपने निकट मेरी उपस्थिति का एहसास होते ही उन्होंने अपने-आप को इस तरह व्यस्त कर लिया कि जैसे कोई बहुत ही जरूरी कागज वे खोज रहे हों। थोड़ी देर मैं ज्यों-की-त्यों खड़ी रही। मेरी उपस्थिति से उन्हें मानसिक कष्ट हो रहा था। उसी तरह कागजों को देखते हुए बोले, "तुम सो क्यों नहीं जातीं? ज्यादा जगने से तबीयत खराब हो सकती है।"

याचना की उस पिछली अवधि में पहली बार मैं इस तरह फूटकर रो पड़ी कि अब लगता है जैसे उससे बड़ी भूल मैंने दूसरी नहीं की होगी। रोने की आवश्यकता क्या थी? किसके सामने मैं रोई थी और क्यों रोई थी? इस तरह रोकर अपनी कमजोरी जाहिर करने के अलावा

मैंने किया क्या था? शोभन कागजों में और अधिक व्यस्त हो गए थे। मुझे अपमान महसूस हुआ, मेरी रुलाई बढ़ गई लेकिन शोभन ने अपनी व्यस्तता तोड़ी नहीं।

शोभन की उदासीनता से जो अपमान महसूस हुआ उसने एक बड़ा काम जरूर किया। मेरी रुलाई रुक गई। यह अच्छा ही हुआ क्योंकि अधिक रोती तो अपमान ही अधिक बढ़ता। शोभन की उदासीनता में कोई अन्तर नहीं पड़ता। मुझे पता चल गया था कि मेरा निर्वासन अब निश्चित हो गया है। मैं तेजी से अपने पलंग पर लौट आई। शोभन ने शायद अपनी निरर्थक खोज एक क्षण के लिए बन्द कर दी। कमरे में पूरी तरह सन्नाटा छा गया। शोभन शायद उस सन्नाटे से ऊब गए होंगे, क्योंकि उनकी आवाज सुनाई दी, "कुन्तल, तुम तो बच्चों की तरह व्यवहार करती हो। बात तो कुछ समझती नहीं। जाना है और उसके लिए इतनी बड़ी तैयारी करनी है।"

कुछ बहुत कड़वी बातें मन में आईं लेकिन मैंने कहा कुछ नहीं। अब ऐसा रहा ही क्या था जिसे मैं नहीं समझती। सभी कुछ तो साफ हो गया था, मेरी आँखों के सामने। मन कर रहा था कि मेरे शब्द कोई ऐसा हथियार बन जाएँ कि जिससे या तो मैं अपने-आप को बेध लूँ या...

लेकिन नहीं। उस समय भी प्रतिशोध की राह में मेरे संस्कार आ खड़े हुए थे। विवशता और मानसिक थकावट के कारण मैं न जाने कब सो गई थी।

किसी घटना या किसी इतिहास के निशान कभी-कभी अपने-आप मिट जाते हैं। लेकिन कभी-कभी घटना के छूटे हुए निशान खुद बहुत धुँधले होते हैं। उन धुँधले निशानों को देखकर वह कहानी पढ़ पाना मुश्किल होता है।

वैसे अब इन सब स्मृति-चिह्नों की आवश्यकता भी नहीं है। ये पत्र, डायरी के पन्ने, चित्रों पर लिखे हुए नोट्स...इनमें से किसी का भी अर्थ अब कुछ नहीं रह गया। ये तभी तक सार्थक थे जब तक इनकी कहानी को जिलाए रखने की चाह बनी हुई थी। अब वह चाह मर चुकी है। कहानी को भी जीते रहने का अधिकार नहीं रह गया है। अदालत में मुकदमा चल रहा है, अदालत के मुकदमे से अब होगा क्या? जो कुछ टूटा है, उस पर कानून की एक मोहर लग जाएगी और, बस! वकील ने कहा था कि ये सारे कागज सहेजकर रखना। यदि मुकदमे में ये काम आए भी तो उससे होगा क्या? अब ये कागज सहे नहीं जाते। जब तक ये कागज रहेंगे तब तक मुझे जलाएँगे ही। नहीं!...अब और अधिक जलने से अच्छा है कि इन स्मृति-चिह्नों को ही जला दूँ। जलाकर हमेशा-हमेशा के लिए समाप्त कर दूँ।

कमरे की छोटी-सी अँगीठी में एक-एक कर वे कागज मैंने जलाने शुरू कर दिये। पत्रों और डायरी के पन्नों का यह अर्थहीन क्रम लगातार जलता जा रहा है। उनमें शब्द हैं और वाक्य हैं, लेकिन उनके अलावा जो अर्थ है, जो इतिहास-गाथा है, वह उन कागजों के बाहर उन चिह्नों से अलग है।

काफी लम्बा है चिह्नों का यह सिलसिला, जैसे अथाह बालू की गर्म दलदल में मुझे चुपचाप सती छोड़कर इधर ही कहीं से गुजरा हो इतिहास-गाथा का अगला अध्याय। बहुत लापरवाह पैरों से, जैसे मेरी नियति से असम्पृक्त वह इधर से गुजरता हुआ दूर क्षितिज में खो गया हो और कहीं-कहीं उभर आए उसके पद-चिह्न अब धीरे-धीरे मिटते जा रहे हों।

जनवरी 1960 या और सही कहा जाए...जनवरी 1960 से शुरू होता है अस्फुट पद-चिह्नों का यह सिलसिला। कथा अदृश्य होकर बहती है। दिखता कुछ नहीं, सिर्फ घटता रहता है। कथा जहाँ मुझे छूती है वहाँ सिर्फ कुछ निर्जीव, निस्संग पत्र हैं, ऐसे पत्र जो कहते कुछ नहीं।

"यह सब न किसी ने होंठों से कहा, न किसी ने कानों से सुना..."

"तुम्हारा कुछ भरोसा नहीं किधर किस मोड़ पर घूम जाओ, भटकते रहो।..."

"सुनो बेनो, मेरे मन की द्विविधा अब समाप्त है। अब मैं फिर पहले जैसा हूँ गम्भीर, अथाह समुद्र की भाँति..."

"समुद्र, रेत का गर्म, धधकता हुआ समुद्र..."

"अब यह उमड़ता अमर्यादित व्याकुल ज्वार इन आतुर होंठों में बँधकर सिमट गया।..."

"स्वाति की केवल एक बूँद-सा टपकने को..."

कौन-सी स्वाति की बूँद? वह जो घने बादलों की छाती से टपकती है, लेकिन नीचे किसी सीपी के होंठ में नहीं, सूखी सिकता के धधकते अंक में समा जाती है न?

इससे अधिक कुछ नहीं। रेत की तरह सूखे शब्द और घने बादलों की छाती से टपककर अतल की ओर जाती बूँद की प्रतीक्षा...

बम्बई से खत आता है। खत में है ही क्या? मेघदूत अगर यक्षप्रिया के लिए सिर्फ एक मुट्ठी रेत लेता आए तो उसमें क्या पढ़ा जाएगा?

क्या लिखेंगे शोभन? वे तो मेरे मन की भाषा बिना पढ़े ही चले गए।...फिर भी मेरे तन-मन की मृगतृष्णा उनके लिए मोह का रूप ले, उसी की चिन्ता में डूबी रहती...और इसी आशा में रहती कि पत्र तो वे अवश्य लिखेंगे...इतने में डाकिया आवाज देकर पत्र दे गया।

...कुन्तल।

मैं ठीक से पहुँच गया। बम्बई पहुँचते ही कम्पनी के कुछ अधिकारी मुझे लेने आए थे और बहुत स्वागत भाव से मुझे गेस्ट हाउस में ठहराया। नौकरी पर जाने लगा हूँ। नये ऑफिस में नये लोगों के बीच बड़ा पराया-सा लगता है।

अभी कुछ देर पहले कम्पनी के मैनेजर से बातें हुईं। एक-आध हफ्ते में कमरे का प्रबन्ध हो जाएगा। सवेरे गेस्ट हाउस छोड़कर होटल में जाना पड़ा।

लो, मेरे इलाहाबाद के मित्र डॉ. भरत के एक अभिन्न मित्र शर्मा जी अपने एक कमरे के फ्लैट में जबरदस्ती ले जाने का आग्रह कर रहे हैं। उनका नौकर खाना तथा अन्य काम करने के लिए बराबर वहीं रहता है। शर्मा जी स्वयं अधिकतर कानपुर में ही रहते हैं। कभी-कभी आते हैं, अन्यथा यह कमरा एकदम खाली पड़ा रहता है।

मैं चाहूँ तो दो-तीन महीने यहीं रह सकता हूँ, किन्तु दस-पन्द्रह दिन में आस-पास ही कोई अच्छा इन्तजाम हो जाएगा।

नौकर मेरे खाने-पीने आदि का पूरा प्रबन्ध कर देगा। तुम चिन्ता मत करना।

किताबों के प्रूफ पढ़कर बनारस भेज दिये या नहीं? मेरी तमाम डाक यहाँ के पते पर भेज दो।

और कोई विशेष बात हो तो लिखना।...

समूचा पत्र पढ़कर कुछ ऐसा लगा जैसे कहीं बहुत दूर से देखा हो और पहचानने से पहले चेहरा घुमाकर चल दिया हो। कोई गरमाहट नहीं। अन्तरंगता का एक शब्द नहीं। अन्त में एक रेखा खींचकर लिख दिया गया था—शोभन।

किसका शोभन था यह, कौन-सा शोभन था? क्या यह वही शोभन था जिसकी बाँहों में कुन्तल ने कभी भोर का तारा देखा था। वह शोभन मुट्ठी में भरी हुई रेत की तरह एक-एक कण करके बाहर खिसक गया था।

इसी समय माँ आ गई थीं। मैंने उन्हें बता दिया कि शोभन का पत्र आया है। हमेशा की तरह उत्साह में भरकर वह देर तक आशीर्वाद देती रहीं। उन्हें शायद पता भी नहीं था कि जिसके लिए वे आशीर्वाद दे रही थीं वह अब उस पद पर नहीं रहा था। और उसका बस चलता तो वह आशीर्वाद भी उसी तरह ठंडे हाथों लौटा देता, जिस तरह मेरी भावनाओं को लौटाता रहा है।

रोज की तरह उनके नाम आई हुई डाक रिडायरेक्ट करने के बाद, मैं उनकी किताबों के प्रूफ़ लेकर बैठती थी। लेकिन अब एक-एक पंक्ति बार-बार पढ़ने के बावजूद ऐसा लगता था जैसे वह पंक्तियाँ ओझल हो जाती हैं। उन पंक्तियों की बजाय कुछ संवाद उभरने लग जाते थे। जिनमें से अधिकांश सीधे शोभन को सम्बोधित होते थे...तुम पत्र का जवाब क्यों नहीं देते? तुम कुछ लिखते क्यों नहीं? तुम कोई बात साफ क्यों नहीं करते? तुम इतने चुप क्यों हो? तुम सच क्यों नहीं बोल सकते शोभन?

ऐसे ही एक दिन बिना कुछ बोले उनका उत्तर आ गया। बहुत भयानक था वह उत्तर। बेहद निर्मम। शोभन की नीरस और विरक्त पंक्तियाँ जहाँ समाप्त हुई थीं पत्र में, वहीं थोड़े से शब्द मीनल ने भी लिख रखे

थे। वैसे उन शब्दों में मात्र एक औपचारिकता भरी थी। लेकिन साधारण औपचारिकता में से भी कितनी भयानक चुभन हो सकती है यह केवल मैंने ही महसूस किया। शोभन की चुप्पी का रहस्य समझ में आ गया था। मीनल अन्ततः मुझे शायद अन्तिम पराजय देकर बम्बई जा पहुँची थी। पत्र बार-बार उलट-पलटकर देखा, सन्देह की कोई गुंजाइश नहीं थी। मन को और अधिक भ्रम में रखने का अब कोई उपाय बचा नहीं था। आसपास कहीं भी कोई ऐसा साधन दिखाई नहीं पड़ रहा था जो मेरी खोई हुई दिशा मुझे वापस लौटा देता। दो रोज बाद शोभन का एक और पत्र आया, ठीक वैसा ही विरक्त और ठंडा...

कुन्तल,

आज दोपहर में तुम्हारा रजिस्टर्ड लिफाफा मिला था। उसी समय तनख्वाह के कागजों, रसीदों आदि पर दस्तखत करके भेज दिया।

शनिवार के तीसरे पहर मीनल आ गई थी। मीनल वहाँ बीमार थी, उस पर से इतने लम्बे सफर की थकान भी थी।

कल मकान मिला और दिन भर सामान रखवाते रहे। सब व्यवस्थित होने पर लिखूँगा। एक हफ्ते भर के लिए आकर यहाँ की स्थिति देखकर लौट जाना।...

फिर वही रिक्तता जिसके अलावा कुछ मेरे हिस्से में नहीं है। मीनल के वहाँ पहुँच जाने से मेरा मन इतना रोष में भर गया था कि उसी कागज पर लिखा उसका पत्र पढ़ने को जी नहीं हुआ। फिर मन को समझाकर पढ़ने लगती हूँ,

कुन्तो,

सवा पाँच बजे हैं शाम के, इनके ऑफिस में बैठकर यहीं की कलम से लिख रही हूँ। आज देखा मैंने इनका, यहाँ का

काम। बाबा रे, हर मिनट कोई मिलने आता है, दस तरह के लोगों से, दस तरह की बातें करना—ऊपर से इतना काम... फिर यहाँ से इतना थकने के बाद घर जाते होंगे तो सूना कमरा इन्हें कितना कचोटता होगा! जब तक अकेले रहेंगे कचोटेगा। इसको आज अच्छी तरह समझ लिया है! बस, यही है कि इन्हें अधिक दिन यहाँ नहीं छोड़ना है।

तुम्हें बिना सूचित किये इलाहाबाद से होकर मैं यहाँ आ गई...तुम्हारी शिकायत जायज होगी किन्तु मेरी जगह यदि तुम होतीं तो तुम भी ऐसा ही करतीं। और तुम्हें मेरी वहाँ की हालत मालूम होगी तो तुम उतना महसूस नहीं करोगी। कैसे कॉलेज तक जाकर छुट्टी लेकर आई हूँ कि बस पूछो मत। फिर सोचा था शाम को तुम्हें तार करूँगी, वो भी न हो सका। उतरी इसलिए नहीं कि पूरा दिन नष्ट हो जाता। यही सफर चूर कर गया था। वह तो यहाँ आकर जो संजीवनी बूटी मिली उससे सफर की थकान और बीमारी सभी फूँक मारते उड़ गए। शेष कल लिखेंगे।

तुम्हारी—

पत्र पढ़कर बेचैनी-ही-बेचैनी—और कुछ नहीं। यहाँ पंख-कटे पंछी की तरह उड़ने में असमर्थ छटपटा रही हूँ, छटपटा रही हूँ। इसी तरह छटपटाते पूरा दिन-पूरी रात बीत गई। मन उखड़ गया है, रेत में डूब गई हूँ। आँखों में, मुँह में, हाथों और पैरों के कण-कण में रेत समा गई है। उसकी चुभन से कराह उठने के अतिरिक्त कुछ नहीं कर सकती।

डाकिया एक और पत्र दे जाता है। इन्हीं का पत्र है।

कुन्तल!

तनख्वाह के कागज पहुँच गए होंगे और रुपया इस्तेमाल कर लेना। कल शर्मा जी दिल्ली से लौट आएँगे। तुम्हें तार से

रुपये भेज दूँगा। असल में शर्मा जी के चले जाने के कारण बैंक में एकाउंट न खुल सका था। नहीं तो अब तक रुपये भेज देता। दूसरे, मैं आश्वस्त था कि तुम्हें तनख्वाह तो मिल ही चुकी होगी। उधर यह भी खयाल था कि तुम आ रही हो। इस समय रात के 9 बजे हैं और...और मेरा खयाल है कि मीनल की काशी एक्सप्रेस इटारसी पहुँच रही होगी और दोपहर तक वो तुम्हारे और तोरू के पास होगी।

असल में हुआ यह कि तुम्हें पिछले शुक्रवार को चिट्ठी लिखी थी। तब तक मीनल के आने का कोई अनुमान नहीं था। बल्कि मैंने तो कलकत्ते उसकी हालत जानने के लिए दो-दो तार दिये थे कि अगर तबीयत ज्यादा खराब हो तो मैं छुट्टी लेकर हवाई जहाज से पहुँच जाऊँ।

खैर, दूसरे दिन मीनल आ गई। फिर मकान ढूँढ़ने में दलालों के साथ-साथ घूमना पड़ा। पेशगी देने का इन्तजाम हुआ। फिर दस से पाँच तक दफ्तर, ऊपर से मीनल की हालत ऐसी खराब थी। उसी की हिम्मत थी कि जान हथेली पर रखकर 1500 मील चली आई। शनिवार, इतवार, मंगलवार कैसे बीते हैं कि हम तीनों पहर का खाना भी न खा सके।

मकान तुरन्त हम लोगों ने इसलिए भी तय किया कि तुम भी आ जाओ। सारा सामान तुरन्त उठवाया। सेठ, सेठानी और सब लोगों से कह दिया कि तुम आ रही हो। मंगल को तय होते ही तुम्हें तार दिया और मीनल ने तुम्हें पत्र भी लिखा। तुम्हारा भी तार आया कि तुम इतवार को पहुँच रही हो। मीनल ने अपनी छुट्टियाँ बढ़वाईं जिससे कुछ दिन तुम्हारे साथ भी रह सके।

खैर, जो हुआ सो हुआ, तुम नहीं आ सकीं। अगर तुम मेरी जगह होतीं और एकदम आकर ऐसी मुसीबत में पड़तीं,

तब मालूम होता कि वक्त निकालकर जितना लिखता रहा वही बहुत है।

अब दो दिन से स्थिति सामान्य है। अब काम का फैलाव सिमट गया है और बिलकुल फुर्सत है। आगे भी अब काम कम होता जाएगा। सेठ, सेठानी अभी यहीं हैं। कल मुझे दोपहर खाने पर बुलाया है। अब तुम पन्द्रह दिन बाद आओ। आने के पहले मैं तुम्हें लिख दूँगा क्या-क्या लाना है। पूजाघर के बाहर रैक रखा है। उसमें पुरानी फाइलों में अंग्रेजी में टाइप पांडुलिपि पड़ी है। वह डॉ. भरत को दे देना।

अच्छा स्नेह...

चलो शोभन ने अन्त में स्नेह तो लिखा—प्यार नहीं तो स्नेह से ही सन्तोष कर लूँगी। वह भी बना रहे तो मेरे भाग्य हैं। केवल रिक्तता से तो स्नेह गनीमत है...फिर मीनल आज पहुँच जाएगी...केलिक्रीड़ा से थकी क्लान्त होगी, सो कुन्तल को उसकी सेवा-टहल और स्वागत के लिए तैयार रहना चाहिए, नहीं तो शोभन से बदला निकलवा लेगी। मन-ही-मन सोच लिया कि बेबी के साथ अकेली मैं तो स्टेशन जाऊँगी नहीं, चाहे कुछ भी हो जाय। इसका फल जो होगा देखा जाएगा। दोपहर हो आई पर मीनल का कहीं पता-निशान नहीं। शायद गाड़ी लेट हो या स्टेशन पर कोई स्वागत के लिए आया न देख देवी लौट गई हों।

इन्हीं सब विचारों में खोई थी कि डाकिया एक पत्र दे गया। लिखाई तो मीनल की थी। खोलकर देखा तो ये फरवरी की पहली तारीख के भी पहले का पत्र है और इतने दिनों बाद आज...कुछ बात रही होगी, खैर, पढ़ने लगती हूँ।

कुन्तो,

सुबह के पाँच बजे हैं। सिर और कमर में बेहद दर्द है।

पैरों की नसें भी मुड़े-मुड़े बुरी तरह खिंच रही हैं। इतना कष्टप्रद सफर मैंने आज तक नहीं किया है। यहाँ आ गई हूँ। फिर ये हैं...कल तक एकदम ठीक हो जाऊँगी।

मैं तो तुम्हें आते हुए साथ लेती आती, पर यहाँ की स्थिति वही शर्मा जी के एक कमरे के मकान की थी। बड़ा मकान मिलते ही तुम्हें बुला लेंगे। इस एक कमरे में मैं और शोभन हैं, तुम्हारे और बच्ची के रहने की जगह कहाँ? मकान मिलते ही लिखेंगे।

तुम्हारी मीनल।

मेरे लिए और तोरू के लिए जगह नहीं है। मेरे अपने ही घर में जगह नहीं है। मेरे अपने पति के घर में मेरे लिए जगह नहीं है। एक दिन शोभन ने मुझसे कहा था—वे अपने घर में मेरी प्रतीक्षा कर रहे हैं, और मैं अपना घर, अपने स्वजनों का घर छोड़कर आ गई थी। अब उसी घर में मेरे लिए जगह नहीं थी और तोरू के लिए भी नहीं थी।

हताशा और बेचैनी से छटपटाती हुई मैं उस समय अपना सिर पटककर चूर क्यों नहीं कर सकी थी? हाँ, मुझे ठीक याद है खिड़की की चौखट पर एक हरी लेकिन डरावनी शाख जैसे मुझे एकटक घूर रही थी।

मैं काँप गई। यह वही जंगली लतर थी जिसने धीरे-धीरे करके फुलबगिया के सारे पौधे निगल लिये थे और अब वह घर की चौखट के अन्दर आ पहुँची थी। मेरे मुँह से अनजाने ही एक चीख निकली थी और आँखों के आगे अँधेरा छाता चला जा रहा था।

बाहर टैक्सी रुकने की आवाज से अचानक मैं कुमुद की उस छोटी-सी दुनिया में लौट आई हूँ। झप-झप करके टैक्सी के दरवाजे बन्द होते हैं और खुली हँसी की दो आवाजें सुनाई देती हैं। मैं चौंक जाती हूँ। इतनी ज्यादा रात हो गई, मुझे पता ही नहीं चला। जाते वक्त वो कह गई थी कि कोई बारह, साढ़े बारह बजे वापस लौटेगी। लेकिन समय इतनी जल्दी बीत गया। कितने बरसों का इतिहास आँखों के सामने से गुजरता चला गया। कमरे में कागजों के जलने की गन्ध भरी हुई थी।

कुमुद एकदम अन्दर नहीं आई। कुछ क्षणों के लिए गहरा सन्नाटा छा गया था, जैसे सब कुछ स्तब्ध हो गया हो। उस स्तब्धता में मैं डूब गई। एक जगह वह स्तब्धता कहीं मेरी अपनी स्मृति भी बन गई, लेकिन वह चुभी भी। उस छोटी-सी स्तब्धता के बीच मैंने सोचा वहाँ कुमुद होगी और उसकी छोटी-सी दुनिया का कोई एक खुशी से फूला हुआ साथी होगा। बिलकुल ठीक ऐसी ही एक दुनिया यहाँ से बहुत दूर कई बरस पहले बम्बई के उस छोटे से कमरे में भी छूट गई थी, जिसमें मेरे और तोरू के लिए जगह नहीं थी।

बाहर अँधेरे में हल्के स्वरों में कुछ कहा गया। इस बार टैक्सी का एक ही दरवाजा बन्द हुआ और टैक्सी चली गई। थोड़े से अन्तराल के बाद अपने-आप गुनगुनाती हुई कुमुद अपना बैग झुलाती हुई अन्दर आई और ठिठक गई। अजीब तरह से नाक चढ़ाकर उसने कहा, "क्या जला रही हो कुन्तल? सारे कमरे में गन्ध भरी है।"

उत्तर क्या देती? मन बिलकुल स्वस्थ नहीं था। मुझे पता नहीं चला था लेकिन हो सकता है कि उन कागजों के जलने से अप्रिय गन्ध पैदा हुई हो। एक मरा हुआ इतिहास जलने से सुगन्ध तो उठेगी नहीं। कुमुद मन:स्थिति समझ गई थी, इसलिए उसने अधिक सवाल नहीं किये। कपड़े बदलते हुए उसने इतना जरूर कहा, "तुमने अच्छा ही किया कुन्तल, कि ये सब जला दिया। जलाने के बाद तुम अपने प्रति भावुकता छोड़ सकोगी। लेकिन एक बात बताओ कुन्तल, जिस दुनिया को छोड़ आई हो उससे अब तक ऐसा लगाव क्यों बना रखा है?"

उत्तर मैंने इस बात का भी नहीं दिया। कुमुद समझ गई कि मेरा मन कहीं गहरे से आन्दोलित है। बात बदलकर उसने कहा, "खाना तुमने खा लिया क्या?"

"खा लिया।" मैंने कहा।

"पगली! मुझे पता है तुमने तो कुछ भी नहीं खाया। चलो, खाओ।"

फुलबगिया की उस दुनिया के व्यंजन नहीं थे। डबलरोटी, अंडे और कुछ जैम। अपनी दुनिया से बहुत दूर एक जो दूसरी जिन्दगी शुरू हो रही थी उसका यह पहला प्रसाद था।

रात काफी हो आई थी। बहुत गहरे सन्नाटे में बहुत दूर कहीं एक अकेला कुत्ता चौंककर भौंकने लगता था। जलाए हुए कागजों के साथ मेरी नींद भी जैसे जल गई थी।

कुमुद ने अँधेरे में भी खुली हुई मेरी आँखों को जिस तरह अपनी उँगलियों से बन्द किया, उस स्पर्श से मैं आविष्ट हो आई। अँधेरे में ही धीरे से बोली, "सुनो कुन्तल, मैं चाहती तो नहीं थी कि तुम्हें

बताऊँ पर मैं सोचती हूँ कि अगर मैं तुम्हें बता दूँ तो शायद तुम्हारा मन परिस्थिति के प्रति ज्यादा तटस्थ हो सकेगा, तुम्हारा मोह भी शायद कम हो।"

निरुत्तर होकर भी मेरी उत्सुकता उसने पहचान ली और धीरे से बोली, "कुन्तल तुम्हें बताऊँ मदन अभी बम्बई से लौटा है। ऐसा लगता है कि तुम्हारे डाईवोर्स को लेकर काफी बड़े दायरे में शोभन ने ऐसी-वैसी बातें फैलाई हैं। मदन मेरे एक सीनियर कलीग हैं। उन्होंने ही बताया। ये श्रीमान आनन्द कौन हैं कुन्तल?"

क्षोभ की एक लहर-सी सारे बदन में उभरी और फिर अचानक मुझे हँसी आने लगी। इतने अधिक कमजोर पैरों पर शोभन अपना झूठ खड़ा कर सकेंगे, यह मैंने सोचा भी नहीं था। कुमुद ने शायद सही अनुमान लगाया था कि उस प्रसंग के आने पर मैं हलकी हो जाऊँगी। मुझे हँसती देखकर कुमुद बेहद खुश हुई—"ये आनन्द था कौन, बताती क्यों नहीं? क्या हुआ था? अफ़वाह तो बहुत गर्म थी। कोई काफी मसालेदार कहानी लगती है।"

कहानी विशेष थी ही क्या? जो कुछ था वो मैंने उसे बता दिया। सुनकर वो खुद भी हँसने लगी। मुझे और अधिक सहज करने के लिए उसने छेड़ा भी, "और भी कुछ होगा, मुझे बता नहीं रही है। अच्छा उसकी चिट्ठियाँ जो आती हैं, वह तो नहीं जला देती?"

उस छेड़ और हँसी में मैं कब सो गई थी पता नहीं चला।

सुबह नींद बड़ी जल्दी टूट गई थी। कुमुद सोते-सोते भी मुस्करा रही थी। खिड़की पर पड़े हुए मोटे परदे से धूप की पीली किरणें हल्के-हल्के खेल रही थीं। अवसाद के कारण शरीर में टूटन-सी भरी हुई थी। फिर भी मैंने सोचा कि उठ जाना ही बेहतर होगा। अँगीठी ठंडी हो गई थी लेकिन उसकी राख में जले हुए कागजों पर अक्षर अभी तक उभरे हुए थे। सब कुछ जल जाने के बाद भी कुछ है जो जीवित रहता है। काश! वह सब भी जल जाता।

शायद सब जलता है, लेकिन काफी रुक-रुककर। अटक-अटक कर। एकदम नहीं जलता भक् से।

मीनल का पत्र आने के बाद जो तनाव पैदा हुआ था उसे अब मैं स्वयं ही तोड़ने को तैयार हो गई। ठीक है। यही सही। यदि घर में जगह नहीं, तो वह घर भी मेरा नहीं।

ऐसे तो यह तनाव बढ़ता ही जाएगा। खींची जाने वाली रस्सी से बँधे रहकर घिसटते जाने से अच्छा है रस्सी काटकर अपने को मुक्त कर लो। मैंने निश्चय कर लिया। पत्र को फाड़ देने का मन था, लेकिन उसे बाकायदा तह करके आलमारी में रख दिया। बस, अब शुरू हुई नई कहानी...मन को बाँध लो कुन्तल! इस रास्ते पर इससे आगे नहीं जाना है।

पहली बार घर की याद आई। वह घर नहीं जो अजनबी दुनिया में है। अपना और पिता का घर। लगता है मेरी रेतीली दुनिया से वे भी घबरा गए थे। वे इलाहाबाद छोड़कर दिल्ली के करीब जा बसे थे। वही घर याद आया।

अन्ध गली की आस छोड़ते ही जैसे दूसरा रास्ता अपने-आप खुलने लगा। ठीक है, मैंने सोचा, माँ के पास चली जाऊँगी। यहाँ की रेतीली दुनिया से कुछ तो चैन मिलेगा। जाऊँगी और कल ही जाऊँगी।

तैयारियाँ शुरू हो गईं। कपड़े सहेजे जाने लगे। लेकिन वह कल इतनी आसानी से नहीं आ पा रहा था। मीनल का खत आया था, शोभन का नहीं। हो सकता है, शोभन का खत भी आए और वह दूसरी तरह का हो। शायद आ जाय, पर फिर कल आ जाय।

और अचानक एक शाम वह सारी रेत फिर उड़ गई। जाने कहाँ चली गई। शोभन का पत्र आया एक्सप्रेस। तुम चली आओ। पत्र में विशेष गरमाई नहीं थी। लेकिन एक बार फिर मैंने आँखें मूँद लीं। वही तैयारियाँ, जो माँ के यहाँ जाने के लिए अनमने ढंग से कर रही थी सहसा उत्साहपूर्ण तैयारियों में बदल गईं।

बम्बई शहर कुन्तल के लिए नया नहीं था। लेकिन अचानक वह काफी नया लगने लगा था। तोरू सफर भर परेशान होती आ रही थी लेकिन स्टेशन पर उतरते ही उसमें भी न जाने कहाँ का उत्साह आ गया था।

एक ऊँची इमारत के आगे टैक्सी रुकी। टैक्सी वाले ने पैसे निकालते समय मेरे हाथों का कम्पन देखा। पैसे निकालने में कितनी देर हो रही थी।

इमारत के द्वार की ओर देखने की हिम्मत नहीं हुई। लगा, शोभन टैक्सी की आवाज पर आ गए होंगे। उसी तरह दोनों बाँहें फैलाकर स्वागत करेंगे।

दरवाजे पर कोई नहीं था। एक गोरखा चौकीदार ऊँघ रहा था। तोरू को सँभालकर दूसरे हाथ से अटैची दरवाजे तक खींची। दरवाजा अभी वैसा ही सूना था। जब मैं बिलकुल दरवाजे तक पहुँच गई तो ऊँघते गोरखे ने आँखें ऊपर उठाईं।

"शोभन साहब का घर यही है?" मैंने पूछा।

"कौन शोबान!" गोरखे ने आश्चर्य से पूछा।

"शोभन साहब...वो जो..."

"ओ वो...छठा माला, चौथा फ्लैट। ऊपर...ऊपर।" कहकर वह फिर ऊँघने लगा।

ऊपर अकेले ही पहुँचना होगा। साथ तोरू है, अटैची कैसे ले जाऊँ। बम्बई के बारे में काफी सुनती रहती थी। अटैची छोड़ना उचित न लगा। धीरे-धीरे एक बाँह में तोरू को लटकाए, अटैची घसीटती सीढ़ियाँ चढ़ी। सीढ़ियों के बाद लम्बा बरामदा था और उसी बरामदे में कहीं चौथे नम्बर का फ्लैट था। अटैची अब यहाँ छोड़ दी। अधिक खोजना नहीं पड़ा। फ्लैट मिल गया था। थोड़ी देर द्वार के बाहर खड़ी रही। अब सोचती हूँ कि कितनी मूर्ख थी मैं। सोच रही थी जैसे द्वार अपने-आप खुल जाएगा।

थोड़ी देर बाद दरवाजा खुला। खोलने वाला एक नौकर था। वही अजनबी निगाहें। वही अपरिचय के सवाल। मेरी बात सुनकर उसने

लपककर अटैची नहीं पकड़ी। एक ओर होकर अन्दर आने को भी नहीं कहा। दो क्षण जैसे पसोपेश में रहकर अन्दर चला गया। थोड़ी देर बाद वापस आया। बिना किसी भाव-परिवर्तन के उसने अटैची उठाकर अन्दर एक किनारे रख दी और दीवान की ओर इशारा करते हुए बोला, "बैठ जाइए। साहब कपड़े बदल रहे हैं।"

नीचे सड़क पर चुपचाप चले जा रहे राहगीर के सिर पर दोमंजिले से मकान की दीवार का हिस्सा टूटकर गिरते मैंने देखा नहीं। यह भी नहीं जानती कि उसका अनुभव कैसा होता होगा? हाँ, इस स्वागत में अगर सहसा चोट का कोई प्रभाव था तो वैसा ही वह भी होगा। एक क्षण के लिए मन में आया कि अभी उठ जाऊँ और अटैची घसीटती हुई लौट जाऊँ। लेकिल उठी नहीं।

"मीनल बीबी जी कहाँ हैं?" मैंने नौकर से पूछा।

"कल हवाई जहाज से कलकत्ते लौट गईं।"

मैं चुप रह गई। सोचा, हो सकता है नौकर ने जाकर सिर्फ इतना कहा हो कि कोई महिला मिलने आई है और उन्होंने सोचा हो कि कोई छात्रा ही आ गई हो। कपड़े बदलने का बरसों पहले का एक दृश्य आँखों में नाच गया। शोभन यूनिवर्सिटी जा रहे थे। कमीज उन्होंने पहन ली थी और तौलिए के नीचे से पैंट खींचने की कोशिश कर रहे थे। जाने क्या सूझा था मुझे कि मैंने तौलिया खींच लिया था। एक क्षण के झटके के बाद शोभन ने दुबारा से अपने-आप को ढकने के बजाय मुझे खींच लिया था। इस बार मुझे लगा जैसे तौलिया मेरे ही बदन से खींचा गया था। मौसम यकायक हरारत से भर गया था और हम दोनों पसीने से नहा गए थे।

कई बरस पहले की वह याद ठंडी हवा की तरह पलकों को छूकर चली गई।

और शोभन आए। शोभन ही। सच। लेकिन उस एक क्षण में जो हुआ वह थोड़े से शब्दों में नहीं समा सकता। बच्चे कभी कोई कपड़ा

उछालकर ऊँचे पर अटकी चीज उतारना चाहते हैं और सहसा पाते हैं कि उछाला गया कपड़ा खुद वहीं जाकर अटक गया। लगभग यही कुछ हुआ उस एक क्षण में। जाने कितने दिनों की बर्फ की परत तोड़कर मन उछला और उछाल लेकर वहीं जमा रह गया। शोभन आए। शोभन ने देखा और फिर मैंने पाया कि शोभन के चेहरे पर जो कुछ था वह न देखती तो अच्छा था। वहाँ एक बहुत ठंडा निष्प्राण सवाल चिपका हुआ था। उस सवाल के शब्द कुछ भी हो सकते थे यानी ठीक हो? या कब आईं? या क्या आना बहुत जरूरी था?

इससे भी अधिक शब्दों की आवश्यकता होगी बल्कि सम्भवतः एक समूचे ग्रन्थ की आवश्यकता होगी, उस एक क्षण की व्याख्या के लिए।

मेरा मन ठहर गया बल्कि भय से सिमट गया। एक क्षण देर से ही मैंने नमस्कार किया। तोरू आश्चर्य से उनकी ओर देख रही थी। सम्भवतः उससे अधिक आश्चर्य से वे अपने-आप को देख रहे होंगे। तोरू के चेहरे के सामने चुटकी बजाकर उसे बहलाने का छोटा-सा नाटक करने के बाद शोभन ने नौकर को आवाज दी और बोले, "इनके लिए तौलिया, साबुन वगैरह बाथरूम में रख दो...तुम, चले कहाँ जाते हो?"

स्वर की हल्की-सी तिक्तता शायद मेरे लिए थी। परिस्थिति को एक बार नये सिरे से सँभालने के लिए मैंने जल्दी में ही अपने को दुबारा समेटा, "आपका स्वास्थ्य कैसा है?"

मुझे उत्तर देने में उन्होंने जल्दबाजी नहीं की, लेकिन पूरी तरह से विरक्त भी नहीं हुए। बहुत अनमने और व्यस्तता-भरे स्वर में बोले, "ठीक हूँ। ऑफिस जल्दी जाना है। बोर्ड ऑफ डायरेक्टर्स की मीटिंग है।"

जिस तरह खींचकर उन्होंने जुराब चढ़ाई उससे लगा जैसे वे अपने-आप पर कोई परत चढ़ा रहे हों।

"तोरू आपको बहुत याद करती थी। रास्ते भर आपको पुकारती आई," मैंने फिर कहा।

उत्तर की बजाय और अधिक व्यस्त होकर उन्होंने उसी तरह एक बार तोरू के सामने चुटकी बजाई और पहले से भी ज्यादा ऊँची आवाज में नौकर से बोले, "मेरा नाश्ता लगाओ। क्या कर रहे हो?"

मुझे लगा, बर्फ को तोड़ना इतना आसान नहीं है। कम-से-कम अभी तो नहीं ही। तोरू को मैंने नीचे बैठा दिया और एक नजर कमरे पर डाली। अपनी फुलबगिया के ऊपर का नीला कमरा एक क्षण के लिए कौंध गया और लगा, उसी एक क्षण में भयानक अपरिचय बिखेर गया। कहाँ थी वह गन्ध? कहाँ थी गाढ़े परिचय की वह गुनगुनी रोशनी?

"देखो, उसे जमीन पर क्यों बिठा दिया? ऊपर बिठाओ या अन्दर," कहते-कहते वे रुक गए। अन्दर पलंग पर तोरू के बैठाए जाने का हुक्म वे पूरे अधिकार से दे सकें, इस स्थिति में शायद नहीं थे। फिर भी मन बड़ा आश्वस्त हुआ।

तोरू को अन्दर नहीं ले गई। थोड़ी बड़ी हो गई थी, इसलिए गिर जाने का डर कम था। इसलिए उसे सोफे पर बैठा दिया और बाथरूम चली गई।

बाथरूम जाना बहुत आवश्यक तो नहीं था, फिर भी लगा थोड़ी देर कम-से-कम पलायन के रूप में ही सही वहाँ आना आवश्यक था। कोई दसेक मिनट लगे होंगे वहाँ। उस बीच बातचीत का एक और छोर मैंने खोज लिया। सोचा, इस बीच शोभन को लिखे गए पत्रों के बारे में पूछूँगी कि वे मिले या नहीं और इसके अतिरिक्त उनके साप्ताहिक के बारे में लेखकों की प्रतिक्रिया बताऊँगी। हाथ-मुँह धोकर मन थोड़ा शान्त हो गया था। बाहर आई।

तोरू के आसपास सोफे पर कुछ रंग-बिरंगे कागज और पत्रिकाएँ बिखरी हुई थीं। मन को बहुत अच्छा लगा। तोरू उनमें व्यस्त थी। उसे प्यार करके मैं अन्दर गई। मेज पर एक प्लेट में आधा खाकर छोड़ा नाश्ता और आधा कप पी गई चाय पड़ी थी। नौकर मेरे अन्दर आते

ही उसे समेटने लगा। मैंने अनायास पूछा, "साहब चाय नहीं पिएँगे?"

"उनको जल्दी जाना था बीबी जी," उसने बहुत ठंडे लहजे में कहा और बर्तन समेटता रहा।

"जाना था? क्या मतलब, चले गए?" मैंने अचकचाकर पूछा।

"जी! बोल गए हैं लंच दफ्तर में करेंगे। आपके लिए क्या बनाऊँ बीबी जी?" नौकर ने किचन की ओर लौटते हुए पूछा।

मुझे लगा, वह कहीं दूर से बोल रहा है या फिर मेरे कान बन्द हो गए हैं। बहुत कठिनाई से ही मैं कह सकी, "कुछ नहीं।"

"आपने तो जी नाश्ता भी नहीं किया अभी," उसने कहा, लेकिन अब और सुनने की स्थिति में मैं नहीं थी। सुनाई दे भी नहीं सकता था।

तोरू अभी उन कागजों से खेल रही थी। अगर उस समय कुछ सुनाई दे रहा था तो वह था नीचे सड़क का शोर, बेतरह शोर, लगातार बढ़ता जाता शोर।

वह शोर कानों में कभी-कभी आज भी बजता है। समुद्र के ज्वार की तरह उमड़ते उस शोर में मैं थी वहाँ अकेली, असहाय, किसी भी क्षण दो पैरों के नीचे से धरती खींच लिये जाने की प्रतीक्षा करती हुई।

खिड़की के नीचे कितनी दूर होगी सड़क? अगर इस खिड़की से कूद जाऊँ तो क्या यह शोर एक क्षण के लिए थमेगा?

इसके बाद सारा दिन सफर से टूटे शरीर को मैं उस खिड़की से दूर, अलग खींचती रही। क्या होगा तोरू का अगर मैं...

नौकर दो बार तोरू के लिए दूध ले आया था। बहुत आग्रह के बाद भी मैं दोपहर को कुछ खा नहीं सकी थी। शाम के करीब एक कप चाय भर पीकर बैठी रही। नौकर तोरू को लेकर नीचे चला गया। उस अकेलेपन के एक दिन को किस तरह नाप सकी, यह स्वयं आश्चर्यजनक है।

शाम को भी नहीं, रात को आए शोभन। नौकर शायद उन्हें नीचे ही मिल गया था। वह उनकी फाइलें ला रहा था। शोभन जिस तरह अन्दर

आए उससे यकायक मैं भयभीत हो उठी। पहले तेजी से अन्दर आए। अन्दर शायद उन्होंने बोले जाने वाले संवादों को दुबारा तोला, उसके बाद इस कमरे के दरवाजे तक आकर तीखी आवाज में बोले, "आखिर यह तरीका क्या है? यहाँ भी नाटक शुरू हो गया?"

मैं अचकचाकर उठ पड़ी। उनका चेहरा देखती रह गई। लगा, वे अभी किसी-न-किसी को जमीन पर पटक देंगे। आवाज और नीची करके बोले, "आखिर यह खाना न खाने का तमाशा क्यों खड़ा किया गया? पूछता हूँ क्यों खड़ा किया गया?"

उत्तर चाहकर भी क्या देती? फिर उत्तर पाने के लिए वह सब कहा ही कहाँ जा रहा था? मेरे अनचाहे मौन ने उन्हें बुरी तरह क्षुब्ध कर दिया था..."आखिर बोलती क्यों नहीं हो कि आते ही यह नाटक क्यों खड़ा किया गया?"

बहुत प्रयत्न के बाद मैंने काँपते हुए शब्दों में कहा, "मैं इतनी दूर से आई और यहाँ आपसे एक शब्द भी प्यार का सुना होता तो।"...

"ओ हो," वे तीखे होकर बोले, "यानी मैं अब डायलॉग बोलता। तुम्हारा दिमाग तो सही है? मेरी व्यस्तता का भी कुछ खयाल है? मेरी उलझनों की कोई कीमत है? तुम्हारा मतलब, मैं काम छोड़ दूँ और..."

तोरू अचानक ही रो पड़ी। जाने क्यों। सम्भवतः वह इस विवाद में हस्तक्षेप करना चाहती थी। मैं उसकी ओर घूमी और उसी क्षण शोभन भी जाने क्या-क्या बोलते हुए दूसरे कमरे में चले गए।

घर में फिर वही निर्मम सन्नाटा, और नीचे सड़क का रौंदता हुआ शोर बाकी बच गया। बीच में फोन की घंटी बजी। फोन शोभन ने ही उठाया होगा। कुछ देर में बोले जाने वाले शब्दों ने स्वयं ही मुझे पकड़ लिया। वे किसी से कह रहे थे—"हाँ, कुन्तल आई है। येस तोरू भी है। जरूर मिलवाऊँगा। दोनों से मिलाऊँगा। कुन्तल अभी तो थकी है इसलिए लंच मत रखो, मैं खुद कान्टैक्ट कर लूँगा।"

शब्द सुने। अपने बारे में अन्दर से बोले गए शब्द। लेकिन नहीं। अब और अपने-आप को छल नहीं सकती। ये शब्द मुझे और धोखा नहीं दे सकते। समझ गई थी कि अन्दर घोंट-घोंटकर मारी जाने वाली कुन्तल को बाहर प्रिया के रूप में प्रदर्शित किया जा रहा था। शब्द और अधिक छल नहीं सकेंगे। मैंने निश्चय किया। मन में फिर वही जलन पैदा हो गई थी, वही जो एक बार भड़कती थी तो लपटों में अंग-अंग समेट लेती थी। कैसे बीतेंगे और दिन?

रात...रात की ध्वनियों की अपनी अलग-अलग पहचान होती है, चाहे किसी भी जगह की रात हो। और ऐसा व्यक्ति रात की ध्वनियों को कितने गाढ़ेपन से पहचानता है जिसके जीवन की कुल जमापूँजी अब केवल कुछ रातों का अनुभव ही रह गया हो।

रात बढ़ रही थी और रात की ध्वनियाँ निकट आती जा रही थीं। सड़क का शोर अब उतना उलझा हुआ न होकर स्पष्ट और भारी हो गया था और सड़क के उस पार किनारे पर अपने-आप को पटकते हुए समुद्र की उसाँस बार-बार कमरे में झाँक जाती थी।

शोभन की कोई आवाज अब सुनाई नहीं दे रही थी। इसी एक परिस्थिति का सामना करने में मन काँप रहा था। बहुत देर तक अपने को उकसाकर मैं उठी। तोरू को शॉल ओढ़ा दी थी। बहुत धीरे-से शोभन के कमरे की ओर बढ़ी। शोभन कमरे के दूसरे कोने पर एक चमकदार डेस्क पर लैम्प की रोशनी में कुछ पढ़ रहे थे। वे पढ़ते रहे। मैंने धीरे से कहा, "आप सोएँगे नहीं?"

शोभन कुछ नहीं बोले। मैंने दुबारा वही प्रश्न पूछा। दो पल रुककर उन्होंने किताब किंचित खीज से बन्द की और बोले, "तुम्हारा बिस्तर लगा दिया गया है। मुझे काम करने दो।"

तुम्हारा बिस्तर?

बस, अब इससे अधिक नहीं। लेकिन उपाय? राह? खिड़की के नीचे एक छलाँग?

एक दिन, दो दिन, तीन दिन लगता है, मैं वह अभियुक्त हूँ जिसके अदालत में पहुँचने से पहले ही सजा सुना दी गई। सजा—एकान्त कारावास। कारावास में केवल वह खिड़की है जो अपनी लगती है और कुछ भी तो नहीं। लेकिन कितना भयावह है वह अपनापन। सारे दिन के उस रौंदने वाले सन्नाटे में कभी-कभी इशारे से वह खिड़की बुलाने लगती है और फुसफुसाकर पूछती है...तुम्हें रास्ता मिला?

नहीं।...मैं घबराकर कहती हूँ।

नीचे देखो, रास्ता है या फिर उस समुद्र को देखो। कितनी शीतल समाधि होती है समुद्र...और खिड़की रहस्यपूर्ण हँसी हँसती है।

समाधि! यह घर क्या सचमुच समाधि है। एक मकबरा, जिसमें मेरे सामने मेरी ही कब्र है सीलन भरी? कठोर, ठंडी।

दरवाजे पर जो घंटी लगी हुई है, उसे ठीक-ठीक घंटी कहना सही नहीं होगा। विचित्र आवाज होती है, जैसे किसी ने कोई चीज बलपूर्वक चीर दी हो। कम ही बजती है किन्तु बजती है तो बहुत कष्टदायक लगती है। सोचती हूँ, उसकी यह ध्वनि ठीक ही है। जब-जब वह बजी मेरे अन्दर कुछ-न-कुछ चीर गई।

वह बजी। दरवाजा खोला, अखबारवाला है। विचित्र दृष्टि से मुझे देखकर पूछेगा, "मेम साहब नहीं हैं?"

फिर चला जाएगा। दूधवाला, सब्जीवाला, मक्खन-डबलरोटी वाला...मेम साहब नहीं हैं?

नहीं...मेरे कहते-न-कहते लौट जाएँगे। सब। जैसे मेरा वहाँ होना निरर्थक है। मीनल के अलावा यहाँ और किसी की कोई पहचान नहीं। वही तकलीफ देनेवाली घंटी बजती है। तारवाला आया है। तार है। दस्तखत करके ले तो लिया, लेकिन खोलने की हिम्मत नहीं होती। शोभन नाराज न हों।

फिर वही खिड़की की चुपचाप मुझे बुलाने की आवाज। रात को शोभन लौटे तो सबसे पहले तार पर ही उनकी नजर पड़ी। खोला। पढ़ा।

पढ़कर थोड़ी देर चुप। नौकर ने कॉफी रख दी थी, वह भी ज्यों-की-त्यों पड़ी रही। उठकर टहलने लगे। फिर जैसे कुछ याद आया। कहीं फोन मिलाया। फोन मिलने पर पूछा, "कलकत्ते के लिए अर्लिएस्ट फ्लाइट कितने बजे है? येस एक सीट, राइट।"

फ्लाइट। कलकत्ता। एक सीट। चित्र एक क्षण में पूरा हो गया। तार में क्या लिखा होगा यह समझना कठिन नहीं था।

फोन रखकर थोड़ी देर टहलते रहे, फिर बोले, "देखो, तोरू का ध्यान रखना। मीनल की तबीयत ठीक नहीं है। और हाँ...ऑफिस से फोन आए तो कहना...कलकत्ते के बारे में मत बताना। कहना—कुछ भी कह देना, कलकत्ते के बारे में मत बताना।"

लगा वे बेहद उतावले हो उठे हैं। नौकर से अटैची निकलवाई और कपड़े रखने लगे।

"आप आराम करिए, कपड़े मैं रखे देती हूँ," मैंने कहा। आश्चर्य कि शोभन ने वही किया जो मैंने सोचा था। कपड़े छोड़कर अलग हट गए। मन में आया, कह दूँ कि अब तो तुम बदलोगे ही शोभन, मेरे प्रति मृदु भी होगे, क्योंकि इस छोटे से झूठ को खड़ा करने के लिए मेरी आवश्यकता जो है।

उसके बाद की सुबह ने एक क्षण के लिए मुझे फिर धोखा दिया, इतना स्वीकार कर सकती हूँ। तोरू को गोद में उठाया, प्यार किया। उसे और दिनों के विपरीत मेरी बाँहों में पकड़ा दिया। मेरी आँखों में देखा और एक हाथ मेरे कन्धे पर रखकर बोले, "अपना ध्यान रखना। समय से खा लिया करना। और हाँ, ऑफिस से अगर कोई मिलने आए तो तुम समझती ही हो।"

शोभन गए। खिड़की मुझे फिर बुलाती है। अब उससे इतना डर नहीं लगता। खिड़की के बाहर वही शोर भरी हुई सड़क है और बेहद बेचैन समुद्र। समुद्र के ऊपर नीले आसमान पर फिसलते हुए बादलों के कुछ टुकड़े।

शोभन गए। मैं हवाई जहाज पर कभी नहीं चढ़ी। सुना है जहाज जाता है तो रास्ते में बादल मिलते हैं। क्या वही हैं मेघदूत...कालिदास के यक्ष के सन्देशवाहक...

मुझे याद आता है, विवाह के तुरन्त बाद का दिन। उस फुलबगिया में उस दिन मैं अकेली थी। शोभन दूसरे शहर गए थे किसी प्रकाशक के बुलावे पर। जाते ही वहाँ से उन्होंने अपनी किताब की पहली प्रति भेजी थी मुझे। प्रति के पहले पृष्ठ पर सजाए हुए अक्षरों में उन्होंने लिखा था,

सन्तप्तानां त्वमसि शरणं तत्पयोद प्रियायै
सन्देशं मे हर धनपतिक्रोध-विश्लेषितस्य।

ओ मेघ, कुबेर की अप्रसन्नता से दुःखी इस यक्ष की सहायता केवल तुम्हीं तो कर सकते हो। आज अगर वह प्रति यहाँ होती तो मैं उस पर लिख देती,

आधिक्षामां विरहशयने सन्निषण्णैकपार्श्वां
प्राचीमूले तनुमिव कलामात्रशेषां हिमांशोः॥

वह प्रिया अपने शयनकक्ष में प्रिय के विरह में रो-रोकर कलामात्र शेष चन्द्रमा की तरह क्षीण हो चुकी है।

किन्तु यह भी लिखने का अधिकार क्या मेरे पास है? हवाई जहाज के पास उड़ते हुए मेघ क्या मेरा एक प्रश्न वहाँ शोभन को दे सकेंगे... कहाँ है प्रिया का वह शयनकक्ष, कहाँ है वह एक पहचान जिसे लेकर प्रिया रो तो सकती थी?

शोभन की प्रिया क्षीण होती रही, पीली पड़ती रही, पर रोई नहीं। रोने से होता भी क्या? यह समूचा सागर आँखों में उतारकर भी क्या व्यथा हल्की हो सकती थी?

दो दिन बाद शोभन वापस आ गए। वही, जिन्होंने जाते-जाते कहा था—अपना खयाल रखना। दरवाजे की उस कर्कश घंटी के साथ जिस

हँसी की आवाज सुनाई पड़ी थी वह मेरे अगले दिनों की सही-सही पूर्वसूचना थी।

मीनल हँसती हुई बाथरूम चली गई और शोभन इस तरह सवाल करने लगे जैसे वहाँ मैं, कुन्तल नहीं, उनके ऑफिस की कोई क्लर्क हो—"ऑफिस से कोई आया था?"

"नहीं।" मैंने कहा।

"कोई फोन?"

"हाँ। पूछा था।"

"तुमने कहा क्या?"

"वही जो आपने कहा था।"

"कोई कागज़, फाइलें?"

"चपरासी लाया था।"

इससे अधिक और कुछ भी नहीं पूछा गया। मीनल अभी बाथरूम में थी, शोभन ने एक क्षण दूसरे कमरे की ओर देखा और खुद भी बाथरूम चले गए। शायद हाथ धोने।

हाँ, हाथ ही धोने। बड़ी सफाई से वे अब रिश्ते से हाथ धो रहे थे। बाथरूम से खिलखिलाकर हँसने की आवाज आने लगी, आती रही।

फोन की घंटी बजी। थोड़ी देर बजती रही। मैं असमंजस में खड़ी रही। फोन उठाऊँ न उठाऊँ। बाथरूम की हँसी में व्यवधान हुआ। शोभन ने बाहर आकर फोन उठा लिया। बोले, "हाँ। बस अभी पहुँच रहा हूँ। अभी-अभी आया हूँ।"

फोन रखकर जैसे उन्होंने शून्य को सुनाया, "मैं पन्द्रह मिनट में ऑफिस जा रहा हूँ। मीनल से पूछ लेना वह क्या खाएगी। नौकर की मदद कर देना।"

शब्द अगर पत्थर होते हों तो वे ऐसे ही होते होंगे और इसी तरह चोट पहुँचाते होंगे। मीनल बाथरूम से बाहर आ गई। फिर वही हँसी। फिर वही छेड़छाड़ और यह सब कुछ ऐसे, जैसे वहाँ कुन्तल, शोभन

की पत्नी नहीं, केवल एक निराकार शून्य हो। खिड़की के शोर और समुद्र की गरज के साथ एक तीसरी आवाज भी मिल गई थी। मीनल और शोभन की हँसी।

ऑफिस जाते-जाते वे मीनल से बोले, "दिन में खूब आराम कर लेना, शाम को घूमने चलेंगे।"

"क्यों दिन में आराम क्यों करना?" मीनल ने बेशर्म शरारत से पूछा।

"क्योंकि रात में फिर आराम का मौका नहीं मिलेगा। यही सुनना चाहती थीं न?" शोभन ने उसके गाल मसलते हुए कहा।

फिर वही हँसी। शोभन चले गए। मीनल खिड़की से बाहर उन्हें देर तक देखती रही।

लगभग दो घंटे इस विदा के बाद के विचित्र थे। मीनल ने मेरी ओर देखा। मैंने भी देखा। उसने भी कुछ कहना चाहा। मैंने भी। फिर वह भी रुक गई। मैं भी रुक गई। मुझे लगा, यह अवसर है। कुछ बातें की जा सकती हैं, साफ-साफ। मन इतना आन्दोलित था कि बिना बोले ही जाने कौन-कौन से संवाद तैयार करती रही। बातें कही फिर भी नहीं जा सकीं, इस बीच तोरू जाग गई। जागकर रोने लगी। मैं कुछ देर जड़ बैठी रह गई। हाथ रोककर मीनल ने पूछा, "तोरू भी आई है न?"

मुझे सूत्र मिल गया। मैंने अपने तीखेपन को वश में करते हुए कहा, "शोभन से इतनी बातें हुईं उन्होंने बताया नहीं?"

"हम लोगों को इतनी बातें करनी थीं कि इसका जिक्र होने का अवसर ही नहीं आया।" मीनल ने कहा।

अगली बात मैं ऐसी खोजने लगी जो कहीं मेरे प्रतिशोध से जुड़े। लेकिन मीनल अचानक विचित्र ढंग से नाक चढ़ाकर बोली, "ओ हो, ये गन्दगी अभी पड़ी है। धत्तेरे की। उसने खाली अटैची जमीन पर उलट दी। मैं तोरू को गोद में उठा लाई थी। अचानक जमीन पर उलट दी गई उस 'गन्दगी' पर मेरी नजर पड़ी—प्रयोग में लाए गए गर्भ-निरोधक।

"वो कागज उठाना।" उसने कहा।

कागज उसने खुद ही उठा लिया। कागज में उस गन्दगी को खुद ही लपेटते हुए नाटकीय रूमान के साथ जैसे अपने-आप से उसने कहा, "कुछ गन्दगियाँ सुन्दरतम चीजों से भी ज्यादा प्रिय होती हैं, क्यों कुन्तल?"

बर्दाश्त से बाहर होने पर भी कुछ विशेषताएँ किसी को जड़ बना देती हैं। एक-पर-एक, मुझे लग रहा था, वे बातें मेरे और शोभन के रिश्ते के ताबूत पर कीलों की तरह जड़ती जा रही थीं। सर भन्ना रहा था। शरीर जैसे बुखार से तप उठा था। तोरू गोद में होकर भी जैसे वहाँ नहीं थी। अपनी तमाम घृणा और अपने निरन्तर अपमान से उपजी जिज्ञासा को समेटकर मैंने तीखे स्वर में कहा, "तुम्हें शर्म नहीं आती?"

अब लगता है वे शब्द कितने नपुंसक थे। फिर भी उन्होंने अपना काम तो कर ही दिया। उन्हीं थोड़े-से शब्दों ने जैसे मेरा सारा क्षोभ उठाकर मीनल के ऊपर पटक दिया। मीनल सन्नाटे में आ गई। उलटकर जवाब देने की हिम्मत उसे नहीं हुई। मेरा मन यह समझकर और अधिक अधीर हो उठा। आगे वह कुछ बोले और मैं अब सब कुछ कह डालूँ इसकी तत्परता मुझे कँपाए दे रही थी।

लेकिन वह बोली कुछ नहीं। वहाँ से हट गई। मेरे साथ फिर बच रही अबोध तोरू, मेरी कुंठा और सड़क से समुद्र तक फैला शोर।

रात वे घूमने गए। तोरू भी उनके लिए बाधा ही थी, इसलिए तोरू को भी घर पर ही छोड़ गए। जाने क्यों इस एकान्त से मैं पहली बार आतंकित हुई। लगा कोई-न-कोई अनहोनी होगी। काफी रात गए तक उस अनहोनी के लिए अपने-आप को तैयार करती रही। मीनल की दिन की पराजय थोड़ा-सा सहारा दे रही थी। मन में मैंने निश्चय कर लिया था, जो भी हो, भीरुता से बाहर आना होगा। लड़ाई, अपनी लड़ाई खुद लड़नी होगी।

रात घंटी बजी। अनुमान था शोभन और मीनल होंगे। बाहर हँसी सुन पड़ी थी, फिर भी विश्वास था। नौकर शायद सोने की तैयारी में

रहा होगा। तीसरी बार घंटी बजने पर दरवाजा मैंने ही खोला। शोभन थे। मीनल भी। दोनों चुप। दो क्षण तक वे वहीं, उसी तरह खड़े रहे। मैं दरवाजे से अलग हट आई। वे अन्दर आए और दरवाजे को अच्छी तरह बन्द किया।

अभी मैं पीछे घूमी ही थी कि किसी हाथ ने मेरे बाल पीछे से पकड़कर खींचे। मेरे घूमते-न-घूमते शोभन ने शायद घूँसे से चोट की।

शब्दों ही से तैयार थी मैं। और अब लगा कि वह अनजानी आशंका क्या थी? उसके बाद सँभलने का अवसर नहीं मिला। झटके से बलपूर्वक जमीन पर पटकी जाने के बाद कमर और पसलियों के पास जूते की नोक की भरपूर ठोकर और उठाकर दुबारा जमीन पर पटक दिया जाना। उन थोड़े से क्षणों में एक असहाय चीख भी गले में ही सूख गई थी।

शोभन क्षुब्ध थे, केवल इस बात पर कि मैंने मीनल को गालियाँ दी थीं। वे थोड़े से शब्द उन दोनों की तफरीह के क्षणों में गालियाँ बन चुके थे और सफाई या प्रतिवाद का अवसर तो वहाँ था ही नहीं।

रात कितनी हो गई थी पता नहीं। तोरू के कारण, तोरू जाग न जाए और जागकर उनको परेशान न करे इसलिए मुझे एक बिस्तर पर धकेल दिया गया था। कमरे में इतना अँधेरा तो नहीं ही था। आश्चर्य होता है; तब सहसा मर जाना क्यों न हुआ था?

बाहर समुद्र का उफान है। खिड़की उसी तरह फुसफुसाकर कहती है—कुन्तल, खामोश रहना। दर्द की कराह भी न हो। खामोश रहना।

साथ के पलंग पर मीनल है और शोभन। जाने कैसे फुलबगिया वाला शोभन अपनी केंचुल उतारकर रह जाता है मात्र पशु। बल्कि पशुयुगल। गरजते हुए सागर की आवाज में उनकी नग्नता दो मदान्ध पशुओं की तरह फूट पड़ती है।

उठना होगा। शोभन वहाँ कहाँ है। अशोभन ही है जो कुछ है। मैं कराहकर उठी और झटके से दरवाजे की ओर बढ़ी कि कम-से-कम दूसरे कमरे में चली जाऊँ।

शोभन थम गए। लपककर उन्होंने मेरा हाथ पकड़ा और दुबारा पलंग पर पटक दिया। क्या नाटक करती है। दुनिया में कुहराम मचाएगी। दुनिया को दिखाएगी?

नहीं। दुनिया को अब दिखा भी क्या सकती हूँ। दिखाने के लायक रहा ही क्या था? वह जिसने मुझे एक झलक देखने के लिए तपती धूप में दिन गुजारा था खड़े-खड़े, मात्र वही शोभन था मेरे पास, जिसे मैं दुनिया को दिखा सकती थी। अब इस अशोभन को कहाँ ले जाऊँ? किसे दिखाऊँ?

विचित्र स्थिति थी। अपमान और प्रतारणा सह रही थी मैं, और रूठ रही थी मीनल। घंटों रूठना और फिर शोभन द्वारा मनाया जाना। लगता था जैसे वहाँ एक सस्ता नाटक खेला जाने लगा हो। मीनल इसी तरह उस सुबह से रूठी हुई थी। शोभन उठ गए थे। मीनल को उठा-उठाकर हार गए थे मगर मीनल चुपचाप पड़ी हुई थी। सो नहीं रही थी।

हारकर शोभन तैयार हुए। नाश्ते की मेज पर ले जाने के लिए एक बार फिर उसी तरह मनुहार करते रहे। मीनल नहीं उठी। शोभन एक कप चाय खुद लाए, मीनल फिर भी नहीं मानी। बहुत इसरार के बाद बोली, "कुन्तल को पिला दो, मुझे नहीं पीनी।"

शोभन फिर भी जिद करते रहे। कुछ कसमें भी खाई थीं। नाटकीय ढंग से रूठी हुई मीनल ने और अधिक नाटकीय होकर जो कहा वह मैंने भी सुना, वह अपनी हैसियत के लिए रूठी हुई थी। वह कह रही थी कि उसने शोभन के लिए जीवन दे दिया पर मिला क्या? वह पत्नीत्व का एक छोटा-सा पद भी तो नहीं पा सकी।

तोरू रो पड़ी। जाने किस बात पर। सम्भव है कि यह तोरू का शैशव सुलभ प्रतिवाद रहा हो। तोरू जोर से रोई। मीनल और शोभन के नाटक के संवाद बन्द हो गए या रोने की आवाज में डूब गए। कितना अच्छा लगा उस समय उसका इस तरह रो पड़ना। मैंने चाहा यह रोना कम-से-कम थोड़ी देर और न रुके।

सहसा आँधी जैसे वेग से मीनल के कमरे से निकलती शोभन की आकृति दिखी। क्षण भर में उनके चेहरे का रौद्र भी दिखाई दे गया। अनायास मेरे हाथ अपने बचाव में ऊपर उठे। लेकिन आक्रमण के वेग के सामने वह हथेलियों की ढाल बहुत क्षीण, बहुत छोटी थी। तोरू सहमकर एकदम चुप हो गई।

पशु और आदमी के बीच एक अन्तर है। आदमी के हाथ होते हैं और पशु के हाथ-पैर में अन्तर नहीं होता, आदमी के हाथ और पैर में अन्तर होता है। शोभन के उस आक्रमण में वह अन्तर मिट गया था। मेघदूत की पंक्तियों का गायन करने वाले, बड़े-बड़े सम्मेलनों में साहित्य की ध्वजा लेकर खड़े होने वाले उस बुद्धिजीवी के हाथों और पैरों का अन्तर मिट गया था। मेरी आँखों के आगे सहसा अँधेरे का पर्दा खिंच गया था क्योंकि लात और घूँसों के आघात के साथ मेरा सिर बलात् फर्श पर टकरा दिया गया था। वे मारने के साथ-साथ विक्षिप्त स्वर में चीखते भी जा रहे थे, "उसे चुप नहीं करा सकती थी, जीना हराम कर दिया है। जान लेकर छोड़ूँगा।"

पहली बार एक मृत्यु-भय भी मुझमें उभरा था उस क्षण। मुझे लगा अशोभन सचमुच विक्षिप्त हो गए हैं और शायद मेरी जान लेकर ही छोड़ेंगे।

ठीक उसी क्षण दरवाजे की घंटी बजी। शोभन थोड़ा-सा रुके। उनके शब्द अब केवल गालियों में बदल गए थे। मेरे पिता, मेरी माँ और मेरे कुल को दाग़ लगाने वाली भद्दी गालियाँ। घंटी दुबारा बजी। शोभन चौंककर अलग हो गए। उसी आवेश में वे कमरा लाँघकर द्वार तक गए। वहाँ जो भी हुआ हो, उलटे पाँव वापस आए। कमरे के बाहर की ओर वाला द्वार भिड़ाया, मीनल से बोले, "मीनल, तोरू को चुप कराओ।"

मेरे निकट आकर उन्होंने झटके से मेरा चेहरा अपनी ओर किया। चेहरा रक्त से भीग गया था। घबराए स्वर में बोले, "मुझे माफ कर

दो कुन्तल। मैं पागल हो गया था। प्लीज कुन्तल! देखो अब मेरी लाज तुम्हारे हाथों में है। तुम्हारे पिताजी आए हैं। उन्हें मालूम न हो यहाँ क्या हुआ है। बस जल्दी से बाथरूम जाओ और हाथ-मुँह धोकर कपड़े बदल लो।"

उनकी आशंका सही थी। मेरे न उठने पर उन्होंने सहारा देकर उठाया और बाथरूम में पहुँचा दिया।

मीनल तौलिये से जल्दी-जल्दी फर्श पर गिरा हुआ खून साफ करने लगी थी।

मैंने सुना, शोभन कह रहे थे, "आपकी बेटी फिसलकर गिर पड़ी। चोट आ गई। उसी से मैं परेशान हो गया था।"

उन खोखले शब्दों के बाद एक क्षण का विराम देकर पिताजी का भारी और आर्द्र स्वर सुन पड़ा, "शोभन जी, आप इतनी ऊँची आवाज में बोल रहे थे कि काफी कुछ मैंने बाहर से ही सुन लिया था और अब अच्छा हो कि मुझे इसे ले ही जाने दीजिए।"

आगे के शब्द अधिक भीगकर सुनाई नहीं दिये। बाथरूम के आईने में मैं अपना चेहरा देखकर रो पड़ी। रोती रही।

थोड़ी देर बाद मुझे भी वहाँ ले आया गया। गिर पड़ने के झूठ की अब कोई आवश्यकता नहीं थी। जो कुछ था बेशर्मी से खुला पड़ा था। पिताजी मुझे देखकर फिर से रो पड़े थे। जाने कैसे और क्यों मैंने हठ पकड़ लिया था, जो भी हो शोभन जैसे रखें, पर मैं जाऊँगी नहीं। यहीं रहूँगी। इन्हें जिन्दा रखना है तो रखें, मारना है तो जान ले लें।

क्या यह सारा निर्णय कोई और ही करा देता है? क्यों लिया था वह निर्णय? आज सोचती हूँ वह एक अन्तिम अवसर था। तब सही निर्णय ले लिया होता और पिताजी के साथ चली आई होती तो आज की स्थिति निश्चय ही कुछ दूसरी होती।

पिताजी ठहरे नहीं। एक घूँट पानी भी उन्होंने नहीं पिया। ज्यों-के-त्यों वापस लौट गए। रुकते भी कैसे? किस आधार पर? शोभन के पास एक

शब्द भी उन्हें रोकने को नहीं था। शब्द ही क्या, साहस भी नहीं था।

वे गए तो लगा मेरे अन्दर जो कुछ भी थोड़ा-बहुत साबुत बचा था, हाथ से छूटे आईने की तरह टूटकर बिखर गया।

उस रात एक बार फिर वही...वैसा ही भयावह नाटक हुआ। मीनल का रूठना, शोभन की धूर्त शपथें और अकारण ही मेरा पीटा जाना। अब बचाव भी व्यर्थ था। रोने के लिए भी तो शक्ति चाहिए। पीटकर थक जाने के बाद वे अपने कमरे में गए और लौटे तो उनके हाथों में कलम और कागज था। शब्द चबाते हुए बोले, "यह कलम लो और लिखो, जो बोल रहा हूँ वह लिखो, वरना..."

उन्होंने एक बार फिर मेरे लम्बे बालों को अपने पंजे में भरकर जमीन से सिर टकराने की धमकी दी।

लिख दो कुन्तल, जो कुछ भी कहें लिख दो। सड़क और समुद्र के उमड़ते हुए शोर ने फुसफुसाकर कहा—बचा ही क्या है जिसे समेटकर रखोगी कुन्तल, लिख दो।

शोभन बोलते हैं। भूल हो गई, जो कुछ बोलते हैं वह इन्हें शोभन रहने ही कहाँ देता है। अशोभन बोलते हैं और दर्द समेटकर काँपते हाथों से मैं लिखती हूँ,

प्रिय शोभन,

पिछले सात वर्षों में तुमने मुझे मेरे गन्दे संस्कारों से मुक्त करने का प्रयत्न किया, लेकिन तुम्हारा सारा परिश्रम व्यर्थ निकला। मैं तुम्हारे साथ रहने योग्य नहीं हूँ। अपनी स्वेच्छा से यह तुम्हारा घर छोड़ रही हूँ और अब मैं कभी तुम्हारे ऑफिस या घर आकर किसी से कुछ कहूँगी नहीं, वचन देती हूँ। मैं आनन्द साहब के साथ रहने जा रही हूँ।

तोरू अभी मेरा दूध पीती है इसलिए उसे ले जा रही हूँ और वचन देती हूँ कि उसके तीन साल पूरे होने से पहले

उसे आपको सौंप दूँगी। अपने बारे में निर्णय लेने के लिए आप स्वतंत्र हैं।

आपकी
कुन्तल

कोई भी चीज टूटती है तो एक तकलीफ के साथ। रिश्ते और भी अधिक कष्ट से टूटते हैं। लेकिन वह कष्ट इतना भयानक और नारकीय होता है जिसकी कल्पना कठिनाई से ही की जा सकती है।

इतने भयानक अपमान और इतनी यातना के बाद शोभन से मेरे रिश्ते का कौन-सा कोना बचा था मैं नहीं जानती। हाँ, एक बात मुझे साफ याद है। मरने की इच्छा जाने कहाँ लुप्त हो गई थी। स्वयं मरना पराजय है। देखूँ, शोभन का पशुबल कैसे मारता है? मार देंगे तो पशुता की सिद्धि पर एक सन्तुष्ट मुस्कान लेकर ही मरूँगी।

रात हो चली है। शोभन लौटते होंगे। मीनल है, इसलिए देर का प्रश्न ही नहीं। लौटने के बाद शायद फिर एक दौर होगा, क्षोभ को पशुबल में बदलने का। मुझे कराहती हुई दूसरे पलंग पर छोड़कर वे और मीनल थोड़ी देर लिपटे रहेंगे। 'गन्दगी' का वह क्षण आएगा फिर पसीने-पसीने होकर दोनों सो जाएँगे जैसे वहाँ कुछ भी न हुआ हो।

रात हो चली थी। शोभन आए। वे किसी से बातें कर रहे थे। कोई और भी था पुरुष। उसके पीछे एक व्यक्ति और भी था। बैठक में देर तक वे बैठे। चाय वहीं चली गई। इसके बाद शोभन अन्दर आए। उनके हाथ में एक मोटा कागज था, अदालती स्टाम्प पेपर जिस पर पहले से ही कुछ टाइप किया हुआ था। बोले, "इस पर दस्तखत कर दो।"

लिखे गए शब्द मैंने पढ़े नहीं थे लेकिन काफी सीमा तक उनकी कल्पना कर सकती थी। दस्तखत न करने का कोई निश्चय बिलकुल ही नहीं था। फिर भी थोड़ी देर कागज लेने को हाथ नहीं बढ़े। शोभन

ने दाँत पीसते हुए फिर वैसा ही कुछ कहा। वही सब कुछ अशोभन। गालियों से लिथड़ी हुई धमकियाँ। कागज लेकर मैंने दस्तखत कर दिये। कागज उन्होंने तुरन्त हाथ से ले लिया और दूसरे कमरे में चले गए। मैं अचानक रो पड़ी। बहुत देर तक रोती रही। तोरू बाहर उदास हो गई थी। बार-बार मेरी ओर देखती और न जाने क्या कहने के लिए अपनी नन्ही हथेली से मेरा चेहरा छू देती। मौन रुदन के बीच कभी-कभी मन होता था कि चीख और चिल्लाकर खिड़की के नीचे भागती तमाम दुनिया को इकट्ठा कर लूँ और लोगों से कहूँ—लोगो, देख लो आकर अपना मसीहा। देख लो यह मानव जिसने मानव-मूल्यों पर बड़ी-बड़ी बातें कही हैं। देख लो उसके मानव-मूल्य।

मीनल अब छुपे तौर पर नहीं, बेधड़क खुश थी। दोनों आदमियों के जाने के बाद ही मीनल ने उस बैठक को फुलबगिया वाले मकान के नीचे वाले कमरे में बदल दिया। लगा, आज पहली बार वह शोभन को साधिकार प्राप्त कर रही थी।

उस रात शोभन देर तक जागे थे। बहुत बाद में मालूम हुआ, उसी रात उन्होंने अपने सभी साहित्यिक मित्रों को लम्बे-लम्बे खत लिखे थे। उनमें से एक खत...हाँ, वह भी तो है कुमुद के कमरे की अँगीठी में जले हुए कागजों में से एक। शोभन को उनके इस खत के लिए भरपूर दोषी ठहराते हुए जिसने एक लम्बा खत शोभन को लिखा था उसी ने शोभन का खत बाद में मुझे भेज दिया था।

खतों में शोभन ने स्टाम्प पेपर पर लिखाए मेरे 'वक्तव्य' के हवाले दिये थे और 'दुश्चरित्रा' बताकर मुझसे अपने सम्बन्ध टूटने के 'दुर्भाग्य' की चर्चा की थी।

वह सप्ताह घटनाहीन बीता। बस, मेरा वहाँ होना उनके लिए शून्य और मेरे लिए शिला की तरह भारी होता जा रहा था। कुछ भी न होना—अपमान और शारीरिक यातना तक की अनुपस्थिति—कभी-कभी अपने जीवित होने तक पर सन्देह होने लगता था।

और तभी फिर घटनाओं का क्रम आरम्भ हो गया। शोभन ऑफिस से लौटे और मुझ पर टूट पड़े। चीखती हुई तोरू को मीनल उठा ले गई और शोभन मुझे पीटते रहे, चीखते रहे।

उनके उत्तेजना-मिश्रित विक्षिप्त स्वर में तेजी से बोले गए जो संवाद सुनाई दिये उनसे पता चला मेरे कारण उनके साहित्यकार मित्र उनकी निन्दा कर रहे हैं।

तीन रोज तक यह नया क्रम चलने के बाद एक दिन मालूम हुआ मीनल वापस कलकत्ता जा रही है। वह जाते-जाते कह गई कि जब तक यह औरत यहाँ से नहीं जाती, वह वापस नहीं आएगी। दूसरे अवसरों की तरह इस बार शोभन उसको कसमें नहीं दिलाते रहे, मनाते भी नहीं रहे। मीनल चली गई। उसके जाने के बाद एक नया अध्याय शुरू हुआ, अन्तिम अध्याय।

शोभन ऑफिस गए और लौटे ही नहीं। लौटेंगे भी नहीं। फोन पर उन्होंने नौकर से कहला दिया—उसे कह दो जब तक वहाँ है मैं नहीं लौटूँगा। उसकी जहाँ मर्जी हो वहाँ चली जाय। किराया भिजवा दूँगा।

इस नई धमकी को कैसे लूँ? कितनी यातना और छुपी है इस धमकी के पीछे? घटना पर रोऊँ, खुश होऊँ या निर्वेद?

शाम को चपरासी आया और एक लिफाफा दे गया। लिफाफे में क्या होगा इसका अनुमान लगाने की आवश्यकता नहीं थी। इस बात पर खेद भी निरर्थक ही था कि उसमें सौ रुपये के एक नोट के अलावा लिखी गई एक पंक्ति भी नहीं थी।

आज मौसम भी बहुत खराब है। आसमान सारा दिन बादलों से घिरा रहा था और समुद्र रुपहले नीले के बजाय मटमैला काला हो गया था। बार-बार उफान से बेचैन समुद्र की आवाज बहुत भयावह और आक्रामक लग रही थी।

लिफाफा छोड़कर मैं उठी। फिर वही अटैची। अटैची में गिन-गिनकर सामान रखने लगी। फिर कुछ सोचकर एक पेंसिल और कागज ले आई।

जो भी गिनी-चुनी तोरू की चीजें थीं उनकी एक सूची तैयार की। सूची के नीचे हस्ताक्षर किये।

नौकर मूढ़ कुतूहल के साथ सब कुछ देखता रहा। स्थिति से अनभिज्ञ तो वह नहीं ही था। अटैची घसीटकर खड़ी हुई तो उसने रोक दिया। पहली बार बोला, "बीबी जी, अटैची मैं पहुँचा दूँगा। आपके लिए टैक्सी लाऊँ?"

बहुत बड़े रेगिस्तान में भटकते हुए आदमी को तपती रेत और झुलसती धूप में अगर एक छोटे-से पत्थर का साया भी पाँव की दो उँगलियाँ छुपाने भर के लिए मिल जाय तो बड़ा अजीब लगता है। उस समय उस नौकर का सम्बोधन कुछ वैसा ही लगा।

स्टेशन आने के बाद बारिश शुरू हो गई। तेज बारिश। तोरू सो गई थी। उसे शॉल से ढक लिया। स्टेशन के बाहरी बरामदे तक फुहार आ रही थी। तपते हुए माथे पर वह फुहार महसूस करती हुई मैं सोचने लगी, जाऊँ तो कहाँ जाऊँ? शोभन की माँ के पास? अपने पिताजी के पास? या कहीं और? या फिर रेल की पटरियों पर...?

पराजित व्यक्ति सम्भवत: निर्णय लेने की शक्ति भी खो देता है या कम-से-कम पहले के निर्णयों पर टिके रहने योग्य तो बिलकुल ही नहीं रह जाता। शोभन की माँ के पास लौटने की अब कोई राह नहीं थी। तीसरी किसी जगह का अनुसन्धान साधारण काम नहीं था। पिता के पास जाना होता तो उस दिन क्यों कहती कि जैसे भी रखें शोभन के साथ ही रहूँगी? पर इस तरह की अन्तिम पराजय के बाद ऐसे निर्णयों पर टिके रहने की शक्ति रह ही कहाँ जाती है?

बारिश में भीगती हुई चली थी। पिता के घर उतरी तो सब कहीं खुश्की थी, माँ की आँखों को छोड़कर।

जीवन भी तो इसी तरह वहाँ तक पहुँचा था। एकदम खुश्क, चारों ओर धूल उड़ती हुई। हर कहीं दिशाओं पर छाई गर्द का धुँधलापन। पिता हैं, माँ हैं, भाई-बहन हैं, तोरू है, फिर भी रेत में भटकने को छोड़

दिये जाने की अनुभूति टूटती नहीं है। किसी ने विशेष कुछ नहीं पूछा। पूछा जाने लायक था ही क्या? सब कुछ मालूम था सबको। फिर भी लगता था प्रश्नों के भयावह चेहरे मुझे घेरे हैं, अब क्या? आगे क्या?

शोभन की बहन आई थी एक दिन। उस दिन लगा कि वे प्रश्न मुझसे सम्बोधित हों यह स्वयं मैं भी चाहती थी। बाँध कहीं से टूटे तो। पहली बार बाँध टूटा। शोभन की बहन भी रोती रही, मैं भी और माँ भी। एक-एक कर मैंने सब कुछ बता दिया उस दिन। लेकिन फिर वही प्रश्न...अब क्या? आगे क्या?

जीवन कितना लम्बा होता है और जीवन का इतना लम्बा होना कितना डरावना होता है इसका अनुभव मुझे जल्दी ही होने लगा। लोग जीवन को लम्बा करना चाहते हैं। मैं उसे छोटा करना चाहती थी।

बहुत सुबह नींद टूट जाती थी। नींद क्या उसे मूर्च्छा भी कह लिया जाय तो बुरा न होगा। उतनी ही सुबह नहा लेना। शरीर पर पानी गिरता तो लगता इसका गिरना कभी बन्द न हो। यह गिरता ही जाय और इतना ही गिरे कि अन्तर का ताप पिघल जाय। पर वह ताप पानी से कब पिघला है? और इसके बाद ही शुरू हो जाता था पहाड़-सा दुर्दम, दुर्लंघ्य दिन। क्या कोई नौकरी की जाय? नौकरी—आनन्द साहब की वह घटना साकार हो उठती है। एकमात्र नौकरी का वह घिनौना उपसंहार लाँघकर फुलबगिया में उतरी थी, फुलबगिया के बाद अब फिर वही सिलसिला?

इन्हीं रेगिस्तान जैसे लम्बे-लम्बे दिनों में जाने कैसे मुझ तक आया एक पत्र। वयोवृद्ध आशीर्वाद से भाई जी ने आखिर खोज ही लिया। बड़ी पीड़ा से उन्होंने सूचना दी थी कि उन्हें सब कुछ मालूम हो गया है और वे मेरी सहायता के लिए ढाई सौ रुपये गीतकार कवि हरि जी के हाथ भिजवा रहे हैं।

पिछले कुछ अन्धड़ भरे दिनों के बाद इन रुपयों के पीछे पहली बारिश में भीगी मिट्टी की गन्ध जैसी जो सद्‌भावना थी उसकी प्रतीक्षा

मैंने कई दिन की। बाद में पता चला, बहुत बाद में कि साकी और जाम के प्यासे कवि को वह सद्‌भावना इतनी प्यारी लगी थी कि वह उसे उन ढाई सौ रुपयों सहित अपने बैंक में रख आया था।

भाई जी को एक सप्ताह बाद उत्तर लिखा। उसके तुरन्त बाद उन्होंने सूचना दी कि उन्होंने कुछ लोगों से बातें की हैं और वे चाहते हैं कि दिल्ली में जहाँ कहीं रिक्त स्थान हो उसकी सूचना मैं भाई जी को अविलम्ब दूँ। रिक्त स्थानों का पता मैं कहाँ से लगाती। पिता जी को भी यह पता नहीं लगने देना चाहती थी कि मैं नौकरी करना चाहती हूँ, क्योंकि वे सोचते कि मैं अपने-आप को यहाँ भार मान रही हूँ। अखबार के कुछ विज्ञापन देखकर उनके बारे में भाई जी को लिख दिया। लेकिन मन इतना बेचैन था कि भाई जी का उत्तर आने से पहले ही मैंने चुपचाप एक पता नोट कर लिया और माँ से किसी सहेली से मिलने का बहाना बना करके बाहर आ गई।

दुनिया, भीड़, चारों ओर भागते हुए बदहवास लोग। मैंने अपने डर को किसी तरह दबाया। बस से कहाँ उतरना है यह भी मालूम नहीं था। जाने कितनी दूर बस ले गई। बार-बार पूछना अच्छा नहीं लग रहा था। आखिरकार बस ने जहाँ उतारा वह पुरानी दिल्ली का जबरदस्त शोर और भीड़ भरा इलाका था।

हर कोई बदहवास भाग रहा था, जैसे कहीं कोई खतरा उसका पीछा कर रहा हो। लेकिन इस भगदड़ के बीच भी लोगों को जाने कहाँ से इतना समय मिल जाता था कि वे मुझे देखते, ठिठकते, फिर देखते, आगे बढ़ते और ठिठककर फिर देखते। मैं साहस जुटाने के बावजूद भयभीत हो उठी।

पर्स में पड़ा हुआ पता एक बार फिर देखा। फूलवाली गली, धर्मशाला के पीछे, मकान नम्बर 2732, शिशु विद्यालय। फूलवाली गली पूछते-पूछते और अजनबी निगाहों से टकराते हुए जिस फूलवाली गली में मैं पहुँची वहाँ फूलों जैसी किसी चीज की कल्पना भी कठिन थी।

कठिनाई से दो व्यक्तियों के एक साथ गुजर सकने लायक गली में कभी ईंटें बिछी रही होंगी। अब वहाँ छोटे-छोटे गढ़े जड़े हुए थे। गली के दोनों ओर रास्ते में कुछ ज्यादा ही चौड़ी गन्दे पानी की नालियाँ। नालियों के ऊपर सँकरी छतों की तरह फैले हर मकान के सँकरे चबूतरे। चबूतरों पर कुतूहल से भरी बूढ़ी औरतें, मैले बच्चे। वहाँ गन्दगी थी, अँधेरा था, सीलन थी, बदबू थी और अगर कुछ नहीं था तो वे फूल जिनके नाम पर वह गली जाने कब फूलवाली गली हो गई थी।

मैंने सबसे पहले धर्मशाला का पता पूछा। जिस बूढ़े से पूछा था वह जवाब देने की बजाय अपनी पीठ खुजलाता हुआ मुँह फैलाए खड़ा रहा। पास का बच्चा भी कुछ नहीं बोला। इसी बीच चबूतरे पर बैठी एक औरत खिसक आई। उसने पहले मुझे घूरा, फिर सिर्फ इतना बोली, "आगे है, बाजू में।"

"वहाँ पीपल का एक पेड़ भी है।" बच्चे ने अब अपना सुझाव दिया।

पीपल का पेड़ इस बित्ता भर चौड़ी गली में। हारकर आगे बढ़ी। थोड़ी दूर पर धर्मशाला मिल गई। बाहर से मैले मन्दिर जैसी लग रही थी। द्वार पर पुरानी पच्चीकारी और दोनों ओर मसाले से बनाकर रखे गए द्वारपालों के दो पुतले। वहाँ पीपल भी था। धर्मशाला से सटे मकान की दूसरी मंजिल से गन्दा पानी नाली तक गिरने वाला पाइप सड़कर टूट गया था और उसी की सीलन में दीवाल फोड़कर एक नाटा-सा पीपल का पेड़ इस तरह लटका हुआ था जैसे किसी मजदूर औरत की गोद में बच्चा टँगा हो।

धर्मशाला की बगल में एक ओर उससे भी पतली गली थी। वहीं था वह शिशु विद्यालय। शिशु तो नहीं; हाँ, दो मैले से किशोर चबूतरे पर रेखाएँ खींचकर पत्थर के टुकड़ों से खेल रहे थे।

"स्कूल यही है?" मैंने उनसे पूछा।

"स्कूल?" उनमें से एक ने मुझे घूरा फिर दूसरे ने भी घूरा और दुबारा खेल में व्यस्त हो गए। इस बीच अन्दर से एक अधेड़ आदमी

बाहर आया। शक्ल से अच्छा नहीं लगा। फिर भी पूछा, "भइया, शिशु विद्यालय यही है?"

"शिशु विद्यालय?"—वह आदमी एक क्षण कुछ सोचता रहा फिर पूछा, "क्या काम है?"

"बात यह है कि अखबार में छपा था कि यहाँ किसी टीचर की जगह खाली है।"

मेरे बोलते-न-बोलते वह आदमी मुड़कर अन्दर गायब हो गया। थोड़ी देर में अन्दर से ही किसी ने झाँककर देखा और अधेड़ आदमी दुबारा बाहर आया। बोला, "अन्दर बुलाते हैं जी।"

अन्दर के नाम पर मन जाने कैसा हो आया। लेकिन अब लौटना सम्भव भी नहीं था। चौड़े दरवाजे के बाद सीलन और अँधेरे भरी एक छोटी-सी गली थी। उसके बाद एक वैसा ही सँकरा, मैला-सा आँगन। आँगन के चारों ओर कोठरियाँ जैसी। साथ वाले व्यक्ति की नजर जैसे चुभी जा रही थी। एक कोठरी से एक अधेड़ औरत निकली और बिना किसी ओर देखे बाहर चलती चली गई।

अधेड़ आदमी ने जिस कोठरी की ओर इशारा किया उस पर चिक पड़ी हुई थी। दरवाजे के पास एक लोहे का मोटा टुकड़ा तार से लटका दिया गया था जिसे घंटी की तरह बजाया जाता होगा। आँगन के कोने में दो टूटी हुई बैंचों के ढेर के बीच एक बदरंग काला तख्ता, आधा लुढ़का पड़ा था।

चिक के अन्दर बिजली के बल्ब की फीकी-सी रोशनी में एक भारी-भरकम आदमी बेहद घिसी हुई मेज के पीछे बैठा था। मेज के इस ओर पटरे ठोंक-ठोंक कर खड़ी की गई एक कुर्सी थी।

"आओ जी, बैठो।" भारी-भरकम आदमी ने बेसुरी आवाज में कहा। उसकी आवाज बेहद पतली और भोंड़ी थी। वह बोला—"मैं इस स्कूल का प्रिंसिपल हूँ जी। बैठो। अभी बच्चों की छुट्टी है।"

मैंने प्रिंसिपल नाम की उस चीज को नमस्कार किया। मेरे बैठते

ही वह बोला, "क्या पियोगे जी, चाय या कोका कोला? अरे ओ...ऐ, एक कोका कोला ला।"

"नहीं तकलीफ़ मत करिए। बात यह है कि मैंने..."

मेरी बात पूरी होने से पहले ही उसने कहा, "चिन्ता न करो जी। बात ये है कि वैकेंसी तो है। हम जरा अच्छी टीचर चाहते हैं। आराम से बैठ जाओ जी। देखो जी तनखाह हम बढ़िया देते हैं...सौ, सवा सौ तक दे देंगे। टीचर अच्छी चाहिए। टीचिंग में डिप्लोमा वगैरह।"

"देखिए वो...डिप्लोमा तो नहीं है। वैसे मैं एम. ए. हूँ।" मैंने हिचककर कहा।

"कोई बात नहीं। कोई बात नहीं। बात ये है कि हमारा ये स्कूल बड़ा तो है नहीं, मगर जी हम डिसिप्लिन चाहते हैं।"

पता नहीं कितनी बातें बोलता रहा और बोलता ही गया वह आदमी। बीच-बीच में कोका कोला के लिए चिल्लाता था और फिर बोलने लगता था। उसकी बातों से लग रहा था कि वह नौकरी देने को बिलकुल तैयार है। पैसे बहुत ही कम थे। लेकिन उस हालत में किसी काम में अपना मन बँटाना शायद किसी नौकरी से भी ज्यादा जरूरी हो गया था।

पैसे बहुत ही कम थे, स्कूल नाम की वह जगह अनाकर्षक थी, यह कहना तो उसकी तारीफ होगी, लेकिन उससे भी ज्यादा अप्रिय लग रहा था वह भारी-भरकम, बहुत बोलने वाला बेसुरा आदमी। सच यह है कि अब जल्दी से जल्दी मैं उससे पीछा छुड़ाने के चक्कर में थी।

लम्बा भाषण सुन चुकने के बाद खुद मैंने ही कहा, "अच्छा तो मुझे आज्ञा दीजिए।"

"क्यों? क्या बात हो गई?" वह लगभग बौखला गया—"तुम्हें नौकरी नहीं चाहिए?"

"जी नहीं, नौकरी तो चाहिए, मगर देर हो रही है और मुझे घर लौटना है," मैंने कहा।

घर की बात करके मैंने गलती ही की। वह घर के बारे में पूछने

लग गया। कौन-कौन हैं? शादी हुई या नहीं? पति क्या करते हैं इत्यादि।

कठिनाई से ही वहाँ से उठने पाई। वह आदमी बोला, "चलिए, मैं बाहर तक छोड़े देता हूँ।"

"नहीं, आप तकलीफ मत कीजिए।"

"नहीं जी, तकलीफ कैसी।" मेरे मना करने के बावजूद वह कोका कोला न आने के नाम पर बड़बड़ाता हुआ साथ चल पड़ा। गली तक आकर बोला, "तो कल आओ। हमारे मैनेजर साहब भी होंगे। इसी टाइम। आओगी न?"

गली पार करते-करते उसने उसी बेसुरी आवाज में अपना आग्रह दुहराया और अचानक मेरी बाँह हाथ में लेकर रुका। मेरे शरीर पर जैसे किसी ने एक साथ कई बिच्छू छोड़ दिये हों। न जाने उत्तेजना में मैंने क्या कहा और कैसे उसका हाथ झटका। मैं बाहर आई तो चबूतरे पर बैठे दोनों किशोर विचित्र निगाहों से मुझे घूर रहे थे।

स्कूटर करने की भी वहाँ हिम्मत नहीं हुई। जैसे-तैसे गिरती-पड़ती मेन रोड तक आई। बराबर लग रहा था जैसे वह बेसुरी आवाज वाला आदमी मेरा पीछा कर रहा है।

घर आई। बिना किसी को अपनी हालत का पता दिये कमरे में पहुँची और रोई। देर तक रोती रही। रोना सभी ने देखा। सभी चुप। रोने का कारण उन्होंने सहज ही शोभन से जोड़ लिया था और सम्भावना भी क्या होती?

हर बसी हुई इमारत की अपनी-अपनी अलग आवाजें होती हैं। किसी-किसी इमारत में घुसते ही वहाँ की वे परिचित आवाजें आपका स्वागत करती हैं। गृहस्थी के बर्तनों की खनक, लोगों के चलने की आवाजें या किसी के बोलने की आवाजें। कुमुद के यहाँ भी अपनी अलग आवाजें हैं। कुमुद टहल रही है शायद। उसके पाँव चप्पल घसीटकर आगे बढ़ते हैं। सर्दी महसूस करते ही मैंने अँगीठी में कोयला और डाल दिया था। कोयला चटखता है। उसकी अपनी आवाज़ है। और इनके अलावा अगर कोई चुपचाप सुने तो उसे सुनाई देगी मेरे मन की आवाज़—अपने-आप में बोलते हुए मन की आवाज़।

रात काफी हो गई है, पर नींद नहीं आ रही। सोचती हूँ जले हुए कागजों में से कोई बाकी बचा हो तो उसे भी उलट-पलट कर आग के हवाले कर दूँ। फिर शायद नींद आ जाय...सुलगते हुए एक अतीत के भक् से जलकर राख हो जाने के बाद शायद नींद आ जाय। या न ही आए नींद। नई जगह इतनी जल्दी मन सहज नहीं हो पाता। अतरसुइया के मकान में ही पहली बार कहाँ नींद आई थी? फिर बम्बई के उस फ्लैट में? खिड़की ही रात भर खाँसती रही थी। उसके बाद वापस माँ

का घर। वहाँ नींद फिर नहीं आई और उसके बाद वह हॉस्टल। बाप रे! कैसी यातना थी उस जागरण में। छोटे-छोटे कमरों के हल्के-फुल्के दरवाजों से जाने कितनी तरह की आवाजें अन्दर आती थीं। कोई चीख, कोई गुनगुनाहट, कोई छीन-झपट, कोई बर्तन गिरने की आवाज़...अच्छा हुआ हॉस्टल छूट गया। केवल अविवाहिता और विधवाओं के लिए जगह थी वहाँ। मैं दोनों में से क्या हूँ?

विचित्र स्थिति है। भाई जी का पत्र आया था। सारी बातों पर क्षोभ के साथ-साथ उन्होंने सूचना दी थी कि वे मेरे भरण-पोषण के लिए शोभन को मजबूर करने की कोशिश करेंगे। कैसा भरण-पोषण? जो रिश्तों की खुली छाँह में छिन गया, वह क्या कानून की कोठरी में दुबारा मिलेगा?

अविवाहिता या विधवा! इन दो कानूनी शब्दों के बीच लुटे अपने व्यक्तित्व की छटपटाहट लिये अच्छा हुआ मैं उस हॉस्टल से भी बाहर आ गई। हॉस्टल मुझे रिश्तों का एक ऐसा कब्रिस्तान लगने लगा था जहाँ हर क़दम किसी-न-किसी ऐसी कब्र पर पड़ता था जिससे मरे हुए सम्बन्धों की दुर्गन्ध आती थी। अक्सर वह बदबू सुबह उठते ही दिमाग के अन्दर कहीं छुपकर बैठ जाती थी और फिर सारे दिन अपने वहाँ होने की याद दिलाती रहती थी।

किसी के जीवन के सारे रिश्ते किसी एक ही तार से गुँथे होते हैं। तार टूटे तो रिश्तों का हर दाना छिटककर अलग हो जाना चाहता है।

नींद नहीं आ रही। लेकिन आँखें पूरी तरह खुली भी नहीं हैं। कमरे के अँधेरे में लगता है जैसे जले हुए कागजों की राख से बार-बार कुछ लपक उठता है। अब शून्य को इसके अलावा और कुछ भर भी नहीं सकता। काफी दिनों के बाद कुछ ऐसा लगता है जैसे मोतियों की टूटी हुई माला के धागे में एक दाना और बच गया हो, तोरू! आज वह मेरे पास नहीं है। बस वही एक ऐसा सम्बन्ध है जो माला के बिखर जाने के बाद भी इस धागे में अटका हुआ है। तोरू शोभन के पास चली गई।

अपनी बेबसी नहीं, बल्कि प्रतिशोध की पहली पहचान के रूप में मैं उसे शोभन के पास छोड़ आई। वह वहाँ है और इसीलिए मेरे उस अधिकार की पहचान भी वहाँ है, जो निरन्तर शोभन के अन्दर एक 'आदमी' को खोजती रहेगी और उसे वहाँ न पाकर शायद मुझे बता सकेगी।

कमरे के इस निराकार अँधेरे में एक बहुत छोटी बात मुझे याद आ रही है। तोरू को देने के बाद जब पहली बार नितान्त अकेली होकर मैं उस घर से लौटने लगी थी तो मुझसे एक वाक्य अचानक टकरा गया था। शोभन ने ही किसी को न सुनाकर भी सुनाते हुए कहा था, 'देखता हूँ कैसे रहती है?' बात सीधे नहीं कही गई थी क्योंकि उस वाक्य के स्वामी का आत्मविश्वास स्वयं उसके पास नहीं था। मरणान्तक यातना झेलता हुआ संज्ञाशून्य मेरा मन कुछ देर को स्तब्ध रह गया था। लेकिन उसके बाद उसी बहुत छोटे मन के वाक्य से एक हरा-हरा पौधा उग आया था और वह आज भी मेरे साथ है।

मानवीय सम्बन्ध टूट जाते हैं। वे टूट गए। उनके साथ जितना टूटना था मैं भी टूटी और बिखरी। कई बरस के अन्तराल के बाद अचानक जब इस मोड़ पर पहुँची तो बेतरह टूट चुकी इन दीवारों पर वह अपना... नितान्त अपना हरा पौधा मेरे साथ हो लिया। इस विराट रेगिस्तान में यह नन्ही-सी हरीतिमा...यही तो मेरी अपनी है।

एक दिन...अभी थोड़े दिन पहले ही एक अजीब घटना हो गई थी। उस छोटी-सी घटना में भी किसी अतल कुएँ से कम गहराई नहीं थी। नौकरी का पहला दिन था। एक बड़े कमरे में बहुत बड़ी-बड़ी अलमारियों के बीच चार-पाँच मेजें और मैं। दोपहर तक जाने क्या हुआ कि मैं बरबस रो पड़ी। सम्भव है यह रोना एक ठहराव पा जाने का आश्वासन ही रहा हो। जितना अधिक मन को बाँधना चाहा था उतने ही अधिक वेग से बाँध टूटता जा रहा था। उस कमरे में बैठी दो स्त्रियों और दो पुरुषों में से एक व्यक्ति ऐसा था जो कुछ देर मुझे जैसे हतप्रभ होकर देखता रहा और उसके बाद कमरे के बाहर चला गया था। बाकी

तीन न जाने कितनी तरह से मुझे चुप कराने की कोशिश करते रहे थे। वह चौथा व्यक्ति उस दिन दुबारा ऑफिस नहीं आया था। दूसरे दिन मैंने उसे देखा तो लगा वह काफी बदल चुका है। मुझसे सीनियर था फिर भी उस दिन उसने मेरा काम खुद किया और चाहा कि मैं बिना कुछ किये वहाँ बैठी रहूँ। आदमी के मन की बाहरी दीवार उतनी ठोस नहीं होती कि उस पार कुछ न दीखे। जो कुछ उस पार दीखा उसे उस दिन सह जाने के अलावा और कुछ चारा भी न था। लेकिन दूसरे दिन मैंने खुद वे फाइलें बलात् बिना कुछ कहे उसकी मेज से उठा लीं।

इतने बड़े-बड़े रिश्ते पीछे छोड़ आने के बाद इस तरह बलात् अपने ऊपर फेंके जा रहे ये छोटे-छोटे रिश्ते मुझे असह्य ही हो रहे थे। अगले कुछ दिनों में उस व्यक्ति की सदाशयता थोड़ी खुली और मुझे और अधिक चुभी। सम्भवत: उसने ऐसा ही कुछ कहा था कि आप चुप क्यों रहती हैं। उत्तर मैंने उसे नहीं दिया था बल्कि कार्यालय के अधिकारी को दिया था। इस अँधेरे में उस व्यक्ति की वे कातर आँखें मुझे हास्यास्पद लग रही हैं। लेकिन इसके अलावा उपाय भी क्या है।

यात्रा का बहुत लम्बा रेगिस्तान है सामने। जिसे विश्वासों ने, आस्थाओं ने ही छला हो वह अब और किसे साथ ले? किसलिए साथ ले? फिर भी उन कातर आँखों ने मन को दुखा दिया, अनायास दुखा दिया।

शोभन के यहाँ से लौटकर रिश्ते बिखर गए थे, अब आत्मविश्वास भी बिखरने लगा। उन कातर आँखों ने कुछ भी तो नहीं किया है लेकिन फिर भी क्यों है उनमें वह कातरता? एक गिरी हुई इमारत की अन्तिम दीवार पर क्यों खड़ा होना चाहता है कोई? आँखों की उस कातरता से ही नहीं अपनी विवशता से भी मन घबरा उठा। कोई चार मील बस पर चलकर, ट्रेन से उन दिनों माँ के घर जाती थी। हर शाम। उस शाम बस भी नहीं, ट्रेन भी नहीं जाने कैसे पैदल ही मैं चलती चली जा रही थी। पैरों पर गर्द जम गई थी। घुटने चटख-चटख उठते थे। आसमान धीरे-धीरे

काला पड़ता जा रहा था। सड़क की धुंध में बिजली की रोशनी के धब्बे उभरते थे और पीछे छूटते चले जाते थे। लेकिन मैं चलती ही जा रही थी। शायद बहुत ही अँधेरा हो गया था। जब मुझे होश आया। शहर से बाहर की बस्ती मुझसे एकदम असम्पृक्त, पीछे छूट गई थी और अब आगे एक बहुत लम्बी सड़क थी, बुरी तरह लपकता हुआ अँधेरा और मेरे मन में अचानक उभर आई दहशत—पीछे लौटने का उपाय नहीं था और सामने जाने का साहस भी नहीं। तभी बहुत तेज आवाज करता हुआ एक स्कूटर रिक्शा पीछे कहीं अँधेरे से निकला और मेरे करीब से गुजरकर आगे चला गया। काफी आगे जाकर वह अचानक रुका और रुका रहा। भय की एक लहर मेरे मन में कौंध गई। अभी मैं ठिठकी ही थी कि वह रिक्शा मुड़ा, वापस लौटा और तेजी से मेरे करीब होता हुआ मेरे पीछे चला गया। थोड़ी दूर जाकर वह फिर ठिठका, एक चीख मेरे कंठ तक आकर ठहर गई।

क्या यहीं से शुरू होता है वह रेगिस्तान। क्या यही है वह?

स्कूटर एक बार फिर उसी तरह तेजी से मेरी तरफ बढ़ा। चीखने से कोई लाभ नहीं था। इस भयानक अन्धकार में और दूर-दूर तक फैले इस निर्जन में चीख पहुँच भी कहाँ तक सकती थी। आते हुए स्कूटर में एक से अधिक लोग थे, यह मुझे तभी पता चल गया था जब वह दूसरी बार मेरी ओर से गुजरा था। उनका पाशविक उल्लास स्कूटर की भयानक आवाज के बावजूद मुझे सुन पड़ रहा था। उसी तेजी से स्कूटर फिर मेरे करीब से गुज़रा। इस बार लगभग मुझे छूते हुए। उसके धक्के से तो नहीं लेकिन आतंक से एक ओर गिरकर मैं चीखी।

स्कूटर शायद पहले मुझे आतंकित करना चाहता था। मेरी चीख उस रिक्शे की दहाड़ और उसमें बैठे लोगों के विजयोल्लास में डूब गई। उसमें बैठे लोग झुककर मुझे गिरते हुए देख रहे थे। इसके बाद जो कुछ हुआ उसे मैं दु:खद कहूँ या सुखद, मैं नहीं जानती। स्कूटर जैसे किसी चीज से टकराया और एक तरफ से ऊँचा होकर लुढ़का और

काफी दूर तक घिसटता चला गया। मैंने सहमी आँखों देखा अब वहाँ चारों ओर सन्नाटा था। स्कूटर खामोश हो गया था और उस ओर से आई हुई हल्की कराहें अब भी सुनाई नहीं पड़ रही थीं। देर तक वहाँ कुछ नहीं हुआ, कोई हिला भी नहीं। मैं उठी और पीछे की ओर दौड़ी, जिस तरफ से संज्ञाशून्य मैं यहाँ तक आई थी ठीक उसी तरफ। सपने में भागती हुई-सी मैं कैसे कुमुद तक पहुँची यह मुझे नहीं मालूम। उसका दरवाजा बन्द था, लेकिन दरवाजा खटखटाने का होश मुझमें नहीं था। बहुत देर हाँफने के बाद जब स्थिर हुई, तो मैंने भर्राए हुए कंठ से कुमुद को आवाज दी।

उस दिन ऑफिस में अनायास रो पड़ने और उन कातर आँखों के बारे में अफसर से संवाद के बाद कुमुद से अनायास परिचय हो गया था। उस कमरे में बैठने वाले अन्य चारों व्यक्तियों में सिर्फ वही एक थी जो रिश्तों से ऊबकर और रिश्तों से बाहर एक मानवीय पहचान के लिए भटक रही थी। उसकी यह भटकन मेरी अपनी भी थी! सिर्फ एक ही बार देखा था उसका घर और शायद कभी होश में आना पड़ता तो पहुँचती भी नहीं। गर्म कॉफी का प्याला देकर कुमुद ने सब कुछ सुना। और हँसती रही। उसी ने इन्तजाम किया था कि मैं लड़कियों के उस युवा महिला संघ के हॉस्टल में रहूँ। चलो, अच्छा हुआ कि वह रिश्ता भी टूट गया। विधवा या अविवाहिता ये दो शब्द जिससे जुड़े हों केवल वही वहाँ रह सकती है और यही वे दो शब्द हैं जिनसे सम्बन्धों की बू आती है। एक से व्यतीत और दूसरे से भावी। अब और नहीं चाहिए ऐसा परिवेश।

यह रेत है सामने। कहते हैं रेत से घर नहीं बनता। अच्छा ही है कि घर नहीं बनता। कितनी सम्मोहक है यह रेत। घर नहीं बनाने देती लेकिन हर रखा हुआ पाँव कोमलता से समेट तो लेती है और फिर उतनी ही कोमलता से उसे छोड़ भी देती है। मोह न सही, सहृदयता तो है। इसकी तपन मन को नहीं तन को जलाती है। मुझे और चाहिए

भी क्या? मन की बलात् हत्या के बाद तन इस तरह जले तो सुख ही होगा। रिश्तों की आग में मन जहाँ जला था वहाँ तो कुछ नहीं उगेगा अब। लेकिन इस तपती रेत में अब जो जलता है वहाँ कुछ उग रहा है। देखो, कहीं वह मैं तो नहीं।